LOS AUTONAUTAS
DE LA COSMOPISTA

o

Un viaje atemporal París-Marsella

Los autonautas de la cosmopista:
o Un viaje atemporal París-Marsella

宇宙高速驾驶员

〔阿根廷〕胡里奥·科塔萨尔 著　庄妍 译
〔加拿大〕卡罗尔·邓洛普

南海出版公司

新经典文化股份有限公司
www.readinglife.com
出 品

我们将此次探险及其纪事献给全世界的"远游者",尤其要献给一位英国绅士,我们不记得那人的名字,但他曾在十八世纪高唱着重浸派[①]圣歌,背对目的地从伦敦走向爱丁堡。

[①] 重浸派,也称再洗礼派、再洗派,是欧洲宗教改革中的一个教派,曾被教会迫害,十七世纪再度发展起来。

目 录
Contents

1 致谢

序章

8 关于我们写了一封信，不管它多么怪异，都理应得到答复，但这次居然没有；而探险家们决定无视这一可鄙至极的行径，并在信中以最优雅、最细致的方式将此事加以说明

12 两位探险家翻译了本则书摘，作为开启这本旅行日志的实用建议

13 接下来，耐心的读者将认识这支探险队的主人公，了解他们的个性以及最突出的特点

17 关于这次探险的起源：其由来、缓慢的发展和曲折的成熟过程；苍白的读者将看到，实践科学的反思往往会改变人对世界的看法，读者会亲身经历调查员在途中遇到的困难，同时将有大量机会欣赏无畏探险家的机智和勇敢

36 关于探险家如何为法夫纳配备如此大规模的基本物资，并慷慨地为可能尝试同类远征的其他汽车宇航员列出详细清单

探险

43	旅行日志（5月23日）
44	最初的打击
46	自我命名
48	旅行日志（5月24日）
50	探险家在此抽取塔罗牌并展示牌面结果
52	狼在玩火
56	小熊也在用她的方式玩游戏
58	旅行日志（5月25日）
59	读者将看到恶魔永不入眠
64	一位母亲的来信（一）
70	旅行日志（5月26日）
71	旅客们想知道人是否可能达到绝对的孤独——反例——意料之中无法避开的访客——意料之外的访客——对话和礼物
79	移居与迁徙
81	旅行日志（5月27日）
84	园丁
86	蜕变
90	旅行日志（5月28日）
92	一位母亲的来信（二）
100	旅行日志（5月29日）
102	逐渐进入"其他"——关于垃圾桶的注意事项——高速公路上的苏族人和科曼奇人

106	我们听了广播简讯，完全喜欢不起来
109	关于站点里的昆虫种群和其他生态的思考，以及为其中树状植物群绘制地图的（渺茫）可能性
116	旅行日志（5月30日）
117	我们怀疑有敌对势力干涉其他事情，但其迹象恰好被混淆了，另有介于友好和虚构之间的间谍活动，稍后将带来其他相关信息
122	旅行日志（5月31日）
123	"停车大陆"一览
127	旅行日志（6月1日）
129	土著习俗
131	旅途对话
134	旅行日志（6月2日）
136	您知道怎么尿尿吗，夫人？
141	旅行日志（6月3日）
143	此处作者试图解释幸福的含义，好像能将它解释清楚一样
147	关于我们如何成为现实在其中结晶的无限空间
151	小熊独自在树林里（组曲）
154	旅行日志（6月4日）
156	探险家与一个以沉默和颚部为武器的敌人展开鏖战
162	一个关闭的站点——另一个站点卖佛像，同时厄洛斯在策划庆典
169	旅行日志（6月5日）
170	探险家陷入过往，而新的但丁们遇见了尤利乌斯·凯撒、欧仁·苏和维钦托利

176	舒伯特四重奏中世界的开端与终结
182	读者将认同一朵玫瑰是一朵玫瑰是一朵玫瑰——
184	旅行日志（6月6日）
185	您将看到，我们的主人公在最卑鄙的迫害面前也没有灰心，他们完成探险的坚定决心再次得到印证
193	旅行日志（6月7日）
195	事态恶化了
201	旅行日志（6月8日）
203	噩梦的终结
209	一位母亲的来信（三）
215	站点里的小孩和狗
221	旅行日志（6月9日）
222	一位母亲的来信（四）
227	终于，是时候谈谈从未消失的卡车并调查它们并不总是明确的存在原因
231	关于其中一辆卡车
234	旅行日志（6月10日）
236	站点之夜
245	一位母亲的来信（五）
252	旅行日志（6月11日）
253	小熊谈论夜晚
258	旅行日志（6月12日）
259	在站点做的事

269	旅行日志（6月13日）
270	关于完美无缺的第二次后勤保障工作，毫无疑问，这预示着我们艰苦的探险将大获全胜
273	同样会让苍白的读者感兴趣的补充内容
277	苍白的读者将了解本次炎热探险的最后阶段，以及其他同样重要且有趣的细节
281	旅行日志（6月14日）
282	鞑靼人竟然又来了
289	旅行日志（6月15日）
290	小熊对狼说的话，一切话语都永远定格
296	旅行日志（6月16日）
297	云雀的站点
302	关于梦在高速公路上的变化
308	旅行日志（6月17日）
309	关于并行的开端
313	关于克罗诺皮奥们如何做到无须熟识就相互理解
317	旅行日志（6月18日）
318	探险家的文艺晚会
322	拖鞋上将
325	一位天使路过
329	旅行日志（6月19日）
331	不必相信女巫，但她们存在，她们存在
336	旅行日志（6月20日）

337	沉睡的小熊
340	《狼学手册》摘要
344	旅行日志（6月21日）
345	忆友人，多亏这位朋友，法夫纳才走进我们的生活；其他与诗歌有关的事情
350	旅行日志（6月22日）
351	在此，两位探险家很高兴地出示两张收费票据的复印件，票据在付款时已经"丢了"，其原因读者已经知道了
352	我们喜爱的那种探险家
354	龙永远无法平静地生活，但人们可以帮助它们
356	旅行日志（6月23日）
358	旅途多么短暂！
361	结语，其中隐含本次探险甚至所有探险其他可能的原因
364	后记，一九八二年十二月

致谢

我们要向在本次计划中鼓励我们、为我们提供物质和精神上的帮助、理解我们、与我们一起谋划的所有人表示感谢，尤其要感谢以下诸位：

感谢拉盖尔·蒂尔希林与让·蒂尔希林[①]夫妇，后者被称为吕贝隆地区的乌鸦。他们自行程策划阶段起，就主动向我们提供后勤保障及其他援助。旅程结束时，他们慷慨地向探险队敞开家门，我们才得以从疲惫和磨难中恢复。

感谢奈克米·古尔门[②]和安妮·库尔塞勒。他们一听闻我们的行程，就自告奋勇承担救援任务，在最危险的状况下将新鲜食物送至我们在吕费的住处，并在整条高速公路上最不友好的停车场与我们共度数小时。

特别感谢安妮，她展露厨艺，为我们做了一只烧鸡。此后数

[①] 让·蒂尔希林（1927—1999），法国超现实主义诗人。
[②] 奈克米·古尔门（1927—2015），土耳其小说家。

日，这只鸡成了我们美食的主角。

也是安妮，早在我们筹备救援行动、远未出发的时候，就意识到这场救援应当安排在六月二日（星期三），而不是原计划的六月一日（星期二），因为那个星期一正好赶上节日连休，在巴黎买不到什么好东西。除了安妮，所有人都忽略了这些事情。

感谢雷米·古尔门，他令人愉快地搞混了四个苹果和四公斤苹果。此外，在出发前一天，他建议我们在六月二日的第一个站点等待救援，以免他多跑几百公里。因为他回巴黎的高速出口正好位于我们当天计划前往的两个站点之间。

感谢埃尔韦·艾尔玛利赫医生和他的妻子玛德琳，他们极有先见之明地警告我们当心坏血病带来的危险。

感谢路易斯·托马塞洛[1]。他不但奇迹般地在法夫纳中腾出了宽阔的空间，以存放给养和干粮，还负责照看我们的猫"法兰绒"，使它免受高速公路生活条件的折磨，更不用说他在货运方面为我们提供了多少后勤支持。

感谢凯瑟琳·勒奎乐，她借给我们一台技术先进的小设备，使我们免于疟疾、黄热病及其他疫病的侵袭，也让我们晚上能睡个好觉，不必筋疲力尽地应付蚊子带来的无谓惊吓。

感谢妮可·鲁昂[2]，在我们探险的第三天，她离开巴黎前往牙医诊所，顺路为我们带来了樱桃和一段愉快的陪伴。

感谢凯伦·戈登，她总是怀着无限的耐心和体贴，在准备工

---

[1] 路易斯·托马塞洛（1915—2014），阿根廷画家。
[2] 妮可·鲁昂是下文中豪尔赫·恩里克·阿杜姆的妻子。

作的最后阶段为我们提供帮助,并带来美食让我们适当地享用了一下,还同意为我们发送第二封信件。

感谢勒内·卡罗兹。我们在高速公路上不期而遇,他慷慨地送给我们两瓶芬丹①葡萄酒。此后数日,它们都在餐前给我们带来了好胃口。

感谢法夫纳,虽然它拥有龙的本性,但它表现得和人一模一样。没有它,一切都不可能发生。

感谢豪尔赫·恩里克·阿杜姆②、弗朗索瓦丝·坎波③、杰罗姆·蒂马尔④、胡里奥·席尔瓦⑤、尤尔基耶维奇夫妇(格拉迪斯和索尔⑥)、奥若拉·贝纳德斯⑦、妮可·皮切、弗朗索瓦·艾伯特⑧、霍滕斯·夏布里埃、乔治·贝尔蒙德、巴塔利翁一家(劳尔、菲利普和文森特)、布伦霍夫一家(玛丽-克劳德、洛朗和安妮)。他们在私下里为我们提供了大量宝贵建议,数量众多,实难一一列举。在艰辛时刻,他们在远方用微笑鼓舞着我们。

感谢伯爵夫人数小时感情丰富的阅读。

感谢布莱恩·费瑟斯通和马蒂尼·卡津。他们的突然来访将

---

① 一种瑞士产的白葡萄酒。
② 豪尔赫·恩里克·阿杜姆(1926—2009),厄瓜多尔作家、诗人、外交官。
③ 弗朗索瓦丝·坎波(1938—1992),法国作家。
④ 杰罗姆·蒂马尔是弗朗索瓦丝·坎波的丈夫。
⑤ 胡里奥·席尔瓦(1930—2020),阿根廷艺术家。
⑥ 索尔·尤尔基耶维奇(1931—2005),阿根廷作家。
⑦ 奥若拉·贝纳德斯(1920—2014),阿根廷作家、翻译,科塔萨尔的第一任妻子。
⑧ 弗朗索瓦·艾伯特是卡罗尔的第一任丈夫。

我们从一个愚蠢站点带来的厌烦中拯救出来。

感谢阿方索夫妇,他们对我们在巴黎的准备工作帮助颇多。

感谢玛丽亚·马丁斯女士,她总是和颜悦色地帮我们收拾包裹和行李。

感谢站点里素不相识的人们,他们的一个微笑、一个友好的手势,都给我们每一天的底色增添了更多光亮。

要如何讲述这趟旅行,如何描绘旅途中沿着它前进的这条河——另一条河,才能让事件中最隐秘、最持久的阶段在文本中凸显出来?那一阶段未曾开始也没有结束,既是流动的又是静止的,它向我们发起了挑战。

——奥斯曼·林斯《阿瓦洛瓦拉》

序章

关于我们写了一封信，不管它多么怪异，都理应得到答复，但这次居然没有；而探险家们决定无视这一可鄙至极的行径，并在信中以最优雅、最细致的方式将此事加以说明

巴黎，1982 年 5 月 9 日

75007

巴黎博斯克大道 41 号

高速公路公司经理先生

收

经理先生：

  前不久，贵司向我求取授权，希望在所办杂志上刊登我的短篇小说《南方高速》中的片段，我当然愉快地同意了。

  这次，换我向您申请一项性质极为不同的授权。我与妻子——同为作家的卡罗尔·邓洛普，共同研究其可行性后，想进行一次冒失且相当超现实的"探险"。我们将驾驶大众

康比①汽车完成一次从巴黎到马赛的高速公路旅行,携带一切所需物资,沿途经停六十五个站点,平均每天两个。也就是说,我们将用一个多月时间走完巴黎—马赛的线路,其间不离开高速公路。

在进行这场小小冒险的同时,我们还会写一本书,用文学、诗意和幽默的手法来讲述其中的各个站点、各种事件与经历,毫无疑问,路上的事一定不少。这本书也许会叫作《小小站点中的巴黎—马赛》,高速公路将是它毋庸置疑的主角。

以上就是我们的计划,(除去站点的给养之外)每十日会有几位朋友为我们补充物资,有了他们的支持本计划才能实现。现在唯一的问题是,据我们所知,汽车不能在高速公路上连续行驶超过两天,为此我们写信请您授权,让我们过收费站时不要遇到麻烦。

如您认为我们撰写该主题书籍的想法对贵司并无不利,且认为授权我们在高速公路上每日经过两个站点,以此"居住"一个月并无不妥,盼尽快回复,我们计划本月二十三日出发。同样请您理解,身为作家,我们不希望该计划被报纸报道,否则探险家的孤独感就被破坏殆尽了。待到书籍出版之日,所有故事自然会公之于众。

经理先生,对您的好意,我们先提前谢过,希望您允

---

① 大众汽车型号,空间较大的面包车。

准。献上我与妻子的真挚问候。

胡里奥·科塔萨尔

这封信于一九八二年五月九日寄出。五月二十三日,最后一次徒劳地打开邮箱之后,我们意识到,对一家商业公司来说,就算电脑再过载,秘书再暴躁,两个星期的时间也足以回复我们谦卑的请求。于是我们四目相对,紧握对方的手,异口同声道:

探险的伙伴啊,明天下午四点,向目的地进发!

我们当时的意思是,驶出马特尔路,沿着小马厩路往共和广场方向一直开到奥斯特里茨①火车站(好兆头!),然后一路驶向意大利门,在那里满怀决心地开启南方高速之旅。我们的第一阶段将从科贝伊开始。

所有这些计划都面临着一个并不让我们意外的事实——我们俩都是迷路专家,哪怕开到东方高速或凯旋门都不让人意外。不过一旦撞上正确的方向,谁还能阻拦我们?事实恰恰相反,我们找对了路,已经可以拿出第一个三明治了,我们心想,只有我们了,竟然只有我们进入了冒险的第一阶段,而此时的读者对这场冒险一无所知,一如当时的我们。

从《马可·波罗游记》中我们可以得出一个必然推论:在其他时代,探险家不但能够收到回信,还能得到我们这个

---

① 1805年拿破仑取得三皇会战大捷的地方。

苍白病弱的不幸时代所不能提供的礼遇。

当年大可汗委托尼科罗·波罗[①]两兄弟与其外交男爵向教皇转交公函,吩咐人转交给他们的是一块加盖王印、依据本国礼节加以签印的金板。信函中说,三位信使由大可汗派遣,在他们途经的所有要塞中,凡是受大可汗管理的各国统领都应尽心尽力提供必要的住宿、船只、马匹和护卫,以及旅途所需的一切必要物资,以礼相待,如大可汗亲临。

---

① 马可·波罗的父亲。

两位探险家翻译了本则书摘，
作为开启这本旅行日志的实用建议

　　皮埃尔，我们来自阿尔卑斯的向导，已经从严重的晕船中恢复，又开始撰写回忆录了。他来问我要一件"让词语离开的东西"。我过了好一会儿才明白过来，他要的是橡皮。

　　　　　　　　　　——让·夏科[①]《南极环游记》

---

① 让·夏科（1867—1936），法国医生、科学家、极地旅行家。

接下来，耐心的读者将认识这支探险队的主人公，
了解他们的个性以及最突出的特点

1

在这本旅行日志中，两位作者常常交流或是互相提及。他们自然会直呼对方的姓名，但出于对读者的信任，他们自然也会用更亲密的绰号称呼对方，因为他们认为将这次探险和他们私生活的一切内容都毫无保留地交付给读者才算公平。因此，很快就出现了"狼"和"小熊"这样的绰号。小熊甚至还为狼写了一章《狼学手册》，小熊写这东西固然是为了找乐子，但也是为了让狼知道一些只有小熊真正知道的事情，好让他平日里少做些蠢事。

我们的汽车名叫"法夫纳"[①]，我们常常称它为"龙"。此后它将展现更多野性的细节。但此处有必要说一句，我们三个并不

---

① 法夫纳，史诗《尼伯龙人之歌》与瓦格纳歌剧《尼伯龙人的指环》中的巨人，变成一条巨龙守护财宝，被英雄齐格飞所杀。

只出于亲密的情谊才都取了野性的名字，还因为在这一路的探险中，我们渐渐与高速公路上最隐秘的世界联系在一起，与森林、草地和小动物联系在一起。这是我们的童话，我们单纯的生态学，我们在科技轰鸣中的幸福，为了躲避这轰鸣，我们日益相爱。

2

本节简短但必要，是对我多年前写的《上普罗旺斯的校对》一文的自引（就本话题而言，这个词尤为贴切）

每隔一段时间我就会放下工作来到街上，走进一家酒吧，看看城市里发生的事，和午餐时卖给我香肠的老人攀谈，是时候介绍一下我的"龙"了——它是一款房车，或者说是一种蜗牛，我顽固的瓦格纳式偏见则将它定义为一条龙。它是一辆红色大众汽车，配有一个水箱和一张可以变成床的座椅。我还给它配备了收音机、打字机、书、红酒、汤罐头和纸杯、泳裤（以防万一）、一盏丁烷灯和一台加热器，正是有了它，罐头才能在我们听维瓦尔第或者在纸上写点什么时变成午餐和晚餐。

至于"龙"这个名字，这源于一个古老的需求：我几乎从不接受任何事物的固有名称或标签，我想我的书也体现了这一点。我不明白为什么我们总要忍受来自过去和外界的东西，于是，对于我爱过和爱着的人们，我总会因为某次相遇、某场加密通话就为他们取个别名。因此女士们成了花朵，成了小鸟，成了树林里的小动物，还有几位朋友的名字会经历一个极其复杂的变化周期，熊可能变成猴子，而一个浅色眼睛的人先是一朵云，然后是一只瞪羚，在某个夜晚又成了曼德拉草。说回龙，两年前我第一次看见它，它顺着巴黎康布隆街爬到了我面前。崭新的它刚从车库出来，车头正对着我，我看见了它的大红脸，两只低垂而闪亮的眼睛，带着一股介于谨慎和勇敢之间的气质。我灵光一现，它就成了龙，而且并非某条普通的龙，而是法夫纳，尼伯龙人宝藏的守护者。无论在传说中还是瓦格纳笔下它都愚蠢又邪恶。虽然它注定会被齐格飞杀死，但总能让我产生一种隐秘的同情。为此，我并不原谅英雄们的所作所为，就像三十年前我没有原谅忒修斯杀死弥诺陶洛斯一样。直到现在我才把这两件事联系起来，那天下午我极度担心龙的变速杆会给我带来麻烦，跟我前一辆雷诺汽车相比，龙高得多也宽得多。但我很清楚，我也有同样强劲的冲动，来捍卫那些被秩序认定为怪物、但凡有可能就会被消灭的东西。两三个小时后，我成了龙的朋友。我明明白白地告诉它，它在我这儿再也不叫大众汽车了。诗意一如既往地准时来到：我走进车库，看见工人正在给车上牌照并注明我的居住国法国（Francia）首字母——机械工在车尾标了一个大大的"F"。当然，你很难跟一个法国机械工说，这个"F"指的不是法国，而是法夫纳。但龙明白这一点，还在返回时特意冲上了人行道以向我表达喜悦之情，吓坏了一位提着菜的女士。

3

接下来的这位最后才出场却格外重要[1], 他并未参与探险, 不过其宝贵贡献证实了(如果仍有必要)这段充满奇迹的旅程已经超越了时空

完成这一壮举之后——对于读者来说, 旅程还没有开始, 恳请您耐心等待——法夫纳有权好好休息一下, 我和卡罗尔则前往尼加拉瓜, 小熊的儿子将在那里与我们相聚, 他平时和父亲住在蒙特利尔。斯蒂芬·艾伯特快乐的十四岁、他作为摇滚鼓手的天赋、他可爱的青春期特质都为我们的热带假期增添了快乐, 而那场探险仍然时时出现在我们的记忆中, 像一声略带怀旧的回响。

就这样, 斯蒂芬发现了我们在旅行中写下的草稿、底片胶卷和相关照片。卡罗尔了解他作为画家的巨大天赋, 建议他来做我们的事后[2]画师。或许斯蒂芬并没有理解这串拉丁语, 但他马上拿出铅笔和速写本, 根据我们的文本、口述、逸事和照片, 开始想象我们落脚的每一个站点。

读者不难想象这一工作的严肃性。两位探险家惊叹于这位少年在作品中展现的科学严谨, 并决定将他的绘图纳入旅行文件。于是, 虽然斯蒂芬·艾伯特没有亲自参与旅行, 但和法夫纳以及我们这些亲身参与者相比, 他的价值毫不逊色。

---

[1] 原文为英语。
[2] 原文为拉丁语。

关于这次探险的起源：其由来、缓慢的发展和曲折的成熟过程；苍白的读者将看到，实践科学的反思往往会改变人对世界的看法，读者会亲身经历调查员在途中遇到的困难，同时将有大量机会欣赏无畏探险家的机智和勇敢

1

读者将在这里看到，探险家多年前走错了路，哪怕两次走的是同一条路

哦，苍白而勇敢的读者，直到一九七八年夏天，我们都属于只看得见高速公路表象的俗人：高速公路是一种高度完善的现代建筑，把自己关在四轮驾驶舱里的旅人可以靠它轻易地行驶在已得到地图核验的路线上，且在大多数情况下人们会提前规划，以保证最短的时间和最高的安全系数。设计并敲定了所谓高速公路体系的工程师不但清除了路上一切可能让车辆减速的障碍（众所

周知，高速公路的绝大部分用户都痴迷于匀速行驶），还清除了一切可能让驾驶员走神的东西。那条柏油路吸引着驾驶员的注意力，让他在三十、四十或者六十分钟的匀速行驶之后产生一种永不间断的连续感（仿佛真是如此），驾驶员不仅会产生自己还在继续控制车轮的错觉，就连方向盘、双手和后视镜中的自己也有意无意地融为一体。这是世上一切宗教都在追求的伟大的、抛弃小我的整体感。

无论如何应当指出，我和他都属于高速公路的进阶用户。我们不仅比某一群人更频繁地停车——那类用户旅行时只在几种情况下才会改变意愿，要么是汽油表盘指针已经在"V"字（小汽车的"R"字、英国人的"E"字）附近危险地摆动，要么是老婆婆泪流满面地说她这个年纪居然还要尿在裤子里，要么就是饿急了的小婴儿连踢三小时驾驶座椅背终于用尽力气，脸色从绿变白。这时他们才会驶下高速就近停车，从后备厢拿出三明治，站着全速吃完，哪怕两米外就有一张无比适合野餐的桌子，或者十米外就有一片充满阴影和惊喜的小树林。不，至少我们是那种从容不迫的人，即使在高速公路上也要寻找一个舒适的角落吃饭，如果时间允许，还要屈从于欲望小睡一会儿。在起点和终点之间，我们俩不止一次离开了高速公路，这证明我们内心对高速公路的傲慢野心——认为在 A 点和 B 点之间只存在一种可能——还具有一定的抵抗力。对我来说，我常常因为高速公路使人眩晕的魅力而离开，在困意变得无可阻挡且致命的时候暂停行程。而狼之所以离开高速公路，是因为他打心底里不喜欢它，他常陷入对收费站另一头的绿化、稠密的人群、平静和慢节奏生活的怀念。综上所述，我们在欣赏高速公路的同时，也对它有些不满。在这个强制限速的世纪，它是我们和其他人无法逃脱的必需之恶，但是我们和它保持着距离，而且对那些深受其害的人心怀些许同情。

哦，苍白且耐心的读者，说实话，在一九七八年夏天之前，高速公路对我们来说并非特别重要，月复一月，我们甚至已快将它遗忘。我们并不觉得它在我们生命中扮演着巴黎地铁那样重要的角色（打个比方），也没法跟一些航空公司相比，甚至比不上巴黎的游船，虽然这种船我们从来没坐过，但似乎它在日常生活里比高速公路重要得多。这件事是我们错了，如果没有足够的科学精神来促成该计划的诞生，并全程主导该计划，我们的思想可能会对这条大路永久关闭。多年来它在我们眼前徒劳地伸展，而我们的双眼被赤裸裸的无知蒙蔽了。

2

读者将看到，恶魔在七月度假的后果

一九七八年的夏天就这样来了。有些人应该还记得，那一年在法国，只有部分南部地区的人觉得夏季还算怡人，其余人则深陷雨水连绵不断的黑暗王国，还要忍受连续的寒潮。在没有研究气象学的情况下（毕竟科学也总是凭借直觉），狼和小熊恰好躲在一处整个夏天都没有雨的区域，以寻求宁静与平和。残酷的是，对他们俩来说，很久没有过宁静与平和了。（苍白而可爱的读者，你得明白，任何一个男人或女人，只要想真正活一次而不是眼睁睁地看着年月虚度，就得每时每刻冒着失去生命的危险——并不一定是某种人身危险——这份领悟会令弱者面色青紫，但读者不应因此屈服。本书中两位鲁莽的主角才刚刚登场，在前文提到的、属于邪恶旋风和其他物种的时代，他们即将暂离各自所在的人文领域。因此，请不要简单地将这次躲避视为自私和懒惰，即使他们在聚会中确实一直如此。）

亲爱的读者，曾有这样一个月，生活稳定，气温适宜：阳光，安宁，一望无际的地平线。有音乐，有聚会，还有午后小憩，本书的两个人物甚至在停笔数月后重新坐到了打字机前。恶魔去度假了，而狼和小熊是那样纯真，我们得出了这样一个结论：邪恶力量已经被打败了。

啊，读者朋友，千万不要欢庆胜利，至少不能太大声。（既然你极具耐心，那我们应该向你透露这个秘密：恶魔极为爱慕虚荣，又不太聪明。如果你没有大声说出已经击败了它们，它们就会心满意足，继续对你执行有效的骚扰战术，这时它们的小把戏在你眼中完全不值一提。但是，如果你大声嚷嚷着它们对你无可奈何，那可得小心了：一旦这些最重视表象的生灵受了冒犯，它们会在愤怒的支配下召唤一整群更为强大的恶魔来帮助它们，它们自身虽然小得可怜，却能任意指挥这些救兵。）后来我们充分理解了这一规则，并因此在本次探险途中避免了诸多麻烦。然而，聪明的读者一定能猜到，在一九七八年，我们的认知还未达到这一层面，而道路前方挤满了恶魔。

　　日子就这样一天天过去，外面的天气依旧美丽，一成不变，但风暴已经在房子里慢慢酝酿。一些物品之前还是我们的朋友，却渐渐开始反抗我们最基础的日常操作：过去，冰箱一直用满意的呼噜声陪伴着我们，为我们生产冰块，现在，每次我们想听唱片时它就开始咆哮。冷水龙头开始冒热水，热水龙头则开始冒冷水，给我们带来阵阵尖叫和不同部位的创伤。楼梯台阶也出了问题，一脚踩上去，它就带着我们滑向塌陷。甚至邮箱也性情大变，之前我们读到的是愉快的假期故事和朋友的探险，现在却只能看到坏消息、账单和带有威胁口吻的结算单（每位像我们这样所谓"商业机构"的个人用户读者一定能理解结算单意味着什么）。我们只是拜托餐刀切一下桃子或奶酪，它却咬了我们一口，当我们使个身法躲开它的利齿，它的朋友叉子就埋伏在底下准备扎我们一下。

　　"够了！"有一天狼说，"就没一样东西让我们安生吗？"

　　"你以为，"小熊说着，一把接住一幅从墙上掉落的画，狼的头刚刚险些因此开瓢，"有这么多要命的麻烦，我们真能过得安生吗？"

　　"你看着吧，"几小时后狼揉着脸颊说道，过去不管是在南方还是巴黎都完美适配床铺的床笠，在他刚要套上床垫一角时，结实地弹在了他脸上,"他们绝不能通过!"①

你不得不相信在恶魔（别忘了，它们度假结束，充满活力地回来了）看来，这就是最差劲的羞辱，恶魔四散在各处，它们能够通过吗？有待观察。

又过了几天和各类物品激烈斗争的日子，假如恶魔没有机会直接侵犯我们，就会在我们最需要某物的时刻无耻地变更位置：我们放在桌上的纸张四处乱飞，手稿突然出现在炉子里。更不用说恶魔有多不合作了：在我们需要冰块的时候，冰箱开始给我们做汤；炉子没有烤好饺子，反而让它变得冰凉。还有一天，我们想查看放锅的立柜，一开门就齐声尖叫了起来：一只大鸟从柜子里飞了出来。这是黑暗力量的信使给我们下的最后通牒吗，还是最后的光明使者在灾难来临前提示我们赶紧逃命？在那句要命的"他们绝不能通过"之后，鸟儿是在等着我们给它开门吗？我们永远不会知道答案，不过也不重要。

两天以后，黑暗力量控制了小熊，在经历了几天几夜的斗争后，恶魔看起来要赢了。但是它们不知道，即使是在黑暗中，小熊也能捕捉到光，在绝境中，她们甚至能爆发出几倍的力量，特别是当狼站在难以逾越的边界线的阴影中，从善的那一端吸引着她们的时候。

当小熊终于从黑暗中走出来，她明白了狼大喊"他们绝不能通过"是有道理的，但也意识到为阻止恶魔而包裹在自身周围的

---

① 西班牙内战时期著名的战争标语，表达誓死抗争的战斗决心。原意他们指人，此处引用指恶魔（它们）。

薄膜是多么脆弱。这段经历，特别是救护车、恐惧和无眠夜晚的部分让我们两位主人公的身体疲惫至极。他们犹豫不决地前往塞尔①，在朋友蒂尔希林家中休养了一段时间。恶魔无法接近塞尔，在安宁和友谊的帮助下，我们未来探险者的伤口终于痊愈了，并在某一天断定自己已经强大到可以回巴黎了。不过不着急，因为狼发现小熊的皮毛还有些稀疏，没什么光泽。他们俩就像幻影般脆弱，不确定一脚踩下去会怎样，踩空是幻觉，而踩在地上也一样是幻觉。我们的两位主人公虽然虚弱，但对阻挡恶魔的真正方法了如指掌，他们的回归必将催生一个如今已为人所知的伟大想法，换句话说，就是真正的巴黎—马赛计划。

3

读者将追随我们英雄的足迹踏上一段旅程，其中充满了阳光和人性之善的证明，同时也危机四伏；我们将再次看到——引用一位著名舞者的话——每朵云都镶着银边②；我们勇敢的探险家将发现，不在任何地方落脚，有时也是件好事

离开塞尔让我们感到非常痛苦。在此有必要单独说一下，我们离开了高塔的魔法，离开了拉盖尔·蒂尔希林和让·蒂尔希林的温柔与友谊，离开了他们的儿子吉尔，更不用说还有他的"鳄

---

① 法国南部地名。
② 语出弥尔顿《酒神之假面舞会》，后演变为英文习语，意为"祸福相依"。

鱼狗"卡洛塔在我们消沉时给予的鼓励；离开了正午的阳光，离开了漫长的交谈和孤独（蒂尔希林家有一个巨大的谜：每次你想见谁的时候，那个人永远都不在）。离开塞尔并不容易，更何况我们知道，恶魔永远无法在塞尔坚不可摧的城墙上找到裂缝，它们永远进不了塞尔，便在巴黎等着我们。它们甚至在几天前就给我们送信，好让我们尽快回去（我们离开巴黎那么久，可怜的恶魔没法再搞出丑事和坏把戏，它们觉得无聊透顶）。我们违背自己的意愿出发，不是为了取悦恶魔，更不是为了遵守它们的命令，而是因为巴黎有各种各样的义务等待着我们，实在不能再拖延了。

拥抱，击掌，永远有些不安的眼神，还有永远没说出口的感激。法夫纳已经装满，我们最后一次抚摸了最爱的"鳄鱼狗"卡洛塔，看见它眼中满含真挚的泪水，随后它愤怒地走开，躲进一个角落。

我们刚把自己关进红色车舱，就再一次感到了孤独，它既甜蜜又令人不安。苍白的读者，您知道，每当一个人真正放弃死亡，就会迎来一次真正的新生，这次新生更不稳定也更痛苦。当黑暗袭来，没有母亲，只能靠自己，没有母体的收缩，只能靠自己的意志，可自己往往还不太理解这意志是什么。在很长一段时间里，心灵还记得那些无法与身体、外界和整个生命接触的日子，抛开其他方面来看，心灵比容纳它的身体脆弱得多。人们会发现自己在这样一个充满光明的世界里摸索着前进，一点一点重新回到人群中，可仿佛只要被轻轻一碰就会破碎，而那些碎片从未完全归位。

我们俩就是这么脆弱：前往黑暗国度的旅程不只让旅客疲惫不堪，更耗尽了旅伴的精力——他努力陪伴着旅客，为了对抗不可逾越的障碍一次又一次粉身碎骨；更不用说他没有权利也没有办法打破光明面的永久存在，对他来说唯一被允许（也总是被允许）放弃的，就是希望。最终，我们就这样喜忧参半地上路了。

关于伟大的想法如何诞生

通过最初的科学计算，我们得出结论，必须分阶段完成旅行。我们一开始想走小路，但是巴黎的事情不允许我们花那么多时间，我们必须对截止期限表示尊重。于是我们决定走高速公路，但大约每两个小时就离开它去寻找一间美妙的旅馆，休息一下，诸如此类。

（如你所见，苍白的读者，对我们尚未开化的头脑来说，那时的高速公路仍是安宁和"愉快旅行"的敌人，但过了不久我们的态度就转变了。）

我们还没开始执行这个计划，狼就决定中断旅程，去休息一下，喝杯小酒，享受人生。那感觉实在太好了（"没搞错吧，小熊，我们走的是高速公路，怎么竟然还有空闲时间呢？"），于是我们休息得更久了一些。我们开始推测前方是否有站点，除此以外，晚饭时间（这地方实在是太适合在法夫纳里拉上窗帘睡个午觉了）我们品尝了拉盖尔在最后时刻悄悄塞进我们行李里的美味。夜幕降临时我们想，反正离回巴黎还有五天的时间，为什么不干脆在那里休息一晚呢？于是一夜美梦后，我们还没到阿维尼翁，甚至没到卡瓦永。具体我记不清了，反正三天后我们甚至还没到奥朗日。在奥朗日－勒格雷站点，我们第一次全神贯注地观看了穿橙黄配色工作服的男人运用复杂技巧清空垃圾桶的盛典，一次从巴黎到马赛的高速公路之旅，这个想法就此萌芽。

"这可真棒啊！"狼小口啜着威士忌说。

"我们可以继续这样的节奏，就像乘马车旅行那样。"

"在每个站点都待很久……"

"我们可以每天住在停车场里，远离世界，你知道，就在这只高速怪兽里巡游，自由自在地休息……"

"还没有电话！"狼大喊道。众所周知，狼患有严重的电话恐惧症。

没有人能找到我们。（躲到最偏远的小岛上太不值得了，因为永远会有人发现我们，看见我们的人就会知道我们在哪里。高速公路就完全不同了，即使碰巧有人认出了我们，而且这种巧合还不少，他们也永远不会想到我们就在高速公路上。甚至这正是我们所希望的，他们会向所有恶魔放出假消息："我在马孔[①]看到了他们，他们一定是要去里昂或者阿维尼翁……"谁能想到我们其实哪儿都不去呢？）

---

① 法国中东部城市，索恩－卢瓦尔省的首府。

"好,"狼说,"但是这些事情得用科学的方法来做。"

"一本游记,就像古代探险家一样。"

"你搞懂了吗?去刻画每一个站点,描写那里的冒险,观察来来往往的人。"

"那不彻底成了另一条高速公路了。"

"小熊,走吗?"

"走。"

从那时起,我们怀着一种在不知情的读者看来可能有些夸张的喜悦,立即开始构想游戏规则,选择最合适的时间,甚至开始计算如何准备给养。一开始,在对高速公路普通用户一无所知的情况下(我们甚至没有高速公路上的米其林地图),我们制定了如下规则:每天一个站点,其间不离开巴黎—马赛高速公路,并且写一本书。一方面,这本书要包含所有科学元素,记录地形、气候及现象,否则它会缺乏严谨的气质;另一方面,它要包含一本在某种意义上与它本身平行的书,后者将依据一种尚待确定的随机游戏法则写成。至于法夫纳,它需要的只是一台小冰箱,其他东西看起来都配齐了。

在接下来的旅程中,我们终于睁大眼睛好好观察了公路。它不只是一条为了速度铺设的、零星点缀着实用设施和卫生设施的沥青带,不是的,现在我们知道那里隐藏着另一样东西,决定把它找出来。我们太激动了,以至于第五天还没有到达里昂,我们得一口气开完剩下接近四分之三的路程。不过我们并不太在意,因为我们已经带回了秘密宝藏。当狼驾驶时,小熊就认真数着沿

27

途的站点。

"多少个？"狼怀疑地问道。

"差不多七十个。"

哦读者，这是第一个意外，也是我们学到的第一课：此事证明，我们从来没有好好看过高速公路一眼，以前我们一直以为从巴黎到马赛差不多只会经过三十个停车场。

读者会发现，我们在因为各类事情发疯的同时又非常现实，我们明白永远不会有七十天的自由时间（很遗憾，本次体验即将结束）去完成这一探险。因此，经过长时间的讨论，我们决定改变游戏规则，把节奏调整为每日两个站点。换句话说（我们那时还不知道之前制定的其他规则是否会带来更精确的计划），每日经过两个站点，不过因为规则还没确定，也无法确定具体停留时间（最终你将看到，停留时间由站点本身决定），但能确定的是，在每日经过的两个停车站里，第二个站点无疑会成为我们过夜的地方。我们计划，在全部的七十个站点中，至少每一站停留几小时，以保证对站点的充分认识。

充满怀疑精神的读者啊，不要觉得我们做决定时有多么开心：我们已经知道，有些站点像皮埃尔－贝尼特这般无聊，还有些站点除了一块路边混凝土标牌什么也没有。在计划阶段，我们本可以轻易地发明一些额外规则，把这样的站点从旅程中删去，但就像一位进入昆虫王国的动物学家，如果他把自己厌恶的昆虫都排除在研究之外，就无法被称作是真正的科学家。同样，我们必须带着探险家的双眼奔向高速公路，不仅要探索好的地方，也要探索不好的地方。

计划明确了

一九七八年秋天，探险的基础工作已经落实，游戏规则如下：

一、完成巴黎到马赛的旅程，其间一次也不离开高速公路。

二、对每个站点进行探索，每日两个，务必在第二站过夜。

三、对每个站点进行科学调查，对所有的观察予以记录。

四、从过往的伟大探险者故事中获得灵感，写一本关于探险的书（模式待定）。

鉴于我们俩都不是受虐狂，便达成共识，我们要好好享受在高速公路上找到的一切设施：饭店、商店、旅馆，等等。

另一方面，对此事进行认真研究之后（我们已经拥有了一张标注各站点的高速公路地图，并得知从巴黎到马赛全程实际共计六十五个站点），我们认为不可能在法夫纳中一次性装下三十五天所需要的给养，也无法免除旅途中坏血病及更可怕的疾病的风险。于是我们决定向两对友人夫妇合理求援，他们一对在巴黎，另一对在南方，他们可以在旅程的第十一和二十一天为我们补给生鲜产品。挑选同谋时必须谨慎。首先，这样的旅程需要他们付出牺牲，只有那些充分理解本次旅行的意义和重要性的朋友才会尽心尽力地帮助我们。其次，从可行性来说，必须挑选那些和我们一样疯狂的朋友，否则就会把事情搞砸。再次，这些朋友应当拥有汽车和充裕的时间来帮助我们。最后，他们应当是名副其实的真朋友，否则就是拿我们的健康甚至生命开玩笑了。

对于南方地区，我们毫不犹豫地选中了蒂尔希林夫妇，将计划告诉了他们。他们不但对此表示欢迎，我们勇敢的上尉让·蒂尔希林还主动提出从科贝伊开始就每三天甚至更频繁地为我们提供必要补给。不过他马上意识到，如此频繁的来访会影响本次旅行（本能中的孤独感）的严肃性，于是他决定只在第二十一天和我们到达南方时提供协助。

联系巴黎的朋友、拜托他们也来帮忙却花了我们很长时间。并不是因为我们在巴黎没有朋友，而是因为我们临时得去别的地方处理点别的事。我们心想，要不秋天再回巴黎好了，但那个秋天又有不得不做的事，于是我们又发誓，来年春天一定走……就这样第二年的秋天到来了，当时我们决定一回到巴黎就出发，但法夫纳出了点超出我们掌控范围的小毛病，我们走不了了，又一次打算来年春天再出发。亲爱的读者，你不要觉得这会让我们灰心丧气或是打消探险的念头。恰恰相反，计划越是落空，我们的决心就越坚定。我们继续购买旅行书籍和科学仪器，细心准备；与此同时，我们时不时就去高速公路上旅行一番，这条公路已经截然不同，我们将它视为一片待探索的区域，不时就能注意到一些之前从我们眼前逃逸的细节。总而言之，我们一次次失败，但越挫越勇。哥伦布远航前花了多少时间？麦哲伦呢？可是请读者想一想他们旅行的最终结果：他们发现了新大陆而不是印度，世界是一颗大球而不是一张平板。这样伟大的成就，值得我们坚定且耐心地等待。我们等了四年。

4

尽管恶魔还在,序章还是走向了尾声,不过事情并非一帆风顺

我们一直在巴黎寻找同谋,希望他们用上述方式对我们进行合理援助,以确保我们的生命安全。一九八一年夏天,我们在勒托罗内①的小屋子里继续推进准备工作时想到了一个又一个人选。你觉得……怎么样?他们很好,但现在度假去了,不知道写信能不能把这事说清楚……。那……呢?唔,我估计他们要在秋天出行。那……呢?哎,他们会让我们去看心理医生……

直到有一天,我们在家门前的泥土小路上听见远处传来一阵突突声。这是只有大众"甲壳虫"才能发出的声音,稍新一点的型号都不行。我们走到露台上,天啊,是谁在一大团烟尘中显现?是小法夫纳,在主人心里它就是法夫纳的亲儿子,它从那个汽车就是要耐用的古老时代存活了下来,甲壳上的累累伤痕就是证据。小法夫纳的英雄壮举将我们带到了安妮·库尔塞勒和奈克米·古尔门面前,他们狂笑着下了车,用力地拍打着身上的烟尘。

狼和小熊对视一眼,这个眼神决定了一切。

毫无疑问,我们亲爱的土耳其人奈克米和他亲切活泼的伴侣安妮符合以下全部条件:

---

① 法国南部普罗旺斯小城。

一、关于他们是否是朋友这一点,他们是(之后读者会看到他们现在也还是)真朋友。

二、关于是否足够疯狂这一点,他们将一辆最远只能到奥尔良门①的汽车开到了勒托罗内。

三、他们有车,这很明显。

四、他们二人一直富有幽默感,我们一定能说服他们充满激情地加入计划。

五、从闲暇时间是否充足的角度看,事情就相当微妙了。安妮每天早上都勇敢地搭乘火车,试图给大脑注入一点智慧,但比起吸收拉丁语和希腊语,她的大脑更乐于吸收酒精。不过,我们十分了解她的好心肠和好性格,我们相信她有能力在必要的时候假装得上一场小流感,以腾出时间,免得奈克米将这场光辉救援的荣耀全部占为己有。

我们顺理成章地向他们提出了计划,当然在此之前陪他们好好喝了一顿,以便事情更加顺利。(很遗憾,现在的科技还不允许我们在本书中插入磁带,因为用语言实在无法描述奈克米瞬间全身心投入的爆笑,大概在圣维多利亚山另一头都能听到他的笑声。)

我们胜利了。

或者说快要胜利了。

因为正如之前所说,苍白的读者,永远不要欢庆胜利,尤其

---

① 巴黎城门。

如你所见,这是八月。在尝试掌控小熊整整四年未果后,黑暗力量狂野而无情地向狼扑去,许多天后,他才从黑暗中走了出来。再一次,我们无法顺着一个个站点从巴黎前往马赛,只能先一步步回到光明中,蒂尔希林夫妇再一次为我们敞开家门(去年我们说他家是庇护所不是没有道理的),在那里,生命如上次那样,再次缓慢而谨慎地开始了。

随后,在我们离开塞尔之前,路易斯·托马塞洛就前来照顾我们,仿佛我们不只是他的朋友,还是他的孩子。就在这时我们决定,巴黎—马赛之行——多年来已经在计划中颇具规模的神秘项目——将在春天完成。在购买一九八二年的日历前,我们已知从五月二十日到六月底有整整六周的空闲。任何旅行、工作都休想阻止我们。某种程度上来说,我们完成这场旅行是为了证明我们拥有对抗黑暗的武器,不管是黑暗肆虐时(就像我们变得如此脆弱的这一次),还是黑暗虚伪地出现时,即它表现得日常又平庸的那些时刻。这些问题本身不值一提,但它们集合起来,就会让每一个想要好好生活的人逐渐远离生活中心。我们把六月的疾病当作一声警告。过不好最真实的生活,对自己、对别人都是一种罪过。

有了这样的决心,我们在路易斯的帮助下,利用几周的康复期和塞尔的宁静(如前所述,恶魔无法穿过塞尔的大门,而鬼魂会在那里闲逛)好好整修了法夫纳,固定好冰箱,还打造出一个储藏间,以存放我们在两次救援行动之间的生存所需。

苍白而无畏的读者,从那以后我们一直十分坚定。即便有鲁莽的朋友一再邀请狼在五六月份去这儿去那儿，我们全部拒绝了(这可不容易，因为实在无法为我们的拒绝给出合理解释)。恶魔们没有通过。但我们通过了。哦，在这几页陪伴我们的耐心读者，希望我们的经历也为你打开了几扇门，某个由你发明的平行高速公路项目同样在你心中萌芽。

想象你在河上旅行。船夫从生到死都随水漂流。这场旅行开始了吗？结束了吗？船夫发现事情如他所见：在旅行的一面，确实存在着开始和结束，旅行可以被阅读，也可以被执行。在旅行的这一面，过去和未来是真实的；而在另一面，它同样真实，只是转瞬即逝，旅行、船、船夫、河流与河面难以分别。挥一下船桨就能一下从河的一头到另一头；旅客的这段旅程在过去和未来不断开始、经过和结束，这样一来，从河源出发并不比到达河口更早。

——奥斯曼·林斯《阿瓦洛瓦拉》

**关于探险家如何为法夫纳配备如此大规模的基本物资，
并慷慨地为可能尝试同类远征的其他汽车宇航员列出详细清单**

为了让探险尽可能具有科学精神，在给法夫纳装备必要给养之前，狼查阅了一些优秀的旅行书籍。库克船长日记（这一姓氏就是品质保证）为他提供了如下有趣的信息：

"如前所述，海军部始终殷切地为我们提供物资，诸多经验和权威指南认为它们有利于水手健康；为了不浪费读者的宝贵时间，我不会全文抄录该列表，只将那些最有用的加以记述。

"他们为我们提供麦芽，我们将它制成甜麦芽汁，每日配发两品脱，有时会根据医生建议，给有极轻微坏血病症状或面临坏血病威胁的人增加到三夸脱[①]。毫无疑问，这是迄今发现的最好的抗坏血病药物之一。虽然在公海上治愈坏血病尚无可能，但我相信如果服用及时，在长时间内它能有效防止坏血病的恶化。

[①] 此处的品脱和夸脱均为英制单位，1 品脱 =1/2 夸脱 ≈ 568.2 毫升。

"我们还带了大量德国酸菜,它不仅是健康的蔬菜,在我看来它还能有效抵抗坏血病,而且耐储存不易变质。在公海上,每星期每位水手分两次食用一磅,如有必要可以加量供应。

"便携汤料块……"

"等等,"卡罗尔说,"要是带着这么些破烂住上一个月,我情愿待在家里。"

"但是库克船长说了……"

"在你说完这句废话之前,我建议你陪我去趟街角的超市。想要防止坏血病,海军部可指望不上,超市里的那些东西才行呢。"

就这样,出发前两天,我们走进那个格外熟悉的地方,它有个明显的优势,就是离车库只有几道门远,我们的红龙法夫纳正在地下焦急地等待。在收银员惊愕的目光中,我们装满了整整两辆推车,推着它们走到街上迎接众多邻居和路人羡慕的眼光。半小时后这一过程再次发生,惊讶的售货员前去通知了经理,经理带着疑惑仔细核对了商品的付款情况。物资清单如下,没有什么特定顺序,因为根据各自的饮食偏好和特点,我们心中各有一张不同的清单。

我们携带了:

大量威士忌

大量葡萄酒

一打鸡蛋

两瓶饮用水

帕马森奶酪碎

黄油

油

醋

黄芥末酱

雀巢咖啡

甜点（水果罐头、甜奶油）

火腿

金枪鱼

沙丁鱼

管装蛋黄酱

粗盐腌牛肉

罐装玉米粒、豌豆、鹰嘴豆、菜豆、水果沙拉

罐装德国酸菜

盐、胡椒粉

黑麦面包

果酱

早餐饼干

米

意大利面

番茄酱

各种奶酪

罐装古斯米①

新鲜水果

洋葱

沙拉菜

番茄

清洁用品

面巾纸

卫生纸

洗衣粉

海绵

我们没买多少生鲜产品,因为保存不了多久。第十天②和第二十一天来为我们运送给养的朋友们获得的指示几乎只有如下内容:

水果

黄油

奶酪

蔬菜

肉

面包(法棍)

---

① 非洲西北部地区常见主食,由粗麦粉制成,形似小米。
② 前文为第十一天,实际救援也在第十一天,此处疑为作者笔误。

我们为威士忌和其他开胃酒配备了一根带有气囊的 U 形管，以减少携带瓶子的数量。

此外，我们还携带了极少量的巧克力，我们有意在甜食方面不那么奢侈，因为我们确信这样一次远征应当被打上节俭的标志。关于药箱中的药品就不细说了，每个人都有各自的健康问题，但是要记住，高速公路上没有药房，因此必须事先考虑一切必要之物。

探险

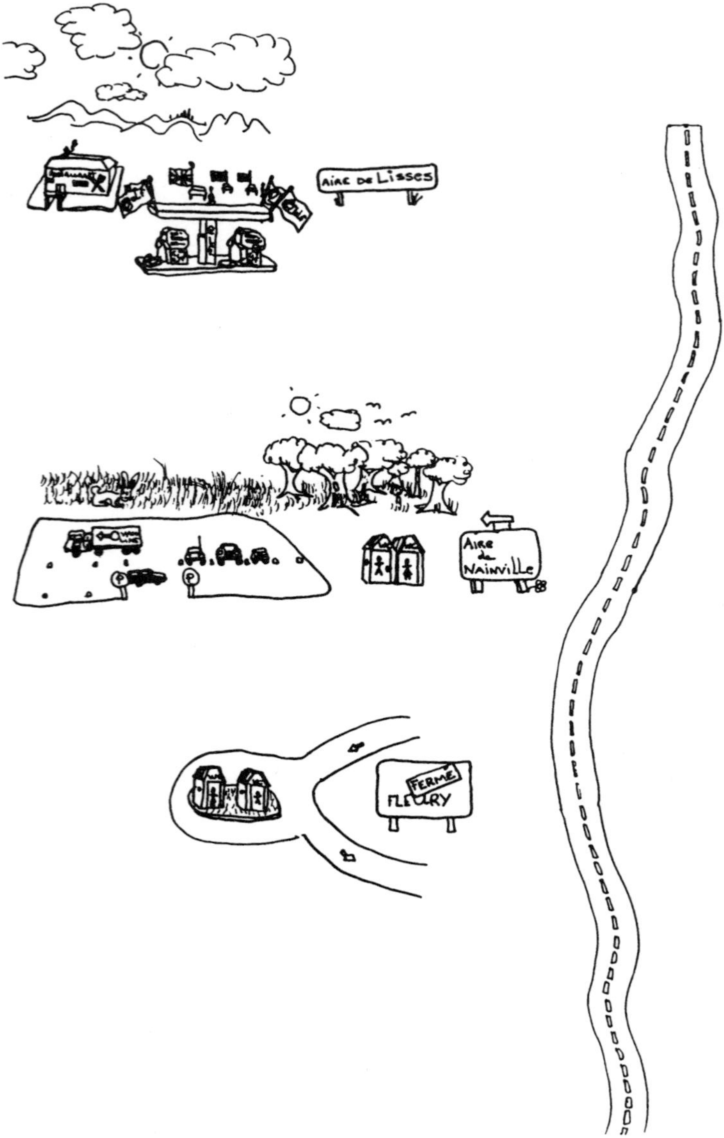
AIRE DE LISSES
AIRE de NAINVILLE
FERMÉ
FLEURY

旅行日志　　　　　　　　星期天，1982 年 5 月 23 日

14∶12　巴黎第十区某处，雨。最后一次确认细节，核查车上物品。鉴于手动水泵坏了，不能把水装在水箱里，得装在桶里。

出发时的国际合作：

路易斯·托马塞洛和凯伦·戈登。

14∶25　冒雨出发。

14∶44　进入市郊（意大利门）。雨。

14∶47　进入南方高速公路。

15∶10　站点：利塞休息区。刮风，晴天，有云。17℃。

法夫纳朝向：西北偏北。

埃尔夫加油站。

远处有几根小柱子。更远处有高塔。

大量英国游客。

17∶54　忽降大冰雹。

晚餐：在这种条件下可以说相当丰盛——冷肉、块根芹、甜菜根、玉米、面包、咖啡。

18∶28　站点：楠维尔休息区。

到站时大暴雨，因此我们无法探索周围情况。本站树木茂密。雷电交加。

20∶00　美美地睡了一觉，天晴了。鸟鸣。站点中有一大片草坪，我们看见一只足有小狗那么大、和母鸡同色的野兔子跳跃着，好像在模仿蝴蝶飞行。

最初的打击

事实上,我们在一开始就受了点打击。我们既希望旅行能体现科学精神,又期待能有不少甜蜜的悠闲时光①。我们带了那么多要读的书;要准备读者未来读的报告(到那时它已经成为我们久远的过去了);还要烹饪,要驾驶难以驯服的法夫纳从一个站点驶向另一个站点(一天在两个站点停留不重要,重要的是为了不冒犯龙,需要在此说明:本次探险中法夫纳扮演了第三作者的角色)。

新手常见的茫然导致了如下后果:暂时的不确定感;在我们同时去一撂布袋和塑料袋后拿一盒香烟时发生推搡;动不动就围着灌木丛转圈;就像优秀的英文小说译者所说,"对苏格兰酿制的格伦·梅维斯酒瓶发动惩罚性突袭";做好的食物也可能会混杂和飞溅。但我们已经知道:如果能在路途全程保持这种茫然,我们将大获全胜。

---

① 原文为意大利语。

伟大而不失混乱的探险队出发的时刻。朋友们和助手们在进行最后确认。

自我命名

我们正在寻找的这条平行高速公路，可能只存在于梦到过它的人的想象之中。（现在断言为时过早，不过我们似乎已经在高速公路上待了二十四小时；而且持怀疑态度的读者会想，不如删去前句中的"可能"一词，来否定另一条路的存在，那么我们说不定会和"可能"这个词一起消失；请耐心一些，至少等我们收集些证据。）可如果它真的存在，那么它不仅意味着另一个物理空间，也意味着另一段时间。就像在高速公路上做星际旅行的宇航员，远远观察着那些继续屈从于地球时间法则、快速衰老的人们。

在那么多次搭乘飞机、地铁、火车的旅行之后，如果我们进入骆驼的旅行节奏，会发现什么？（确实曾有过那么一次长长的旅行，我们坐船从旧金山前往勒阿弗尔，仿佛大海的节奏就该如此，没有人会像这里的人一样开足马力超过我们。）"宇宙高速驾驶员①。"胡里奥说。然而，另一条路就是这条路本身。

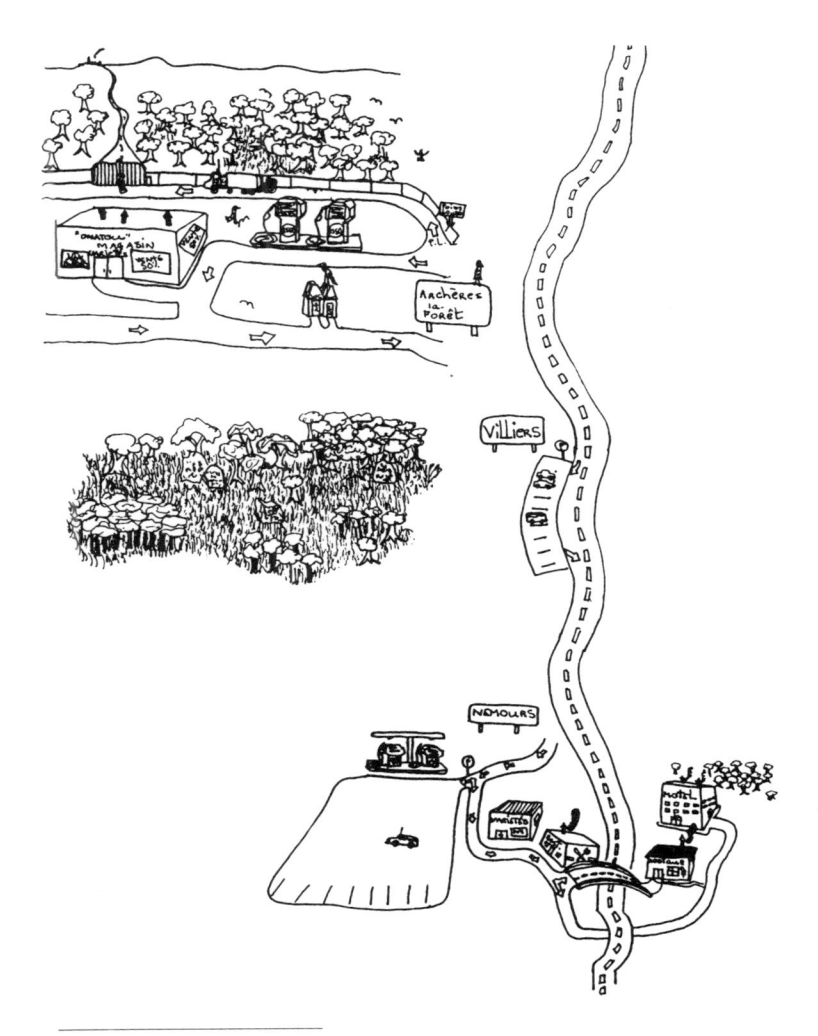

---

① 把 "Cosmonautas de la autopista"（高速公路宇航员）中的两个实词拆开重组，变为 "Autonautas de la cosmopista"（宇宙高速驾驶员）。

旅行日志　　　　　　　　　　星期一，5月24日

7：30　美好的早晨。19℃。

早餐：橙汁、玛德琳小蛋糕、咖啡。

8：59　弗勒里休息区关闭。被破坏了吗？我们不得不继续前往下一个站点。

9：03　站点：阿谢尔拉福雷休息区（外面就是树林）。我们好不容易找到一个安置龙的地方，唯一合适的车位上（服务站后面）竖了一块"禁止停车"的标牌。我们接受了挑战。晴。温度计坏了。

法夫纳朝向：正南。

午餐：煎蛋配奶酪、沙拉、奶酪、苹果。

服务站里有商店：高速公路上的"莎玛丽丹"[①]，店里甚至卖电视机，以及印着"W. C."字样的罐装黄芥末酱！不过这里真正的 W. C. 很干净，还有卫生纸。

热水。

与文明世界的接触：报纸！

广播里说，英国人和阿根廷人在马岛厮杀得越来越激烈。[②]

我们看到了数量惊人的喜鹊，它们仿佛想要聚在一起伪装成斑马。联想起上文提到的破坏行为，只要两只喜鹊碰到一起，喜鹊的数量就会增加。

[①] 巴黎历史悠久的百货公司，其名与乐于助人的"撒玛利亚人"一词同源。
[②] 1982年4月至6月，英国与阿根廷因马岛归属问题爆发战争。1982年5月2日，英军第一次击沉阿根廷战舰。最终阿根廷军队投降。

早上天气很好，之后多云，又开始下雨。

胡里奥买了一管胶水来固定侧玻璃。胶水管是空的，靠管子里的空气就能固定玻璃吗？

法夫纳的公里数到了 65 888，加了油。

咆哮着路过的怪物多少有些打扰我们午睡，但法夫纳知道如何保护我们，下午天气有所好转，但仍然阴沉沉的。

卡罗尔体验了女士 W.C.，得出结论，所有的隔间都很管用。

美好、清新、明亮的一天结束了。

狼准备了一顿丰盛的晚餐。

晚餐：咸猪肉配扁豆、奶酪、苹果。

面对恶劣的天气，探险家进行了各种各样的演习……

……以测试车上设备及设施（阿谢尔拉福雷）。

探险家在此抽取塔罗牌并展示牌面结果

  水泵彻底坏了，看上去修不好了。我们为它祝福（以我们自己的方法，不画十字，也不召唤至高无上的存在，而是微笑着举起水桶，把水倒在海绵手套上，这至少能让我们在二十四小时旅行后午觉醒来时洗个必要而奢侈的"澡"；我们早上在楠维尔站吃了玛德琳小蛋糕，但没有看到侏儒①。微笑做到了小蛋糕未能做到的事：水桶倾斜，我们又回到了上一次从南方出发的时候，让·蒂尔希林秋日阳光下的手臂，拉盖尔·蒂尔希林怀抱里装满百里香和墨角兰），为捐赠给我们这个水桶的蒂尔希林船长祈福，他有远见且慷慨，只是有一点，我们因不信任水泵，在最后一刻往水桶里装满了水，现在我们发现这个桶漏水的速度像水龙头一样快。

  解决完这个重要的卫生问题，我们接下来该怎么做呢？除了

---

① "楠维尔"（Nain Ville）法语直译为"侏儒城"。

游戏的基本规则,我们一无所知。写作。但或许无法直接动笔:需要一些时间才能将发生的事情转化成文字,仿佛只有走完内心的长路,它的意义甚至形式才能凝聚起来。

一定要工作吗?我们已全身心投入这场探险中,意识到虽然这趟旅行被设定为一次挑战,可我们完全可以相对轻松地将它变为简单的一个月假期。突然没有了电话、邮件、义务,等等,这当然非常重要。这时我们因已经真正出发而感到惊奇,摸索着前进。除此之外,要说我们百分百地肯定能坚持三十三天,这是夸口。无论如何,在怀着某种躁动启用打字机前,我们用塔罗牌占卜,企图依靠它发现游戏的某些线索,并在某种意义上看清旅行的主线。

在所有倒扣的塔罗牌里,我们抽取了三张,顺序如下:

赫尔墨斯的战车、愚者、皇帝。

赫尔墨斯的战车:胜利,但需平衡身体和道德的力量。要充分了解逆境,做好打败逆境的准备。圆满成功,当之无愧的进步。政治异见、骚乱和复仇已被平定。征服。问询者已达成功及声望之巅峰。接触统治。本卡亦指示流动、旅行、进步。

愚者:疯狂、鲁莽、古怪。顽固。行为荒谬。狂热。轻浮。完全放弃。

皇帝:代表问询者实现愿望所需的支持。象征坚定、积极和不屈不挠的意志。公正、有魄力,可成为优秀的管理者。自主性。胜利。签署重要合同。感情和事业都处在和谐状态。健康状态稳定。

狼在玩火

在阿谢尔拉福雷站点，几个随机征兆率先出现了。一方面，塔罗牌（由卡罗尔主持，我们俩都受了些惊吓）为我们传递的信息无比鼓舞人心。当我翻过三张牌，看到赫尔墨斯战车的时候，我就明白了。这位敏锐的神灵一直在生命中指引着我。身为处女座，我在许多领域都感到不适，但在其他领域，水星的[1]、乏味的、内向的特质一直为我提供另辟蹊径的指引，许多金牛座和摩羯座可能已经在这些地方撅折了双角。现在我知道我们会达成目标，赫尔墨斯会以作弄我们为乐，但同时也为我们开辟道路，他是道路之主，旅客的守护神。

但另一方面，下午五点半出现了一个香气四溢的预兆。沃纳·赫尔佐格[2]一本游记的西班牙语译本让我读得沮丧不已，于

---

[1] 处女座是土象星座，守护星为水星。
[2] 沃纳·赫尔佐格（1942— ），德国导演，代表作《阿基尔，上帝的愤怒》，描述西班牙军人洛佩·德阿基尔带领征服者试图在亚马孙河流域寻找黄金城的故事。

是我到停车场北边去透透气,那里有一片开满小花(预示着什么)的空地,后面的柏油路通往一幢楼房,毫无疑问,它是为一位特别重要的站点主管保留的,里面有车库、售卖一些古怪商品(您会在高速公路上购买电视机吗?)的商店,还有我每次不一定能辨认出来的其他设施。

我走到小路尽头的时候,一丛开满白花的灌木传来香气,好像有个声音在对我说:"你看,这可不是高速公路的味道,你已进入另一个世界。"不过问题不在于进入,而在于离开,这是预兆,也是诱惑:难以置信,在这个连接巴黎和马赛的封闭式微型宇宙里,在八百公里无穷无尽的铁丝网、斜坡、高墙、张牙舞爪的篱笆和其他法国制造的长城之中,在旅途中我们真正停留的第一个站点,我发现自己身处一扇被链条和大锁禁锢的门前。出于某些我永远无法理解的原因,它同时提供了一条通往迷宫入口的小路,激励人们穿过迷宫,转过一道弯,再转过第二道弯,在大门另一侧的农作物中开出一条小径,直至视线尽头一公里之外的村庄。

一切如此清晰,几乎显得有些粗劣。诱惑再次来临。没有树,没有蛇,也没有苹果,但是它邀请我穿过通道,违反游戏规则,没人会知道这件事。我没有什么目的,可是在向前十米、二十米后返回领地时会产生一种快感。浑蛋会说我是为了捣蛋。比如,我可以不告诉卡罗尔,就像我们隐瞒其他事一样,把这一次叛逆的机会留给自己。或者告诉她,为了看看她的反应。是的,这是一个预兆,但跟塔罗牌是两回事,这是邀请我践行自由的预兆。

回去的路上（我是在何种意义上践行了自由呢？您来决定吧），我又一次想到《游戏的人》[1]中的内容，虽然生命的尽头将至，可我一点没变，我对此心怀感激，有那么多人用严肃的态度或行为代替了游戏。我想起了八岁、十岁玩的那些游戏：这样可以，这样不可以，没有解释，也不必反思。从某个月开始放风筝。在我度过童年的小镇，班菲尔德牧场，没有人会在那一天之前放风筝。也没有人知道是谁定下了起止日期，我们遵循着未知的传统。我想起跳房子、捉人游戏、玩球的规则，还有我逐渐接触的、把我困在大人世界里的其他规则，飞行棋、跳棋、象棋的规则：必、须、立、即、应、将[2]，落、子、无、悔，一切确凿无误、糟糕透顶且完美无缺，就像二加二等于四或者圣马丁[3]将军的解放钟声一样。今天，以及我们未来的三十二个今天也一样，不、能、离、开、高、速、公、路。哦对了，这是个好兆头，它让我充分感受到自己如何沐浴在白花灌木丛的香气之中。这是真正的老年学，让我重新体会到"二十年不算什么[4]"，何止二十年啊，朋友。

---

[1] 荷兰语言学家、历史学家约翰·赫伊津哈写于1938年的作品，作者在书中探讨了游戏与人类文化的关系。
[2] 国际象棋规定，在对方将军时，被将军的一方必须走出一步棋，使自己的王不被对方吃掉，不允许把王送给对方吃。
[3] 拉丁美洲独立领袖，与西蒙·玻利瓦尔齐名。
[4] 卡洛斯·加德尔演唱歌曲《回归》中的歌词。

法夫纳有些迷失在旅行的激情中,它把顶篷拉到最高,让我们从远处也能看见它。

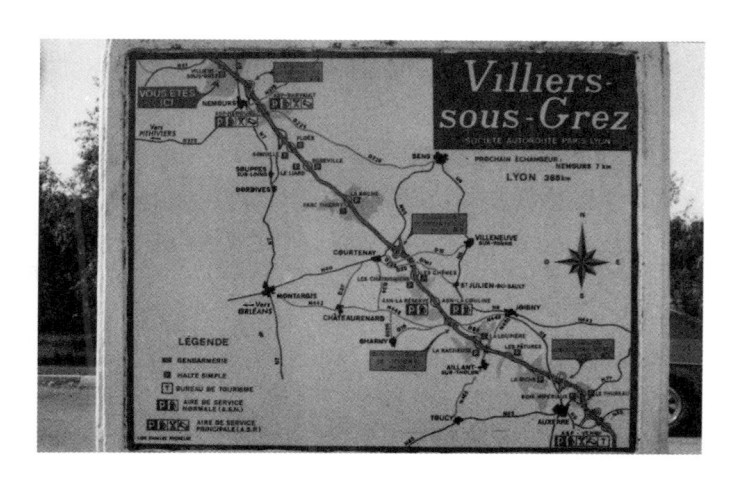

小熊也在用她的方式玩游戏

从童年的视角看（或者至少回到那个视角的记忆中），游戏是一种义务，决定一切的规则似乎从远古时代起就存在，如果你敢指出是有人负责制定了这些规则……那就要当心了，不听话的孩子！加入游戏——不是纯靠幻想我当国王、你当印第安人的那种游戏，在这样的游戏里，"规则"确实会伴随想象变动，只有非常坚实的友谊才能幸存——也许能让我们以最低级别的痛苦认识到我们已经随着长大（不需要"随着"？）失去了自由，认识到在绝大多数情况下（日常生活的保护屏障，是谁决定一切都有限制的？），"社会生活"之中的规则跟跳房子的规则一样不可理喻。（不可以用圆形玩吗？不可以在树上和大楼里玩吗？瓦片压在线上时，不可以把边界画得更宽吗？）

规则不能改变，没人知道为什么。人们必须找到真正例外的情况（或者自己玩）才能调整规则。比如在山坡上玩跳房子，至少要允许人们制定一些新规则——如果石头滚到右边，那就少玩一轮,如果滚到左边,那就多跳几次,如果一场小雪崩过后地上什么都没剩,那第一个跳进房子的人就获胜了——这样才能改变世界。

或许,作弊是游戏唯一的捷径。但被打破规则的这个游戏得一个人玩。当然了,有些小小的违规行为是所有人都期待的,尤其是成年人,他们和朋友分享这些违规行为。但是,那些深层的、隐秘的、持续的违规行为,那种即将在必要时刻拒斥整个世界的自由又怎么样呢?最美妙的是没人知道这件事。直到后来我们才学会完全自由地构建属于自己的、拥有默认基础规则的游戏,并在必要时赋予事物意义。道路如果没有骨架,就只是贫瘠想象的余物或者什么也不是。这场旅行如果没有规则,就只是一项纯粹的愚蠢行为。(从巴黎到马赛,穿越法国的旅行,除了游客的兴趣外一无所有……)但是我们是否有必要相信一条规则被打破后就失去了力量?

你是有多狡猾才会建议我去那棵芬芳的树下遛个弯呢?那扇小门半开着,门外是一条小路,三座小屋,一间狗舍,一根晾衣绳,上面挂着一张床单和两三件衬衫。二〇五〇年的明信片上会这样写:上世纪最后二十五年的郊区景观。

这就是我一路穿过田野跑到车里的原因吗?反正不是因为我害怕那扇门。午餐时分,我们切开苹果,一人吃了半个。

旅行日志　　　　　　　　　　　　　星期二，5月25日

早餐：橙子、玛德琳小蛋糕、咖啡。
8：34　出发时天气极好。
8：44　站点：维利耶休息区。
法夫纳朝向：车头向正南。
那里有两条和高速公路平行的车道，我们把车停在其中一条车道上。右边是广阔的森林区域，到处都是：桌子、长凳、巨石（枫丹白露区域的岩石）、石刻（大概率是现代的，但谁知道呢）、斜坡、起伏的小径、松树、小鸟等等。这是目前最美的停车场了。远处是山谷和山丘。稍近处是大量英国游客，此时他们的数量远远超过了比利时游客，这一点令人惊讶。
11：00　大大的惊喜！前往瑞士旅行的妮可·阿杜姆来了。她带来了樱桃和对我们的友爱。
午餐：金枪鱼沙拉、辣椒、番茄配洋葱、奶酪、甜奶油、咖啡。
卡罗尔正要用吃剩的面包喂鸟时，第一次听到了杜鹃的叫声。
15：40　出发。
15：50　站点：讷莫尔休息区。
法夫纳朝向：东偏北。
我们在旅馆过夜。
晚餐：牛排配炸薯条、咖啡（在旅馆）。

读者将看到恶魔永不入眠

昨晚,出于对淋浴和舒适床铺的渴望,我们第一次在汽车旅馆过夜。在几个小时中,我们享受了现代设施带来的一切技术、美食和卫生特权。床尾的电视向我们展示马岛战争的场景,电器轻易而自然地消除了地理的距离。按钮、钥匙、水龙头,每件设施都为我们提供了一部分舒适体验,而床垫和枕头则提供了爱、休息和梦境的甜蜜三部曲。事情总是这样,当进入了一个快乐又安全的区域,潜藏在街上、车里、户外和人群中的不确定感将被驱除。也许正因如此——我们应当记住这一点——当恶魔在节庆时袭击,当邪恶选择了善的领域进行渗透打击时,它会更加可怕。

过了一会儿,我们想庆祝一下在公路旅馆度过的第一晚,就在房间里的迷你吧台中找了两小瓶很有仪式感的威士忌和冰块。洗完急需的热水澡之后,我给卡罗尔倒满一杯,也给自己倒了一杯,我们坐下来一边喝酒,一边吸烟。我刚尝了一口我的威士忌，就感觉掉进了一个历史悠久且毫无新意的陷阱。我这才反应过来，我的那瓶威士忌一拧就开了，而卡罗尔的那一瓶密封得相当完好。我这一瓶确实是威士忌的颜色，但尿也可以是这种颜色。

我跑到厕所漱口，又拿了一瓶马天尼，这次我仔细检查了，它密封完好。卡罗尔好心地想降低这件恶心事的恐怖程度：那应该不是尿，而是洗发水，或者任何跟威士忌颜色一样的黄色液体。我已经不太在乎了，但我很确定那就是尿，这种套路我见得多了，阿根廷人把它叫作"陷阱""伎俩"或者"玩笑"，鬼知道墨西哥人、丹麦人和意大利人管它叫什么，但套路是一样的，在啤酒瓶或者威士忌瓶子里撒尿再盖好，装作无事发生，然后享受双重的快乐：不但不用付钱，还能预见未来受害者的表情或是干脆让对方呕吐不已。虽然他们不能亲眼看见，但在不远的将来，必将有人掉进这个机智的陷阱。

我自认没有坏心眼，但我从不拒绝正当的复仇，哪怕只是精神复仇。我认为愿望有可能通过强烈的意念来实现。正如济慈在一封信中所说，预言总是好的，因为之后它们可以自己实现。我许下细致的心愿，希望开这个玩笑的人可以在高速公路上随便什么地方出个车祸，把车撞成胡安·何塞·莫萨里尼[①]演奏出最后一个探戈和弦的手风琴那样。我希望司机别受太重的伤。没有要紧的伤，确实，但是随后医生会诊断他得了无法逆转的低尿毒

[①] 胡安·何塞·莫萨里尼（1943— ），阿根廷著名手风琴演奏家、作曲家。

症，即一种会带来针刺般痛苦的巨细胞炎①，从此他只能一滴一滴地尿。而医生每天都需要用试管收集他辛辛苦苦排出的尿液进行分析，以确定他的尿不是尊尼获加红方威士忌。

---

① "低尿毒症"和"巨细胞炎"均为作者造的词。

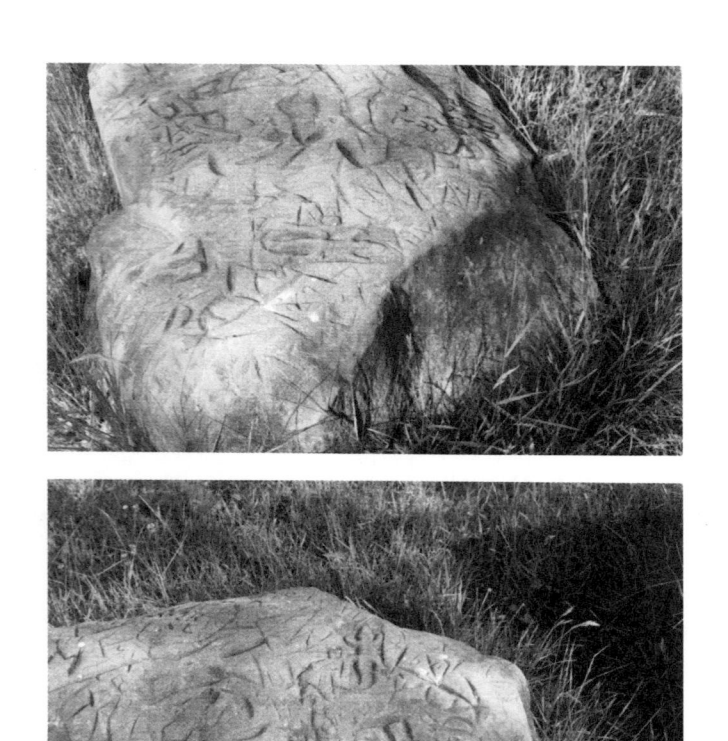

维利耶站点外的神秘石刻（参考商博良等专家的论述）。

△在维利耶站点的一片宁静中,高速公路不再显得牢不可破。
▽其他人看到的高速公路,维利耶站点视角。

一位母亲的来信（一）

奥尔日河畔萨维尼，一九八二年五月二十五日

亲爱的小尤西比奥：

收到你的消息，得知旅途一切顺利，我和你爸都很高兴。这里一切都是你熟悉的老样子，不过至少我们度过了一个美好的春天。入夏已经一段时间了。我们下午在阳台上喝椴树花茶的时候，我有好几次都难过地想到，你要是在这里，也会喜欢这么做的。不过你爸一本正经地提醒我，他年轻的时候可没有这么娇贵，甚至没有你现在这么好的合作体制，只有恶劣条件下的兵役……但这些你已经听他说过好多次，我就不重复了。

我们本想周末出发，计划去枫丹白露森林，但是你表哥安德烈斯[①]来看我们，然后他就跟你爸一起收看了电视上的

[①] 在原文中"安德烈"和"安德烈斯"交替出现，中文译本与原文保持一致。

网球比赛，直到午饭后你爸才说我们至少可以出去走走，但你想想（你了解安德烈，我一直没法理解杰奎琳怎么能嫁了这么个货色，能怎么办呢，儿子随爹），他们吃午饭的时候喝了那么多酒，我又没法帮你爸开车，我们只能安安稳稳地待在家里了。

无论如何，我们昨天去尤里看望了埃洛依莎姨妈。她还是那么可怜，但看到我们时好像高兴了一点。当然，你爸坚持走高速公路，想早点到。中途我们不得不停下来加油，因为他之前并没有想到这一点，我早就跟他说，要是冒险走高速公路的话，总要把事情都规划好的。你想想，要是没油了，我们就会被困在高速路上，周围的车都以几百码①的速度从你旁边飞过去，看都不想看你一眼。后来，你爸要加油站工作人员检查什么东西的时候，我就下车走了走。我一点都不懂那些工作人员在说什么，也想不通为什么每次加油的时候都要把汽车里的所有东西都聊一遍。你爸走高速公路节省下来的时间都被他浪费在跟别人说话上了。我个人更喜欢旁边有树的小路，但开车的又不是我。我绕着站点走了一圈，看到了一对奇怪的男女，你也许会因为你的职业对他们感兴趣。他们有点让我想到罗莎姨妈和她丈夫，你记得吧？不知道你还有没有印象，她去世的时候你才六岁或者七岁，她丈夫没过多久也去世了。罗莎差不多有一百公斤重，至少

---

① 1 码约为 0.91 米。

两米高，没人知道她怎么成了这个样子，毕竟我们全家人都很瘦小。尽管如此，谁都没想到她二十岁的时候突然决定要去跳舞……还带回来一个男朋友！我们没有问他要推荐信，但现在跟你说这些也没用了。三星期以后，他们就结婚了。唉，你真该看看那场婚礼！她，新娘，决定穿白婚纱结婚，一身全白，我向你保证那真是太漂亮了，而新郎真的很像一个大胡子画家，画各种悲惨生活的那个，虽然这个画家的画我一幅都没见过。他穿着燕尾服去市政府的时候，真该给他递把椅子，好让他站上去平视新娘的眼睛。不过最终，不管你信不信，他们一辈子都很幸福，比大多数夫妻强多了。我刚说到哪儿了？啊，对，在服务站后面有一辆房车，现在时兴的那种。说它是辆客车，不如说是辆小货车，但车内设施一应俱全，足够过周末了，车顶上还支出一顶帐篷。服务站后面有一对男女，他们好像是专门跑到这个站点来度假的。男的很高大——相当年轻，一脸大胡子，但是看起来一点都

△妮可·阿杜姆，这位意料之外出现的可爱访客，在得知探险家的计划后表现出了合理的讶异。
▷讷莫尔站点的桥：高速公路向无尽处飞奔，我们却留在原地。
▽讷莫尔站点的汽车旅馆。
　洗澡！床！

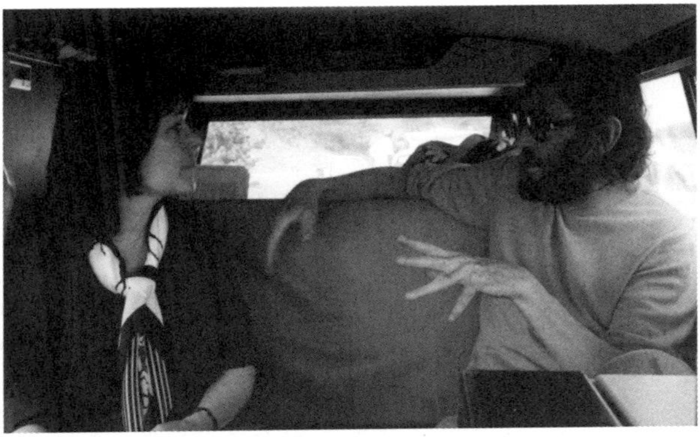

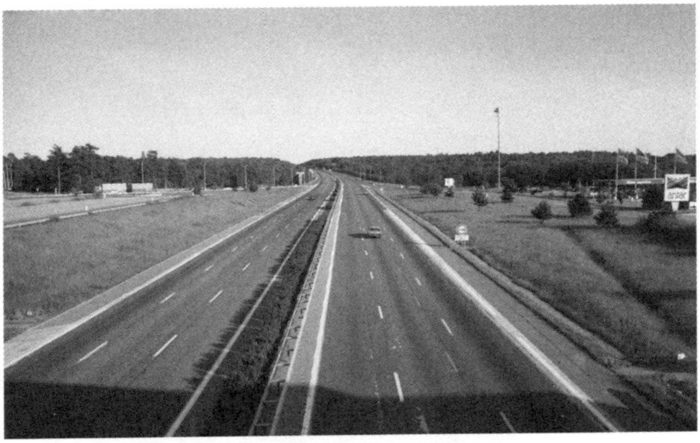

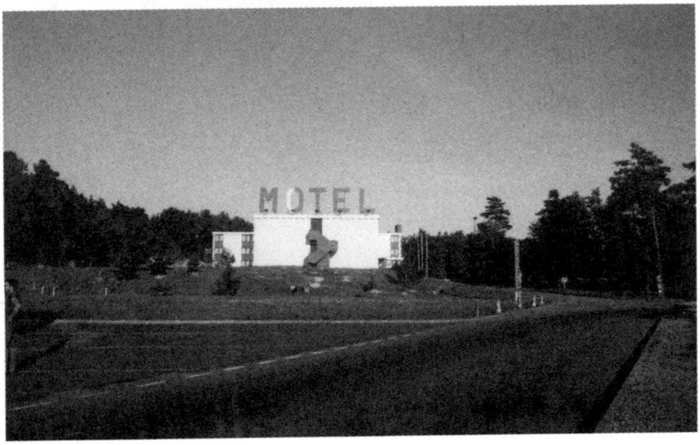
MOTEL

不像嬉皮士，是个体面人，一看就是好人。他身边的女人很矮小，好像在想什么坏主意，他们怎么做某些事情是个问题……一开始我以为他们远道而来，穿过巴黎后到这里休息一下，但是我发现那辆车上的是巴黎牌照。（我认出了牌照上的"75"，因为你爸开车的时候会对着这个牌照大骂"巴黎浑蛋"或者更难听的话。）你觉得这对男女是不是有什么见不得人的关系？在这地方居然能碰到这样的事！不过他们很友好，还微笑着对我打招呼，然后我们就走了，可怜的埃洛依莎还是没有好转。

好了，我的小家伙，我只能写到这里了，快五点了，我还没开始做晚饭。照顾好自己，我们在这里热烈地拥抱你。

妈妈

（待续）

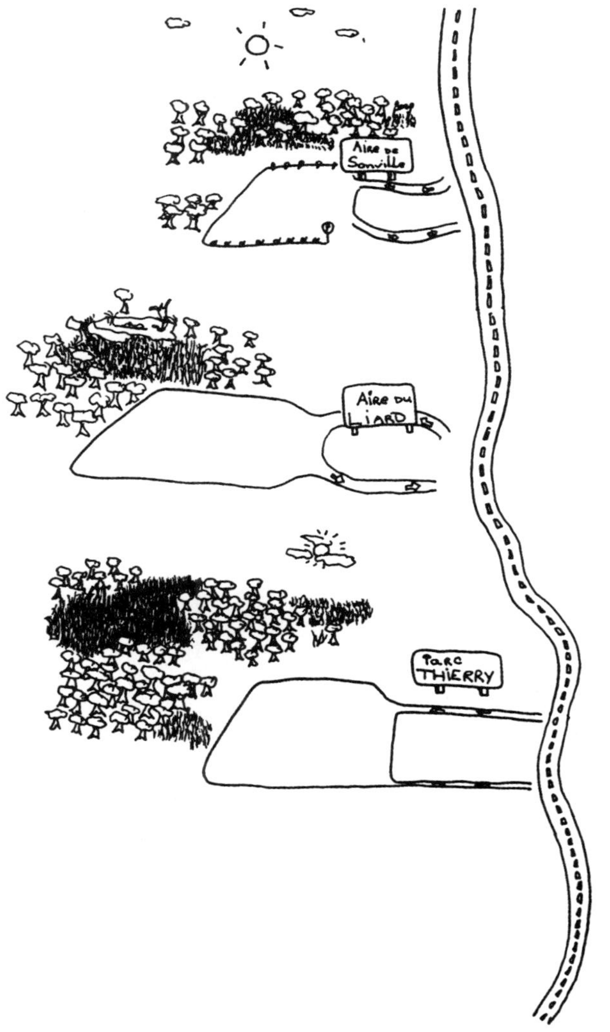
Aire de Sonville
Aire du LiARD
Parc THiERRY

旅行日志　　　　　　　　　　星期三，5月26日

早餐：橙汁、羊角包、面包、黄油、果酱、咖啡（旅馆的）。
9：58　出发。
10：08　站点：松维尔休息区。停车场不错。
午餐：粗盐腌牛肉、鹰嘴豆沙拉、奶酪、樱桃。
14：35　在烈日下出发。
14：45　站点：利亚德休息区。
风景优美的林间停车站。有一大片草地，鲜花，草长得很高，我们在尽头处发现了一小片沙滩。禁止下水，我们怀疑水里有鳄鱼。
16：00　惊喜！勒内·卡罗兹到了，他知道我们的旅行计划，于是从巴黎出发后光顾了沿途所有站点，直到找到我们。他临走时送了我们两瓶芬丹葡萄酒。
晚餐：中国菜、荔枝罐头、咖啡。

讷莫尔站点汽车旅馆103房间

旅客们想知道人是否可能达到绝对的孤独——反例——意料之中无法避开的访客——意料之外的访客——对话和礼物

众所周知,无论我身在何处,哪怕是在前往火星的太空舱里、库斯托[①]船长的深海潜水器里,或者那些只有牦牛和雪人居住的西藏寺庙里,卡拉克和波朗科[②]都会在某个时刻出现,带着永恒的毁灭之意,毁掉我们喧闹的孤独,金子般的寂静,和我们为了逃离尘世喧嚣、(在此情况下)继续探索南方高速上隐藏路径的悠闲生活。

可怜的小熊对鞑靼人的卷土重来浑然不知。我之所以这么称呼他们,是因为他们在与人相处时的破坏性习惯,尤其是饮食方面的,但我也无法摆脱我的个性。我并未评估自己的行为会造成什么后果,就放任波朗科和卡拉克进入我的几本书里,他们在书

[①] 雅克-伊夫·库斯托(1910—1997),法国海军学院毕业,因疾入伍海军失败。二战时任炮兵军官、探险家、作家、电影制片人,水肺的发明者之一。
[②] 卡拉克和波朗科是科塔萨尔长篇小说《第六十二章:装配模型》中一对形影不离的朋友。

中驰骋,仿佛那是被他们征服的土地。现在,他们突然闯入这份报告,并几乎立即表示他们已经决定全程陪伴我们,并将不计代价地护卫我们的安全。

我确实让他们参与了不少作品,但我也一直想尽办法让他们离开,虽然并非每次都成功。小熊容忍了他们,因为他们自称(事实上也是)我的朋友。她为他们端上酒,他们以一贯的冷漠态度接受了。根据我对他们的了解,他们不会喜欢被问到如何在这个站点找到我们,我就当是偶然,但仍不理解他们为什么想照顾我们。经验告诉我,鞑靼人在某种程度上依赖着我,因此如果我在写作时足够谨慎,不让自己被任何将他们召回的念头牵动,就可以保证直到探险结束我们都不会再见到他们。他们清楚这一点,但装作不知道,只是斜着眼看我和小熊忘记及时收起来的威士忌酒瓶。

"你看,"卡拉克说,"他们甚至不说声谢谢。"

"更别说请我们吃午饭了。"波朗科已经把酒瓶拿在了手里。

"别的客人来都是热热闹闹的,我们来了就发动冷战。他们是觉得我们不知道之前有两个人来过吗?"

"还没完呢,那两个人还是瑞士人,你给我解释清楚。"

"你,"卡拉克斥责我,"肯定在日内瓦有几个秘密账户,就像所有的'文学爆炸'作家一样。那些客人其实是金融观察员,他们带来了最新的报价,帮你投资铂金条之类的东西。"

"我敢肯定可怜的卡罗尔什么都不知道,"杂草播种专家波朗科说,"并且认为他们碰巧是瑞士人而已。"

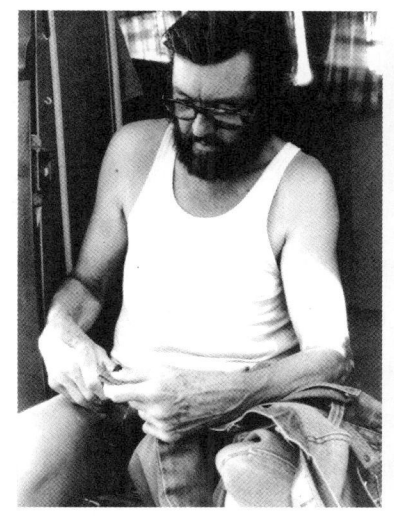

△ 狼决定在蓝色牛仔裤上狠狠剪一刀，改成短裤以应对热浪。

△△ 我们的龙正准备跟树木和鸟儿进行初次交谈。

  我们任由他们这样说话，因为我们挺喜欢这样的，而且觉得将两位客人的到访当作巧合一点也不坏。昨天的访客是妮可·阿杜姆，她无比自然地向我们解释她要去看牙医（从巴黎前往瑞士某地），反正都要出发了，她就决定买点樱桃，在每一个站点寻找我们，她的小车像一根缝衣针，在高速公路上进进出出了三个小时，那些把"站点"和"停车"这两个概念联系起来的人可能会因此感到惊讶。我们非常喜欢妮可的来访，还有她带来的樱桃，因为它们让我们暂时回到了在此地依然能遥遥望见的巴黎，同时证明了本次探险无法中止，必须承认有时候这种行为看起来荒谬至极。

（但关于荒谬的含义，请详询德尔图良①。）

第二位访客也是瑞士人。给那些没什么瑞士血统朋友的人解释一下，在我们看来这是最好的预兆，这表明探险队方向正确、受人保护。我们的愚人船②追随着信号和莫名其妙的风向而行，不过也正如我们期待的那样前进着：惊喜之海、奇观海岸线、颠倒的星座、突然到来的瑞士人和饮食计划之外的樱桃。

我们当时正在法夫纳旁边的树下读书，树上停满了鸟，它们嘲笑着自然生态的状况，在距离高速公路的汽油味和轰鸣如此之近的地方依旧快乐非常；卡罗尔沉浸在拉尔夫·艾里森③的《看不见的人》中，而我正在读安妮·赖斯④的《夜访吸血鬼》，每一章都吓得我发抖。突然，一个身材结实、面带微笑的男人完成了一个诡异的倒车动作，在离我们的避难所不到数米的地方停下车，一边叫着"胡里奥！胡里奥！"一边向我们走来。这立刻让卡拉克和波朗科疯狂地嫉妒起来，因此他们后来对此事嘲讽了一番。

我认出他是勒内·卡罗兹，一位瑞士朋友，真是难以置信。

---

① 德尔图良（约160—220），古罗马神学家。
② 出自德国作家塞巴斯蒂安·布兰特于1494年创作的小说《愚人船》，这是一部道德讽刺作品，讲述了100多个愚昧之人乘船前往虚构国家纳拉贡的故事。
③ 拉尔夫·艾里森（1913—1994），美国作家、文学评论家，代表作有《看不见的人》《海米的公牛》等。
④ 安妮·赖斯（1941—2021），美国哥特小说作家，代表作有《夜访吸血鬼》《狼的恩赐》等。

我曾一度[①]与他一起艰难地筹备《联合国教科文组织通信》杂志。在订阅者看来，这本杂志非常简单，但其中的政治权衡（用这个说法只是为了给它一个体面的名字）意味着长达数星期的复杂谈判、激烈争吵、团体和个人的策略，把英国人、苏联人、法国人、墨西哥人、阿根廷人、爱尔兰人和美国人聚在一起，让这个数字平衡地反映出联合国教科文组织的平等和国际精神。不过在无休止的炼金术、净化、蒸馏、重写和语义调整之后，成品往往会变得相当温和，同时索然无味。

卡罗尔和勒内认识之后，我们坐到了树荫下，原本的巧合升到二级，或者说形成了三角关系，因此更加使人着迷。我们了解到，在我们出发前来拜访我们、打听这次探险的布莱恩·费瑟斯通正住在勒内家中，勒内从他那里听闻了这一伟大的计划。我和勒内几乎六年没有见面了，我永远无法完全理解他为什么冒出了这样的念头，他前往位于加尔[②]的房子时突然想来高速公路见见我们。我们本可以在巴黎见一百次，但克罗诺皮奥[③]就是这样，勒内突然想一个接一个地钻进所有站点，直到碰见我们（妮可也是一样，由此可以发现，瑞士人同样拥有值得我尊重的心理活动）。他是被探险队神秘而明显的声望所驱使吗，还是因为怀念在常规、平庸的情况下被我们忽视已久的友谊？

---

① 原文为拉丁语。
② 法国南部省份。
③ 科塔萨尔在《克罗诺皮奥与法玛的故事》中创造的生物。

现在不是给勒内制造这种麻烦的时候，这样的相遇让人太高兴了，就像一个小小的友情奇迹，我们三人同时感到这场游戏变得丰富了。原来这游戏只属于我们两人，而勒内给他的公路绣上了图案，在图案的某个绳结中最终与我们相遇了。

　　我们大笑着回忆往事，勒内是一位了不起的登山者，他曾在度假回来后给我看他攀爬垂直山壁的照片，他下方的几件瑞士小背心看起来就像多米诺骨牌。而我只要看一眼家里的天花板就会头昏眼花，我脸色发绿，强忍着在办公室里直接呕吐的冲动，请求他把这些照片收起来。勒内收起了照片，开始解释这事没那么可怕，但是那些技术方面的细节迫使我想象自己正身处他们所在的位置，于是情况变得更糟了，这样一来，登山这个话题就很少在《通信》杂志办公室的聊天中出现了。

　　对任何垂直向上的事物都充满热情的勒内，慷慨地赞扬了我们平地匍匐的探险事业。他临走时给了我们两瓶芬丹葡萄酒，那是一种醉人的液体黄金。现在他已经离开，我们正在为他畅饮，仿佛他本人也在场。樱桃和芬丹酒……可怜的哥伦布，在他旅行的前几天可没有人给他捎这些东西。

展开全部顶篷后,法夫纳把自己当成了保罗·乌切洛[①]笔下的龙,没有人敢接近他。

[①] 保罗·乌切洛(1397—1475),文艺复兴时期意大利佛罗伦萨画家、数学家。

△ 那些必须学会欣赏绿洲的人。

△△ 狼在记录当日科学观察之前集中注意力。

▽ 有时,法夫纳变得庄严肃穆,近乎不朽。

移居与迁徙

到了第三天,有件事变得越来越明显:每十个前往南方的游客中就有七个是英国人。看车牌这件事变得有点无聊,远处大多是 GB[①]。(当然,法国人也很多,但我们倾向于把游客都当成外国人,而且在我们看来,这里的法国人不是经商的游客就是旅游的商人,都一样。)

我和卡罗尔发现,在我们之前的高速公路旅行中,比利时人常以一种近乎冒犯的方式指挥我们停车,而现在他们孤独的 B 车牌只是偶尔出现。我们认为假期的节奏影响了迁徙的时机,毫无疑问,这是本次英国人入侵的原因,否则就与马岛战争的节奏同步了。我们每隔三四个小时就通过短波收音机了解马岛的新消息。我不打算在这里谈论马岛相关事宜,因为《圣经》中某处已经说得很明白,凡事都有定期,都有定点。我只是想知道,对于

[①] 英国车牌,即"Great Britain"(大不列颠)。

高速公路上那么多英国人来说,对玛吉·撒切尔挥拳示威并将斯坦利港的企鹅换成蒙特卡洛轮盘赌,是否还算地道的英国式行为。

突然间,我赤身裸体。因为我猛地弯下身体,前帘突然掉了下来,那一刻它仿佛一条将我们与车前部隔离开的浴巾,巨大的挡风玻璃让车内部暴露在外界目光下。

附带加密信息(蓝布)的诱惑花园。"公司"是否认为我们会在绝望中掉入逃亡的陷阱?

旅行日志　　　　　　　　　　星期四，5月27日

早餐：橙子、玛德琳小蛋糕、蜜渍无花果、咖啡。

9:36　出发。

9:38　进入卢瓦雷省。

9:46　站点：蒂埃里公园休息区。

这里的停车场是截至目前我们所见到最大的。

法夫纳朝向：东。

西伯利亚的寒流回来了。

午餐：手工酱拌意大利面、樱桃、咖啡。

18:30　在夕阳下出发。

18:35　进入约讷省。

18:47　站点：沙托勒纳尔休息区。

汽车停在林荫中的小路上。

法夫纳朝向：南偏西。

晚餐：水波蛋、奶酪、咖啡。

夜间下了暴雨，但法夫纳完美地抵御住了。停车场里还有两条龙，与法夫纳保持尊重的距离。

说到底有什么关系呢，在你给我身体留下的难以想象的颤抖之下，你会——我对你大喊，我要，我不要——像这样占有我，四周的帘子敞开着，在一片混乱之中：蓝色牛仔裤衬衫笨重的书籍以及不断驶过的汽车，有远处的，也有近处的，如果近处有足够的空间让它们通过的话。陶醉于你的身体吧，剩下的无非是抽象的东西。

　　如果有一天必须一下子拉上前面的帘子，你觉得我能做到吗？那里连一个挂钩都没有，就算那是条手帕，我又有什么办法呢？

我们向前望去，龙的双眼监视着我们的后方，保护着我们。

园丁

根据官方的高速公路地图,这个站点除了"休息区"之外,什么功能也没有。我们安顿下来后发现,不只有旅人在野餐和如厕期间短暂地占据它,还有更稳定的人口在其领土内流动,从事改造和扩建工作。年轻的工人把新鲜的土壤铺满各处。当我们把法夫纳停到一片怡人的小森林附近,看到两名工人重复着田园牧歌式的动作,播撒着我们推测未来将长成草坪的种子。过了一会儿,另一个工人来了,想拾起被犁挖出的石头;他缓慢的动作充满了古老的优雅气质,他弯下腰捡起石头,将它们收入可靠的怀抱,然后投进一点一点变大的石堆。我正处于有利位置——一张石桌旁,我们在树荫下享用午餐,品尝着卡罗尔做的香喷喷的鹰嘴豆洋葱沙拉——立刻看到了这一幕,在时间之外,在高速公路上往来的小汽车和小卡车交织出的令人眼花缭乱的场景中,还隐藏着一片草坡。

我们越来越沉浸于这样的空当,事物和时间时而蔓延、交错，时而融合在一起，只有未完成的部分才存在意义的事业，在更远处吸引驾驶员目光、令他惊愕的东西，还有春天与萌芽的永恒主题，年轻工人向大地撒下一把把种子时摆出的超脱于历史的姿态，它们之间又是怎样的关系呢？

蜕变

像往常一样，实践会让任何过度自信的理论下地狱。在高速公路上，几乎每个人都全速前进，很少停下来小便或给车加油，最多在舒适的停车场休息一会儿，因此可以推测，这种缓慢得让人难以觉察、将一切颠倒过来的前行会大不相同：汽车不再重要，因为一旦它驶离某处，就将在下一个地方停车；膀胱或肠道的迫切需求不再是中断前进或者改变计划表的理由；休息区则变得比在吞噬驾驶员的空间中伸展的白色丝带重要得多。

我们在组织这次探险时已经预见了所有这些变化，但理论层面的进步无法让我们了解它达到了什么规模、有多丰富。我们的旅行才到第三天，日常生活准则已经让位给高速公路上的生活方式了。我们主要的感觉：虽然刚经过枫丹白露，却觉得巴黎已经那么遥远，连马赛好像都没有巴黎遥远。时间啃咬空间，将其转换；我们已经无法想象这个站点和未来探险结束前的最后几个站点之间有什么重要的区别。

更重要的是，公路的常规概念逐渐改变了，它曾经平淡和近乎抽象的功能被充满生命力的丰富存在取代：人群，山丘，在树木还算茂密之处上演的故事，几出让我们着迷的连续戏剧表演，而我们是仅有的观众。法夫纳，多年以来这条红色的龙曾在各国吞噬距离，现在成了一头温顺、静止的大象，每过十几二十分钟就可以平静地停在四条橡胶腿上。它并不认为这是坏事，恰恰相反，它似乎与我们团结一致。我们在旅行的每段路上都会支起它的橙色顶篷，把它变成一间适合居住、阅读和写作的小房子，这就像是它因为能将自己最好的东西献给我们而得意的信号。我们毫不怀疑法夫纳是第三位探险家，它赞同这种缓慢而意义深刻的前行，在它看来其他旅行太轻浮、太随意了，我们也认为那不是龙和大象喜欢的。

高速公路上的人经历了二次蜕变。我们对那些全速前进、只在极少情况下被三明治或厕所打断的生物作何看法？当然了，在驶过同样无聊的五十或八十公里后，我们的对话主题就只剩下："看，又一辆比利时车，都过去五辆了。现在已经过去一辆德国车、四辆法国车、两辆瑞士车和一辆英国车。这个牌照呢？好像是保加利亚的。真奇怪，保加利亚，我第一次在这条路上看到保加利亚车。"还有卡车。"每天它们都变得更大更可怕，时速一百或一百一十公里，不尊重任何人。那些后面挂着车厢的卡车突然成了一条条鞭打你的蛇，超车的时候必须时刻注意保持距离，虽然大多数情况下是你被它们超车，它们就像疯了一样。"

虽然背景环境没有发生任何改变，但对我们来说一切都改变了。我们不再观察公路，或者很少观察：现在一切都发生在站点，那里的卡车和汽车都慢慢地、几乎是小心翼翼地驶入，谨慎地在其他车旁停下。曾经气势汹汹的巨型平行六面体、名为保时捷的流星或之字形穿梭的雷诺5，现在都像寻求爱抚的狗或是想吃剩下的沙丁鱼的猫那样，缓慢友好地匍匐着接近我们。

但与本质相比这些无关紧要：物体寻找自己的位置，停下，人类从物体中走出来，在高速公路的无情比赛中这种事只会在理论上发生。一辆巨型卡车自称属于维亚勒运输公司——总部设在佩里戈尔地区的蒂维耶，它像一只蓝白相间的可怕恐龙一样以一百码的速度超过我们，把平静的法夫纳吓坏了，而此刻车门处伸出一双腿，一个金发的年轻人下了车。他看到我们离得如此之近，向我们做了个友好的手势，然后愉快地走进小吃店[①]，那里有牛排配炸薯条和令人放松的红酒等着他。那辆高傲的梅赛德斯从未离开为最高速度设置的左侧道路，此刻从车里走下来一对夫妇。车的两扇前门同时打开，就像一只奇怪的变异母鸡，一下生出两颗具有德国外观的鸡蛋。如此一来，物体都已得到妥善安置。站点是真实存在的空间和时间，这里的生物仍然拥有两条胳膊两条腿，而属于高速公路的机器一动不动，垂头丧气，在沉默和无助中死去。

---

① 原文为英语。

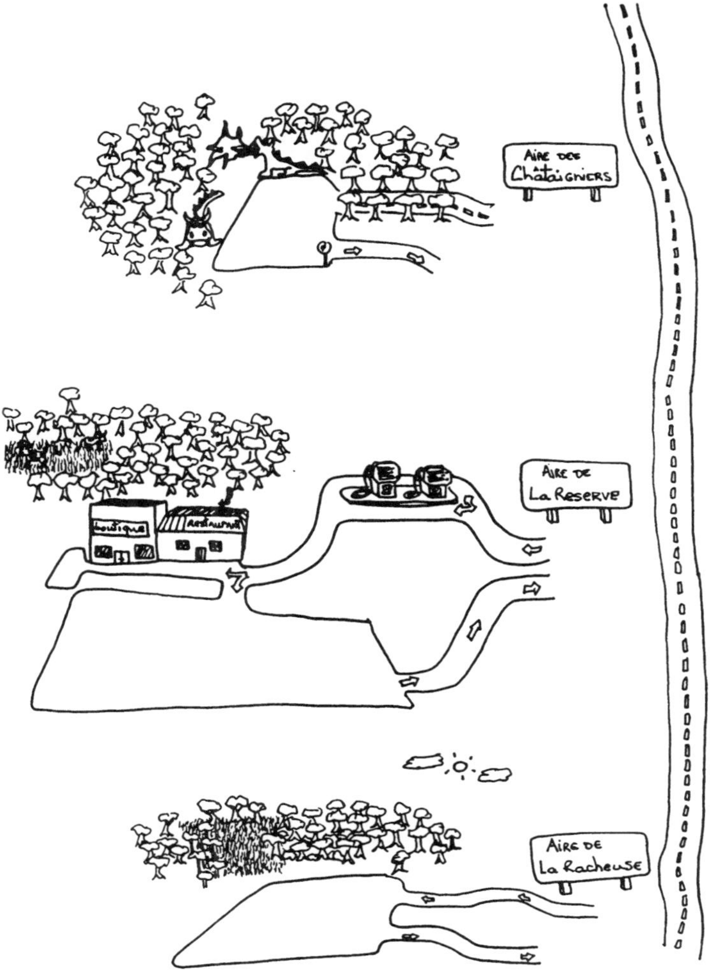

Aire des Châtaigniers
Aire de La Reserve
Aire de La Racheuse

旅行日志

星期五，5月28日

早餐：橙子、玛德琳小蛋糕、蜜渍无花果、咖啡。

10:08　出发。多云。

10:15　站点：里瑟夫休息区。母牛！

第一件事，让法夫纳喝饱（普通汽油，因为它是一条生活简朴的龙）。

天灰蒙蒙的，偶尔透出点太阳。没有昨天那么冷。

有一家商店、一间餐厅。我们买了一支温度计，代替坏掉的那支。

法夫纳朝向：东南。

午餐：蛋黄酱鸡蛋[①]、牛排配炸薯条、巧克力慕斯、咖啡（在餐厅）。

13:10　与救援小队第一次通话；巴黎一切顺利。

13:18　出发。

13:21　进入勃艮第大区。

13:24　站点：拉雷歇斯休息区。

漂亮的停车场，种着树。

20℃。

我们看到了一条蠕虫。

晚餐：酸菜（我们的噩梦）、奶酪、咖啡。

科学观察：我们在第二个站点观察了一条砖红色的蛞蝓，它把头伸进地上的一个空啤酒瓶。这一晚，我们慎重地将法夫纳停到一块没有脏东西的地方之后，煮了酸菜。紧接着，我们发现一只同样是砖

---

① 即魔鬼蛋。

红色的蛞蝓正在接近我们的车。五分钟后，法夫纳面前的整块地面遍布向我们的晚餐移动的蛞蝓。我们将今天在第二个停车场观察到的事同当晚的遭遇联系起来，不得不得出这样的结论：蛞蝓有德国血统。

（寻找蛞蝓图像、拉丁名字等等。）它们是敌人发出的信号吗？不要忘记那个被细心扎在篱笆上的软木塞。

敌占区的小型营地：法夫纳外墙、"花样恐怖"、微型桌和饮用水罐。

一位母亲的来信（二）

奥尔日河畔萨维尼，一九八二年五月三十一日

亲爱的儿子：

非常感谢你的明信片。你怎么就去了一个有那么多雪的国家旅行？你收到羊毛袜子和围巾的包裹了吗？真希望服兵役的人有权穿红色袜子，因为我织围巾剩了不少毛线，可以给你再织一双红的，不过我觉得那大概不被允许。

这里时间过得很慢，电视上没什么大新闻。现在天热了，我们打开窗户才发现，社区里的小孩真不少，他们总在你爸午睡的时候打扰他。我在想卖掉商铺和房子是否正确，毕竟我们本可以多住几年，但可能你才是对的，我们应该自由自在地享受剩下的日子，虽然我想说，我们还没有真的习惯所谓的退休时光。当然，能够说走就走是很愉快的，一星期里的哪一天出发都行，但我们还是习惯周末才去度假。我

们也试过星期二或者星期四,但那不是一回事。我想你爸并非真的想重新做生意——他的背因为这个才疼得厉害,但他还是一直在看各种广告,我们上星期先是去了茹瓦尼,埃洛依莎姨妈住在那里的一家养老院里,她真可怜,然后我们又去了欧塞尔,你爸看到那里有间酒吧出售,价格很优惠。我不太喜欢开酒吧,但广告上说那是间带花园的小房子,有时候我会觉得要是有个花园,时间能过得快些。总而言之,我们星期五一早出发,先去茹瓦尼帮可怜的埃洛依莎姨妈收拾东西。你要是看到她家的样子也会难受的。我尽可能帮她收拾得像样了一些,但你爸满脑子都是酒吧,当然了,虽然我猜想要是开了酒吧,以后每天我们都会看到你表哥安德烈斯在下班后过来,哪怕他住得很远。二十年前,他爸也是在咖啡馆里消磨时间,我担心这可怜的孩子已经走了那条同样的路。你爸急着要出发,所以我就不能做我想做的事了。我们重新回到高速公路上前往茹瓦尼,跟平常一样,你爸发现我们的汽油又不太够了,所以我们停到一个超级停车场里,我觉得他喜欢那种停车场,那里停的车比普通的服务站更多,还卖各种汽车用品。我有时候会想你爸要是当个加油站员工会比真去做生意更开心,但现在已经太晚了,而且我觉得我忍不了一个每天都满身油味的男人。不管怎么说,当你爸掀起汽车引擎盖,跟一个年轻机械工聊天的时候,我走下车,然后吃了一惊。我在停车场又看到了那对男女(就是上一封信里我跟你说开房车的那对),只是上一次是在尤里附近,现在已经过去一个星期了。或许他们总是在这一带旅行，但你也别否认这是一个奇怪的巧合。我们在高速公路上一路向前，从来没有在休息区碰到过同样的旅客。更离谱的是，他们还摆出几张折叠躺椅和一张小桌子，好像准备野餐一样。这次他们没看见我。我回到车上，我们继续往茹瓦尼开。确保埃洛依莎姨妈被安顿好之后——我们也做不了什么别的事了，可怜的她连我们都认不出来——我们回头去一家餐厅吃了午饭。你爸还像平时一样脑子不好，这么热的天，开了这么久的车，非要点酸菜，我跟他说了几遍这个不好消化，但你知道他听不进我的话，跟他说话就好像跟聋子说话，这聋子还不会读唇语。好在他没喝太多……（你现在有文凭了，能告诉我为什么男人要喝酒吗？据我所知，你爸可是什么都不缺。）

但不管怎么说，酸菜就是酸菜，结果我们刚一回到高速公路上，就不得不在第一个站点停车，下去空空肠胃。你知道的，你爸出门时总得有只眼睛盯着表，记得你小时候我们出门旅行吧，你想尿尿的时候要让他停车有多难，我可怜又可爱的小天使啊。好吧，那一次我们停的不只是个服务区，而是那种叫作休息区的地方，种着树，有林间小路，卫生间还特别干净。你爸睡着了，我去散步，你知道，过我们这种生活就得抓住机会找点乐子，我真希望你的生活会有所不同。当然你也知道，我没什么好抱怨的。说到底，那一次我们没能去成枫丹白露都怪你表哥安德烈斯和网球，所以这次我决定到林中小路散散步。我在那里又揉了揉眼睛,因为我跟你提到过两次的那对男女就在这个站点深处待着,他们不但支起折叠躺椅和小桌子,还摆上两台打字机,两个人就在树林里写上了。明白吗?看到我走过,男人向我微笑,说"早上好,夫人",好像我们每人手中拿着一块面包在面包店偶遇了。女人抬起头,也对我微笑。你说说,你能明白吗?他们已经不太年轻了,看他们开的车,他们可以找到更体面的工作场所,不是吗?总之,你没跟我一起过去真可惜,你一定有办法跟他们交谈。

和预料的一样,那家酒吧跟广告上说的完全不符,他们说的花园只是一块堆满垃圾、长满野草的废弃露台,旁边就是铁路,也就是说我们这一趟白跑了。但我们已经决定下星

在拉雷歇斯站点,一条友好的小虫表明我们不是仅有的探险者。

期出去度个短假,你爸已经答应我了。或许我们可以去第戎边上转一圈,你爸发誓这次不是为了生意上的事情。

  我知道你很烦这些事情,你这个年纪,还有文凭,但说实话,你走了以后,我的生活就空荡荡的,像缺了一块。你爸跟我说,还不到两年呢,他还说,我应该让你去过自己的生活,我觉得他有道理。但要是你服兵役的地方能离我近一点就更好了。你永远不知道生活中会发生什么,不管怎么说,加拿大都太远了。

  好了,就写到这里吧。刚才安娜·玛丽亚打电话来,说西西尔的店铺折扣不错。

  你知道我们都很想念你,全心全意地拥抱你。

妈妈

(待续)

我把躺椅放在一棵松树的树荫下，看起了报纸。树荫移走了，阳光照过来，我从一场甜蜜的长梦中醒来才发现我几乎忘掉了梦中的一切，只记得有狼，或许还有一列火车。

这种感觉已经多次出现：当我在不属于自己的房间、不属于自己的床上醒来，当周围不是熟悉的墙壁，潜意识总是需要很长时间做出改变。虽然不知道身处何地，但我在睁开眼之前就会有异样的感觉，不过更多来自听觉层面，或许永不休眠的听觉（至少听觉功能确实常与梦境相关）释放信号告知我这种噪音是他妈的什么，不属于城市也不属于乡村，我睁开了眼睛，我还在松树下，被太阳照射，几米开外停着法夫纳，总是那么漂亮、忠实，门开着。车里没人，胡里奥已经不在那儿敲打字机了。我赶紧进车里乘凉，吃了几颗妮可带来的樱桃（自从在普罗旺斯艾克斯的大学餐厅里了解到几乎所有樱桃里都住着虫子之后，我就很少吃樱桃了，不过我知道这些樱桃里不会有虫），我突然意识到这件事有多奇怪，胡里奥没有回来，我也不知道他在哪里……之后的幻想变得可爱起来，他在往远处走，他在草地上睡觉，他找到一条秘密通道。于是我发明了另一种游戏，胡里奥不知道我在哪儿看到他行走，看到他做的事情，我现在也不会告诉他，因为这样做有好处也有坏处，问题一直存在：当我为幻想打开大门，所有的事物会一起进入，我突然惊讶地看见胡里奥带着一贯的微笑走来，告诉我他晒了一场很棒的日光浴，在草坪上把短裤以外的衣服脱了个精光，于是我想：当你脱套头衫的时候，你正在某条路上走着；当你脱牛仔裤的时候，你已经爬上了一棵树，看山坡的另一边是什么；当然，你把汗衫放在身边的长凳上时，一定也在做着什么，但我不会给你讲来过的人和城市里的故事，所有这些同样源于你的自由，或是你梦境中的自由。

致读者：

　　卡罗尔的文字似乎到这里卡住了，甚至有可能丢了一页；除了修改一些小错误外，胡里奥保留了所有内容，甚至包括脏话，卡罗尔使用这些词语时跟任何一个使用非母语的外国人（愚蠢的清教徒除外）一样熟练。

　　值得注意，小熊再次用西班牙语提到了卡拉克和波朗科，胡里奥像往常一样（有人说这是个坏习惯）在小说和其他作品里声称他们是为所欲为的坏靼鞑人。我知道，就像骚扰我们的恶魔"公司"一样，卡罗尔对这两位偶然入侵的同伴非常重视，他们假装保护我们，其实喝我们的酒，吃我们的肉酱，和我们一样理所当然地享用那些食物。他们已经有点让我厌倦了，所以如果有那么一两次，换成她让他们出现——在她可预见地对他们感到厌倦之前——我会很高兴。我看得出来，她在内心深处是喜欢他们的，这让我松了一口气，因为这两个鞑靼人是我最该受谴责的一处弱点。

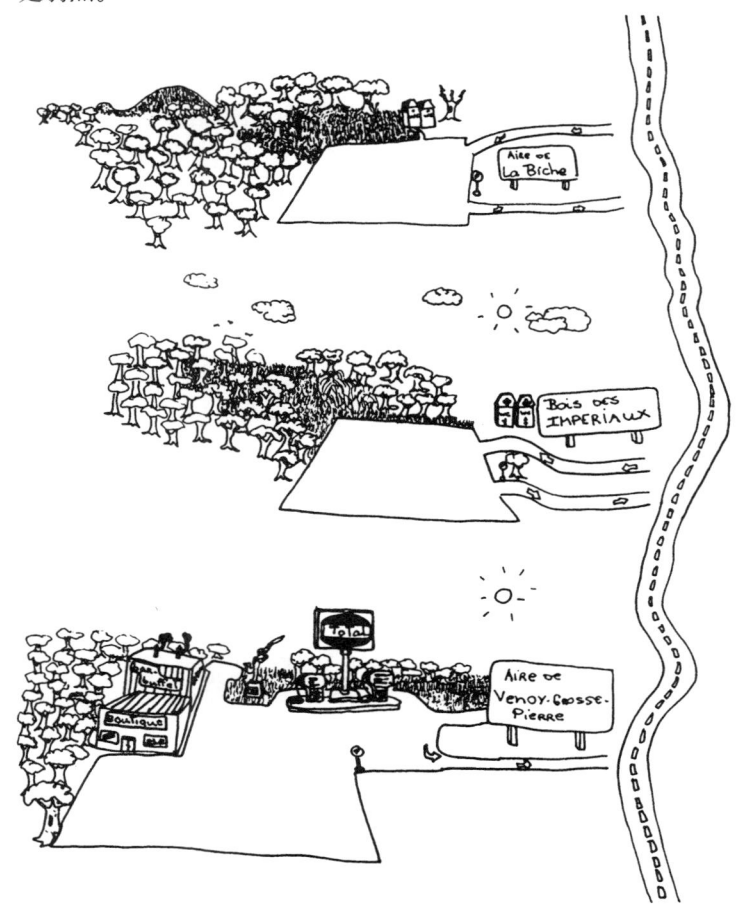

旅行日志

星期六，5月29日

7:15　明媚的早晨。12℃。

早餐：橙汁、玛德琳小蛋糕、蜜渍无花果、咖啡。

8:09　出发。

8:11　欧塞尔的郊区在晨雾中的景色。可以远远看到欧塞尔城。

8:26　站点：比什休息区。

又一个"三星级"停车场。

15℃。法夫纳朝向：西。

12:00　20℃，阳光相当好。

午餐：牛肝菌鹅肝酱、墨西哥沙拉、香草奶油、咖啡。

几架飞机从我们头顶低空飞过。

会是"公司"吗？另一个信号：被固定在周围栅栏上的干枯松枝。

17:10　在停车场出口停下车，再次补给饮用水。

17:15　出发。24℃。

17:19　穿越约讷河。

17:22　站点：帝王林休息区。

22℃。法夫纳朝向：南。

18:45　面对"拖挂式房车"的入侵（在这个仍然空荡的大停车场上，两辆拖着上述"拖挂式房车"的汽车紧贴着法夫纳停下），我们挪到了另一边。

科学观察：蚊子越来越猖獗。（这不就证明我们在前进吗？）

幸好在出发前，凯瑟琳·勒奎乐为我们提供了一件超科学、超有效的武器来对付这些畜生。

我们把它从箱子里取出来,它刚发出轻微的嗡嗡声,蚊子就被赶走了,但这让我们对蚊子的性生活产生了一种可悲的想法:事实上,机器的声音与公蚊子一致(如果发情期的公蚊子真的会发出这种声音),结果所有的母蚊子都跑了(似乎只有它们才咬人)。那么,蚊子是怎么繁殖的呢?

节俭并不妨碍我们在比什站点午餐时刻的幻想。

逐渐进入"其他"——关于垃圾桶的注意事项——高速公路上的苏族人和科曼奇人[1]

我们永远无法想象却不得不欣然承认的一点是，虽说想象帮我们创造并准备了这场探险，它却无法让我们感知真正将要发生的事情。可以预见，等旅行过半，我们的生活会掉入陈规，甚至变成例行公事；但是令我们迷惑不解的是，在第五天，就在勃艮第附近，我们便过上了这样一种生活：对其唯一可能的定义就是自然。

其他一切都好像只存在于括号中，尽管广播和我们不时找到的报纸带来了战争、电影节、谋杀、文学批评和工会冲突的消息。这里的一切都存在，一切都在继续；但只继续存在于两个日间停车场的无人区，存在于法夫纳微不足道的几分钟前行后到达的两座岛。或许这就是最奇怪的事情：沿着南方高速慢慢前进的

---

[1] 苏族人和科曼奇人都是北美原住民。

过程本该是最根本的东西,却从第一天开始就失去了所有的意义。高速公路引发的症状——单调、迷恋时空、疲劳——对我们来说并不存在。我们刚上高速公路就下来,随后在五小时、十小时,在一整夜的时间里将它遗忘。如果我们几乎无视它,它将不再是一条完整的嘶嘶作响的蛇,而是被分割成了六十多块的蛇肉串,那对我们又能有多大意义呢?

而自然不会让我们对单调有丝毫的感知或恐惧。站点就是站点,是可怜的天使,但每一个站点都意味着我们要对独特计划进行一次有趣的修改。每当我们找到让法夫纳停下来的好地方,找到树林的阴凉处,或者在最坏的情况下找到一处尽可能远离高速公路噪音的地方,都会发现一些共性元素发生了变化。位于我们右边十米的厕所现在向左或向后移了二十米;昨晚树干细长的小树林现在变成一大片橡树,树上时不时掉下几条友好的虫子,在我们的牛仔裤或打字机边爬行,看着我们(这是肯定的,它们看着我们,看起来满意而自信,好像知道我们会和它们玩一会儿,然后把它们放到一片大叶子上,免得再受打扰);在配有质朴木板凳的桌子边享用午餐或晚餐是非常愉快的,而桌子的排布方式也发生了变化,垃圾桶也变了,不过它们数量众多,我们对此非常满足。*

---

* 应当在科学层面指出,这么多的垃圾桶当然毫无美感,但注定会让那些仍然认为空罐子和废纸就该铺满地板的人感到尴尬,不过这里的垃圾桶好像多得过分了。我们开始想象公路协会订购了一批垃圾桶,某个心不在焉的秘书在后面加了两个零,当错误无法挽回,她只得说服自己"多多益善"。如此一来,你在站点几乎可以闭着眼睛丢垃圾,尤其是在巴黎—里昂路段;在此路段之外,情况有所不同(又是一个粗心的秘书?),垃圾桶变小了,形状有点像人,介于机器人和亚历山大·涅夫斯基的条顿骑士之间,不过依然无处不在。——原注

在一次快速旅行中，这一切都不足以让人注目，停车场只是为了卫生或美食需求而停车的地方；没有人会把它和之前的停车场进行详细比较，恕我直言，停车场万站归一。但是我们的情况非常不同：当我们等着开进下一个停车场时，几乎还没有和上一个停车场完全分离。我们猜测它可能会有的品质，或者担心受到惊吓，怀着渴望模拟下一个避难所。几分钟后，第一个伟大的"P"将展现出来，表明距离停车场还有一千米，然后是两百米，然后又是一次缓慢进入的仪式，研究可能性，摒弃旧有经验的虚假优势。比如今天下午，几棵金黄茂密的橡树下面最好的位置已经被一大家人占据了，他们在一张桌子上摆上午餐，大快朵颐。像苏族人、隐居的科曼奇人一样，我们做出只停下来喝一杯或者伸伸腿的样子，在十五米外把法夫纳停下来，而卡罗尔就像暗中观察的宝嘉康蒂公主[①]，脸色苍白，没精打采地踱来踱去，猜测这家人什么时候能喝完咖啡回到车上，我则全神贯注地把握方向盘，以防德国或巴黎游客趁机抢占我们的好地方。

　　这些鬼鬼祟祟的动作看起来很幼稚，但其实并非如此。我们绝不能告诉任何想抢占这个好地方的人我们将在高速公路上生活三十三天，否则他们会考虑打电话给精神病医生，最起码也得打给警察。然而，对于那些必须勇敢踏上连续数星期的艰苦探险的人来说，舒适是最主要的真理；健康，好心情，这本书和它的读者都是重要的部分，这些绝佳的因素证明，必要时我们确实应

---

① 迪士尼电影《风中奇缘》主角，设定为北美原住民。

该在他们周围隐蔽等待，并采用其他一切合法方式舒适地安顿下来。城市甚至国家不就是这样被创造出来的吗？河流与海岸，合适的海拔与适宜的气候——不能随便找个地方就扎营，让罗慕路斯和雷穆斯[①]、尼迈耶[②]或佩德罗·德门多萨[③]说去吧。

△欧塞尔附近的一片热带树林（比什站点）。
△△"停车大陆"旅游项目海报图（比什站点）。

[①] 传说这对兄弟是罗马城的建造者。
[②] 奥斯卡·尼迈耶（1907—2012），巴西建筑师、巴西首都巴西利亚的设计师。
[③] 佩德罗·德门多萨（1499—1537），西班牙殖民者，到达南美洲后建立起布宜诺斯艾利斯的城市雏形。

105

我们听了广播简讯，完全喜欢不起来

最初的几滴雨水滑过蜗牛纤细的触角，它迅速缩进螺旋小屋。在不到一分钟的时间里，我们收起折叠躺椅（又名"花样恐怖"，因其织物上的印花图案而得名，尽管我一再恳求，卡罗尔出于恶趣味仍拒绝改口），进入法夫纳避难。过了一会儿，它变成一个闪闪发光的红色泡泡，毫无疑问，所有龙在洞穴外遇到暴雨时都会发生这样的事。

没有什么能吓倒优秀的探险者：小熊将她的打字机放在驾驶座上，坐在副驾驶上写作。我在后排展开桌子，让工作室更适合"知识阶层"的另一名成员使用，他也是个讲究人，占据了最好的位置。半瓶鲜红晶莹的勃艮第酒配上咸杏仁，让我们几近开悟[1]，而法夫纳伴随两台奥林匹亚旅行者至尊打字机的节奏抖动着，春日的风暴像拜伦诗中描述的那样在外面咆哮。正如航海广

---

[1] 日本佛教禅宗用语，指依佛陀所教导的真理修行而有所体会见地，获得"体验性的智慧"。

播简讯所说,能见度几乎为零。

说到广播,本次探险完全不是在逃避现实。我希望不是,我们两人心中恶的那一面嘟哝着,清楚地感觉到我们永远不想逃避那些可能应该被避免但我们依然相信的事情。无线电在巴黎—马赛路段占有重要地位;经过深思熟虑,我从家里的三个半导体中最终选择了JVC(我在旧金山"好家伙"店里买的,此前已经寻觅了好几天短波接收器),因为它不只可以帮我们收到本地电台,还可以带来最意想不到的惊喜,南斯拉夫电台、突尼斯电台、丹麦电台和最重要的、每小时都在给我们提供英国版本马岛消息的伦敦BBC。您会明白,对于那场战争我们不想也无法逃避。当您读到这一页时,今天下午的新闻只是时间这个大橙子里面小小的一瓣,更多的事情将会发生,正如让·萨布隆[1]过去常常唱的那样:

> 一切都过去,一切都破碎,一切都疲惫,
> 会有另一个人代替我的地位……

会有其他战火在别处的地平线上燃烧,诸如此类。但今天是这场战争,是我们的战争,位于拉丁美洲。我们怎么能不对军政府装聋作哑的阴险做派深感痛苦?他们明知平民反对战争,却仍然一意孤行,要重新征服马尔维纳斯群岛,让上千名缺乏训练、

---

[1] 让·萨布隆(1906—1994),法国最早的专业爵士乐歌手之一。

缺少装备的新兵上前线送死。这些年成千上万阿根廷同胞日复一日地遭到压迫、暗杀,被酷刑折磨,大量失踪,面对大多数阿根廷人的愚蠢坚持,我们怎么能不感到恶心?

(十九点的新闻简讯播报结束,下一期将在二十点播报。)

关于站点里的昆虫种群和其他生态的思考，
以及为其中树状植物群绘制地图的（渺茫）可能性

　　现实极具欧几里得几何特征，本次探险每天都在证明它有将自己塑造成各种形状的倾向，这些形状虽然无法被看到，但仍顽固地不断出现。当太阳像一颗巨大的黄色网球被比约恩·博格[①]击发打进站点时，我们就去寻找阴凉处，热源—树木—旅行者的三角形关系在这里再次成立，未来它会在这广袤领域的诸多站点上成立。

　　在那个三角形中，我们继续安装"花样恐怖"，让自己被过滤后的金色光斑、树叶的沙沙声和像我们一样精明的欧几里得式鸟儿所包围。一般来说，现在不是工作时间，就算是工作时间也可以再等一会儿，我们因此感觉这样的生活强度等于"什么事也不做"，这种感觉在如今的生活中被日益忽视，专家用一个简短

---

① 比约恩·博格（1956— ），瑞典网球运动员，曾六次获得法网男单冠军。

而不祥的词语来包装它的后果：压力。在我们的三角形里丝毫没有这种危险，我们受够了巴黎，那里的危险等在门后。这里只有炎热、阴凉和树木，在植物水族箱的绿水中一动不动地随波缓缓航行。

  我今天下午的这棵树没有名字，就像我所有的树一样；除了三四种树外——柳树、杨树、香蕉、橡树等等，我从来不知道怎么分辨它们的差别。这棵树中等大小，宽阔，五六层主枝干向外伸出，打造成蓬松的巨大树冠，我在树干脚下坐着几乎看不到巨大的树顶。微风难以吹动它的宽叶子，它只能感受到自己作为个体的存在，这对它来说就足够了。但它并不孤单，我会一点一点地认识它，我的第一课是鼻子上的瘙痒，一条小虫从一片叶子上展开了它的丝之梯，刚在那里安顿下来，我不知道它的目的是什么。我想把它放到地上，打发它到别的地方去，可刚弄断丝线就看见许多其他的小虫也同样进行着天使一般的操作，它们顺着细不可见的梯子从树上降临地面。一场循环已经开始，一次蜕变即将到来，虫子离开会动的绿色天空，冒险进入下方等待它们的泥土。同时，我凑近观察才发现，这棵树的树干就像"世界树"①一样，高处和低处之间运行着奇异的通道：在一侧，一队大黑蚂蚁向上爬行，直到它们在左侧第一根树枝上迷了路，而另一队蚂蚁折返下降，除了沿途被吃掉的食物，这段旅程好像没有给它们提供口粮。那只像佛教僧侣一样缓慢螺旋移动的蓝色甲虫被什么

---

① 在北欧神话中，一棵巨木的枝干构成了整个世界，上面有九个王国。

意图引导着踏上启示之旅？它消失在树干后面，又在高出几厘米的地方重新出现，按这个节奏，它会在两小时内爬到最高点，或许还会找到光明。一只蜻蜓刚刚发现了一种刺激的游戏：它从露天处飞进枝叶间，躲避障碍，从一侧穿到另一侧，同时在不同高度的树叶间上升、下降。它多飞了几倍的距离，玩得很开心，似乎除了强迫自己在计算距离时不要犯错误之外，没有其他目的。

那棵树孤独吗？我花了十分钟就发现它像一个生机勃勃的宇宙，就像小熊只花了一秒钟就发现她左腿某处被蚂蚁咬伤并发出一声惊叫，这件事把我们从冥想和"花样恐怖"里拽了出来，除了咒骂和笑声之外没有其他结果。但小熊纠结于一个重要问题：为什么蚂蚁要咬她？这个问题很合理，当这只小虫子爬过裸露的小腿时，很明显没人打扰它，而突然间它出于某些深刻又未知的原因停了下来，将颚部插进皮肤。

现在说到了蚂蚁，我才意识到自己也已被蚂蚁入侵，于是未等待蚁方发表意见就将其移除了。问题还没有结束，此时我看到一支大蛞蝓军团正在地面最为阴凉潮湿的区域移动。我们赞美其陶土的色彩，但无可救药的拟人思维让我们给它们安上恶心、肮脏、黏糊和其他不公平的骂名。事实上它们非常漂亮，这些蛞蝓的前半部分光滑又有光泽，后背则像我们的巴西画家朋友比萨的作品那样，有着充满了各种小凹凸的表面，就像手工制品一样，虽然很难想象有一只手在蛞蝓背上创作，更不用说是比萨的手了。这群蛞蝓按习惯一毫米一毫米地前进，让人感觉它们去不了任何地方，除非行人和车辆即将毫无疑问地将其碾碎。但是我们又回

111

△可以在没人打扰我们的情况下看完一整本书……

△△在维诺伊－格罗斯－皮埃尔站点意外出现的一种动物。

到了拟人思维，因为蛞蝓比我们更清楚它们为什么会离开森林的庇护所来到站点，它们也如此天真而自信，可怜的小东西。

"你不该忘记那些蜘蛛。"卡罗尔对我说，我曾在加拿大向她咨询过一些有关蛞蝓的重要细节。

"当然了，蜘蛛……"

"我跟你说这个，是因为你肩膀上有只大的。"

我有点遗憾地看着它，我知道门多萨的大蜘蛛和班菲尔德的小蜘蛛，但不管怎么样我还是把它扔得远远的，我永远不会对那些从一开始就在"花样恐怖"（它们一定喜欢上面的印花）和我腿上爬的小蜘蛛做这样的事情。我们和它们、瓢虫，还有无害的小甲虫关系都不错；苍蝇就不一样了，但高速公路上很少见；马蜂和黄蜂也不行，哪怕被生态学家谴责，我们也得用纯杀虫喷雾驱赶它们。

"花样恐怖"有一根调节杆，可以让我们放下椅背小睡片刻。所以现在，我从下方直接看到了树，我的目光可以从一个平面上升到另一个平面，有点像蜻蜓，在微微颤抖的绿光中移动。这种抛弃、离开自己，以垂直之姿进入一个无法达到的状态已经足以让自己的一部分成为树，像树一样活着，不再像往常一样观看那棵树，"那棵"松树或香蕉树或栗树；"进入"它足以让我用另一种方式了解它，如果"了解"还有其他含义的话。现在我从多重的确定性中回来了，从昆虫和鸟类形状各异的世界中回来了（因为它们也在那里玩耍，就像黑色或灰色或红色的大象从树叶中经过，树叶遮蔽了几乎不可见的昆虫世界），我是这棵树，是一个边界难以想象的国家，重叠的飘浮城市由道路系统、吊桥、潮湿的树液通道、起飞着陆平台、蓝光湖、绿色缓流相连，自太阳砂沙漠、环线和大路通往树的最高处，终止于最后几片叶子颤抖的边缘，那是天空开始的地方。

绘制树国地图，为什么不呢？只需要一套精确的照片和将球体平面化的耐心，就像墨卡托[①]一样，就像绘制港口地图的人

[①] 杰拉杜斯·墨卡托（1512—1594），佛兰德斯地理学家，发明了墨卡托投影法以绘制地图，于1569年将地球呈现在了平面上。

一样，这里是北方或东方，这里是高处和低处，这里是这棵树上的珠穆朗玛峰和地中海。我想象着树的地图，它带有常规标志，蓝色、绿色和白色，标有水文、高度、地形信息，怎能不加上民族学（昆虫学和鸟类学）信息呢。我想象制图师在纸页上画出树的球形旋涡，画出从中央树干——树木高速公路——开始的路线，它的分岔通向两个不同的方向，又逐渐分裂出两条、四条、五十、两百、一千八百四十四条小路，随后迷失在数以万计的小径中，每条小径都在绿色的田野上，每片叶子都是土地的一部分，每片土地都有一个转瞬即逝的主人——它们理应如此，蚊子、蜘蛛、蠕虫、瓢虫，甚至那些更加难以察觉的微小生物，它们的名字只存在于论文中，但在这里、在这台打字机上，一只无穷小的动物形象时不时被描绘出来，它向按键前进，在边缘犹豫、后退，在你走神的第一秒钟就消失不见，接着就被遗忘，进入虚无。

是的，但经过数周的工作，那位制图师会满足于一棵树的地图吗？我想象他抬眼看向下一棵树，站点里所有的树，周围、全国、整片大陆、整个地球的树林。我想象他面临着绘制世界各大森林地图的任务：加蓬丛林、亚马孙雨林、加利福尼亚森林和黑森林。每棵树都是一幅不同的地图（而且转瞬即逝，但所有地图都是如此），是个人对道路、十字路口、通道和桥梁的一次发明。我知道这不可思议，但另一方面，没有葡萄牙或委内瑞拉的世界地图又有什么意义呢？

"走吧，"小熊对我说，"你已经睡得够久了，懒狼。"

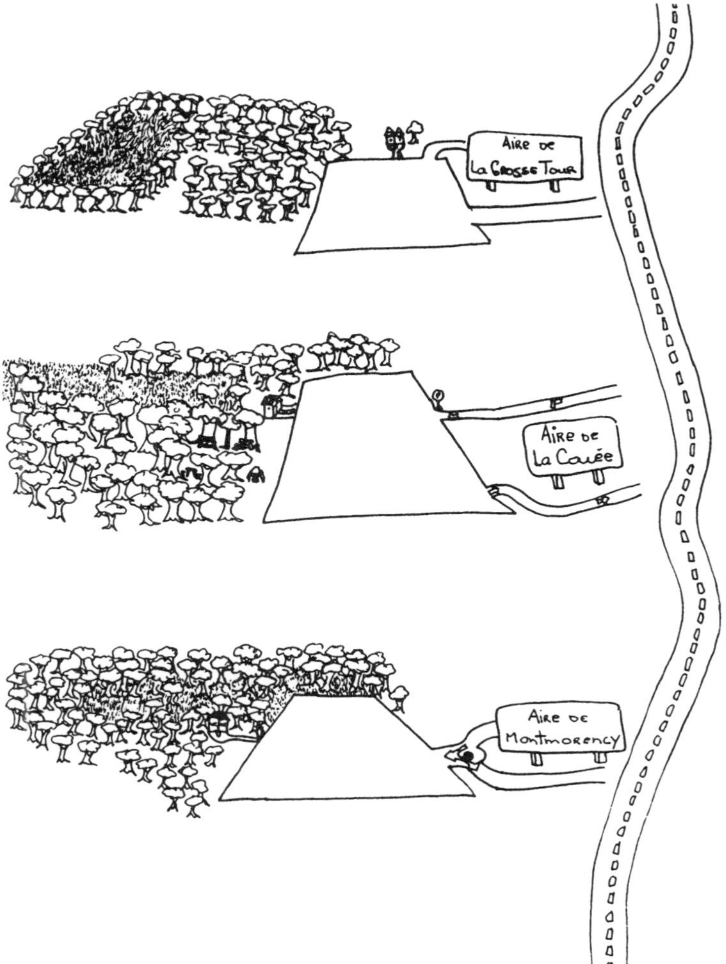
Aire de
La Grosse Tour
Aire de
La Coulée
Aire de
Montmorency

旅行日志

星期天，5月30日

早餐：橙汁、玛德琳小蛋糕、蜜渍无花果、咖啡。

11:45　出发。20℃，微风，微弱的阳光，有云。

不确定性：路牌提示下一个站点有一家旅馆，但我们的地图上没有显示。

11:55　站点：维诺伊-格罗斯-皮埃尔休息区

酒吧、自助餐、商店、加油站。法夫纳朝向：东南。

午餐：法式生菜沙拉（对抗坏血病）、炸鸡配薯条、咖啡（"方舟"自助餐）。

13:20　出发。温度计显示……35℃！

我们在商店买了橙子，不会得坏血病了！

与救援小队进行第二次电话联络。起雾了，天气不太好。

13:25　站点：拉格罗斯图尔休息区。

停汽车的小路。树林，农田。

最野性的停车场，很漂亮。25℃。

15:45　27℃。我们第一次注意到小苍蝇确实非常烦人，这似乎证实了我们正在向南行进。

晚餐：牛肝菌鹅肝酱、意大利面（根据口味加清油或者黄油）、咖啡。

摄影胶卷用完了。我们不得不用画画的方式记录后续两个站点。

21:00　这个处在高速公路野生热带森林的站点并非没有危险。凶猛的蚂蚁在夜间开始无情地入侵。我们遭到了全面攻击。

我们怀疑有敌对势力干涉其他事情，但其迹象恰好被混淆了，另有介于友好和虚构之间的间谍活动，稍后将带来其他相关信息

当然，不可能只有我们对另一条高速公路感兴趣，她让我们慢慢深入她的秘密，获取我们的抚爱，一如我们获取她的抚爱，我们几乎没有发出声响，无须使用暴力，就拥有了她的道路、小径和隐秘之处，就像在床上慢慢占有所爱的人，用爱抚、目光和低语，像门窗一样一点一点显露自己。在门窗后面总有其他更甜蜜、更美丽的门窗，到最后没人知道是谁打开了门，谁是窗户或者谁将谁抱在了怀里。高速公路也是如此：我们知道它在许多方面并不像我们之前想的那样。汽车、卡车和救护车飞快地平稳通过，但只需仔细观察就会发现，有时它们并没有轮子，它们也不能像步行走过高速公路那样把踏过的部分抛在身后。不，它同时是高速公路、沥青和汽车，是会呼吸、会前进的单一存在。有时其中一个或者另一个部分会打破节奏，离开主体，并进行经过精密计算的平行运动，以免破坏整体平衡或伤害到主体的其他部分。这部分的生命体在波状的噪声和节奏中前进、滑行，驶入停车场，做出停车的决定应该并不容易，因为在我看来它已经五天没有在我们面前停下了。它催眠着每个人，将他们固定在高速公路上，从中汲取着力量——它就像是那些轻柔地停下、变回人形、行走、把自己和机器分离的人们创造出的新东西。

但对我们来说，它没有任何危险，我们已经深刻理解真正的高速公路并不是那一条，而是多年来我们猜想中与它平行的另一条，如今我们就生活在真正的高速公路上。（而且我们已经觉得在路边生活无比正常，必须不时挣脱这种感觉，才能记起这是一场冒险，而非只是日常生活的另一个版本……对于某些人来说生活已经足够疯狂了，比如我不知道胡里奥的两个同伴是怎么得知这次探险的，我猜测他们一路搭便车直到找到我们；然而，对于那些在听到我们计划时说"你们疯了"的人，他们说得越频繁，赋予这一计划的美感也就越多。他们内心深处知道，已经来不及让我们回到正确的道路上了，我想不管是他还是我，都从未遵循过那条公路。）

当然了，也有嫉妒的人，怀疑的人，心怀愿望但从未鼓起勇气去实现的人，对于这些人来说，没有什么比我们的失败更让人愉悦。他们也一直在：他们已经不能通过电话听到任何事情，现在家里的电话不是没声音就是响铃了也没人接，他们无法通过间谍活动直接联系到我（要不是我对安装秘密麦克风不太在行，我早就在给植物浇水或拉上窗帘时对他们说出无数次"滚蛋吧朋友们[1]"了),他们看到探险队的科学和家庭组织均已组建完毕,一定会生气。在到达停车场两分钟后,我们就安置好了一切,冰箱运行正常,所有东西都已就位,我们已经准备好来点咖啡,或者看时间决定要不要干点别的。我们缓慢但非常清楚地意识到了某些迹象。很明显他们不会直接插手,但是旅行的第二天,第一个停车场就关门了,这不像在诱惑我们退出这个项目吗?他们没法真正理解我们在寻找什么,是否会因此感到恼火?难道他们认为我们是在高速公路上秘密召开某种可疑的会议吗?

或许他们并非全部隶属于同一个组织。当第一架直升机飞过我们刚刚到达的停车场,我甚至以为那里面也有保护我们的朋友……也有相反的迹象:比如酒店里那瓶假威士忌。为了保证安全,我们在去房间之前为停在酒店门口的法夫纳拉上了帘子,想着也许有些时候它也需要一点隐私,那个穿红靴子的姑娘一定以为我们睡在车里,谁知道她会不会走过去拍一张特写呢?看起来他们的消息并不灵通,不知道我们在哪里,但事实上这位姑娘行动时挺小心的,假装正在给下一辆车里的男人拍照,然而我们这些在房间里监视她的人知道,如果要把焦距拉远,就得向左旋转镜头,逆时针转动,而她的手却在向右转动,所以最远只能拍摄到相距两米的物体……无论如何,他们绝不能通过。总的来说,我们最好让他们继续相信我们是蠢货。啊,还有其他迹象:那些英国人。他们太像英国人了,显然是伪装的,他们停下车,好像

---

[1] 原文为英语。

要修理汽车拖车里的什么东西。还有那天晚上某个时候在我们旁边搭起来的神秘帐篷?

最重要的是,他们给我们带来了快乐。如果他们没有准备好体验我们的炼金术生活,就永远找不到路。

"找不到路的傻瓜。"波朗科嘲笑我们,但没有现身。他们嫉妒了,他们认为只有单身男人才会去探险,有女人在身边我就没那么伟大了,我得装作体面,不能和他们更多地分享我们有限的威士忌了。现在他们甚至不肯现身,在树上嘲笑我,胆子可真大啊!高速公路静止不动,人们驾车驶过。

"他们在动,"卡拉克说,他可能有点同情我,"他们在赶路。"

"他们在动……等着瞧吧,他们假装自己是哲学家,你知道是为什么吗?"

"纯属借口,当哲学家只是为了给悠闲时光找个理由。"

"太麻烦了,他们只是想在没有电话、没有预约、什么都没有的情况下做爱。"

"嘿,他们也没打着电话做过啊。"

"你知道什么?这些浑蛋都关着门呢。我气得要死,因为我知道几分钟后他们就会嘲笑我的阿根廷口音了(你对探戈了解多少?),我决定现在就喝上一杯,一滴也不给他们留下。"

▷米其林轮胎人,高速公路众神之一,轻蔑地统治着他的信众。
▷▷一只友好的蜥蜴礼节性地拜访了法夫纳及其车组人员,后者同样友好地将它引往其他方向。

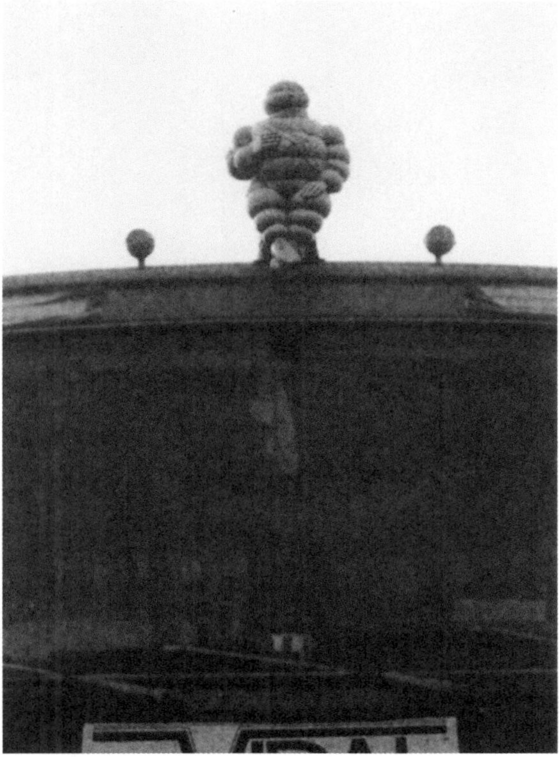

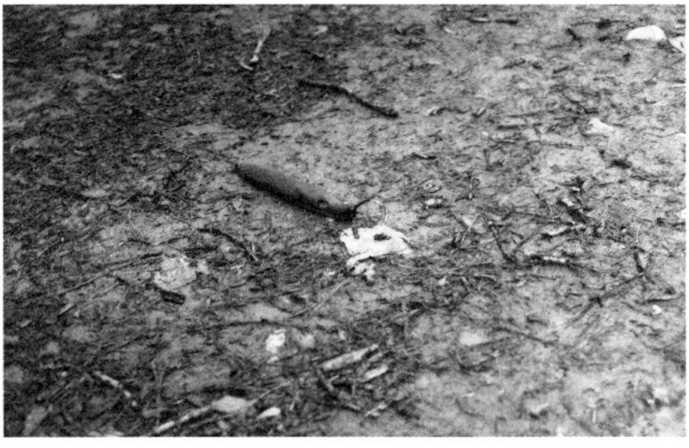

旅行日志   星期一，5月31日

早餐：橙子、饼干、咖啡。

8:00　气温15℃。天气多云。

9:15　出发。

9:21　我们来到韦泽莱的最高点，"永恒之山"[①]。

9:27　站点：拉库埃休息区。

树林，桌子。法夫纳的姿势：南偏东。

午餐：豌豆洋葱炒蟹、米饭、咖啡。

15:15　逃离一群健谈野蛮人的入侵。

15:25　站点：蒙莫朗西休息区。

25℃。法夫纳朝向：西偏南。

17:30　意外的风暴。尽管还有太阳，仍然下起了大雨。我们在法夫纳里避雨（还有苍蝇，唉）。温度计在20分钟内从25℃变为19℃。

站点很漂亮。

晚餐：印尼炒面、咖啡。

---

① 韦泽莱小镇的葡萄酒品牌。

"停车大陆"一览

在高速公路上已经八天了。

不：高速公路正是我们需要的东西，对我们来说，它不过是远方的杂音，我们习惯以后杂音就一天天地减少了。我们毫不费力地让它与加勒比海上的马提尼克岛或瓜达卢佩岛产生了令人愉悦的共鸣。我们确实没必要如此机械地被审美价值的标准所迷惑（大海的声音比高速公路的美妙一千倍等等）：闭上眼睛，它们相似得令人不安。卡车—波浪，礁石—发动机……无论何时，它们沉默的间隔都相同，再一次发出巨响的大致时间和渐强的幅度也相同，那种声音起伏如呼吸，其律动的延长或缩短有时让人难以忍受，就像我们在马提尼克海滩或高速公路站点所听过的那样。

这样就越来越清晰了，我们的探险首先是沿着群岛般散落的停车场航行。我们以前绝对不可能相信这一点，因为在常规旅行的记忆中，高速公路是属于女士的体面旅行。我们渐渐愉快地确信，我们的探险偏航了，就像哥伦布的探险一样朝着与预期完全不同的结果行进。远征司令在寻找印度,我们在寻找马赛;他找到了安的列斯群岛,我们找到了停车大陆。

停车大陆就是一个国家,我们要以每天两个省的速度征服它,插上我们的红色法夫纳旗帜,进行必要的制图工作,核实动植物。(昨天的停车场里有那么多乌鸦,有一刻我们甚至以为身处生态保护区,之后我们发现了更糟糕的东西——蚂蚁,但这个我们稍后再谈。)

对我们来说,停车大陆是一片自由的土地。游戏规定我们必须一天探索两个省份,但那不是我们离开这个国家的原因,职责并未令我们失去在做真正想做的事情的感觉。停车大陆人(我是指那些在站点度过白天和黑夜的高速公路旅客)的行为只会让这种自由的感觉加倍,因为确切地说——唉,无意贬低任何人,我们认定这种可怜的行为方法是愚蠢的。如果某人心中带着自由的种子,我们会尊重地看着他,准备开启一场从借开罐头器或者从天气和温度开始的对话。可是,几乎所有进入停车场的人都是一副膀胱充盈或胃部空虚的样子,而这并不能取代智慧或敏感。他们尿尿,吃东西(几乎永远站着,几乎永远吃三明治)然后飞速离开,好像停车场里爬满了鳄鱼与蛇。他们得了停车帕金森[1]吗?一如往常,只有孩子和狗例外:他们像五彩的弹簧一样跳出汽车,在林间奔跑,探索这个国度,为花花草草惊叹,直到一声可怕的口哨或者一声划破空气的"亨利!!!"让他们悲伤地回到

---

[1] 原文用词为 Parkingson,由"停车"(parking)和"帕金森"(Parkinson)组合而来。

铁皮罐头里，就像每一条罐头沙丁鱼那样悲伤。

夜幕降临时我们越来越孤单（我们很清楚停车大陆人口的增减节奏），我们利用最后的阳光参观了每座新岛，并一步步深情地征服它们。在某个时刻我们走到了边界，即高高竖起的铁丝网，像集中营里的一样。在树林里继续向前走，眼前出现了一片草地，地平线上勾勒出一座村庄。更远处世界还在延伸，但即使游戏规则允许我们出去，我们也不会往那儿走。而且我们现在都觉得，这样的规则也有其邪恶的一面，一种苦涩的消极性。停车大陆是美丽的，属于我们，我们在其中自由自在，我们爱它。但它的边界如镜子般映出历史上其他恐怖的边境，看到它就像看到特雷布林卡灭绝营、奥斯维辛集中营一样。我们应当回到龙的身边，我们仍站在铁丝网代表善的一侧，感受那种不合时宜但美妙非常的幸福。

这些人一定懂得怎么旅行，虽然他们并没有离汽车多远。

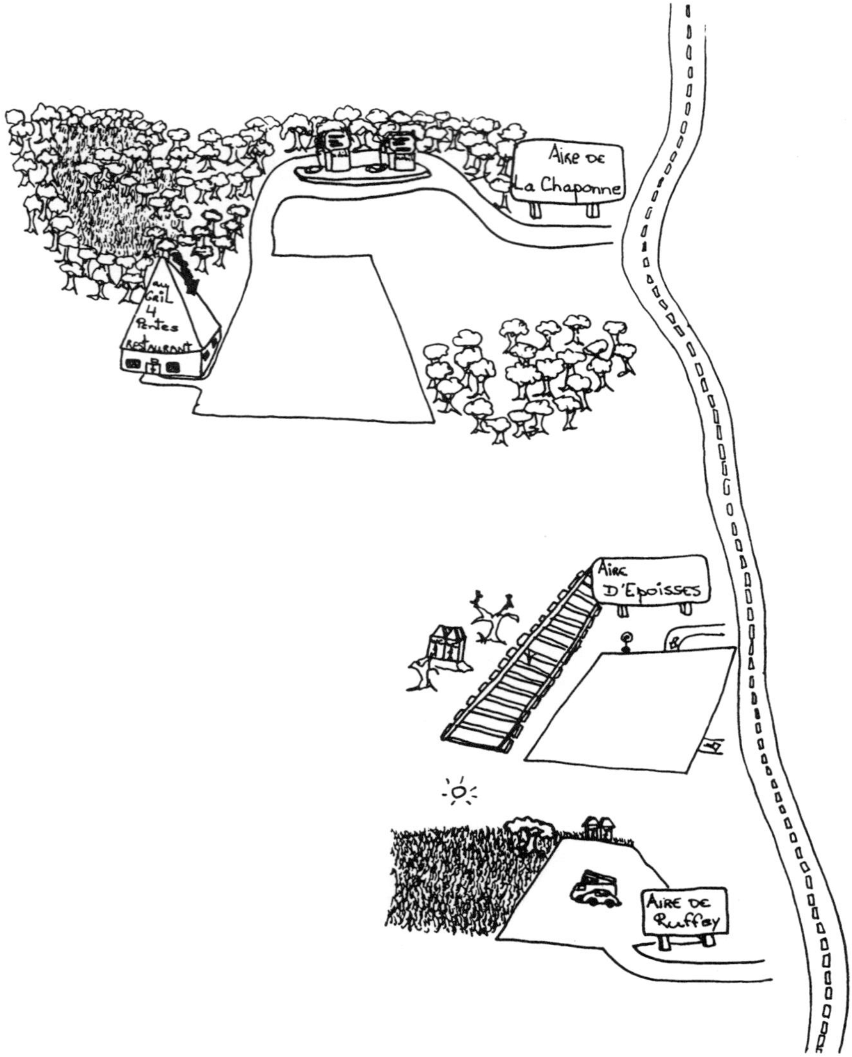

Aire de
La Chaponne
au
Gril
4
Pentes
Restaurant
Aire
D'Epoisses
Aire de
Ruffey

旅行日志

星期二，6月1日

早餐：橙子、饼干、咖啡。

11：16　出发时万分悲伤，因为站点的风景实在太美了。

11：22　阿瓦隆的风景。（左边和右边都有母牛。）

11：25　莫尔旺地区国家自然公园。

11：50　站点：沙蓬休息区。

汽油、餐厅。法夫纳朝向：南偏东。

午餐："家庭"开胃菜、罗克福蓝纹奶酪沙拉、烤肉串配李子干、冰激凌（咖啡味和榛子味）、咖啡。

12：55　在"四号坡烧烤店"吃了一顿丰盛的午餐后出发。

12：57　任务是上高速公路，只在一条车道内行驶。

13：00　任务完成，进入科多尔省。看起来要有风暴。我们能在风暴开始之前在下一个站点安顿好吗？天暗下来，就像希区柯克的电影一样。

13：02　（难以辨认的笔记，疑似"裸体大面包"。）右边有母牛。

13：03　站点：德普瓦西斯休息区。

法夫纳朝向：东。

到达了我们的第一个噩梦站点：高速公路边一条狭窄的沥青带。卡罗尔称它为"倒霉休息区"，意思是我们在这里一定会倒霉。因为我们不只被困在了高速公路上，还劈头盖脸遇上了一场风暴，更要命的是，让我们失眠的不是汽车的噪音，而是高速列车的尖叫，它像喷气式飞机一样，从站点旁边的高架桥上掠过。

18∶06　37℃！（不过我们已经在阴凉处安顿好了，不觉得有多热。）
晚餐：混合沙拉——米饭、火腿、鸡蛋、苹果、葡萄干，咖啡。
21∶15　18℃。

土著习俗

必须诚实地承认，人类的愚蠢在本次探险中对我们帮助甚多。没有人像天主教女王伊莎贝尔资助哥伦布那样卖掉珠宝来资助我们的旅行，或者像联合国教科文组织的秘书一样四处筹集资金，来拯救那些被斯堪的纳维亚人残杀以取得皮毛或油脂的海豹宝宝。没有任何赞助人签给我们空白支票，当我们到达站点的时候，也显然没有好心肠的英国人或者绅士的墨西哥人赶紧把他们的梅赛德斯或保时捷开走，将唯一的阴凉处留给我们。但我们不在意，因为我们是一部不成文的奇怪法律的受益者。根据该法律，绝大多数为了逃离城市地狱、大气污染和街道噪音而旅行的游客都倾向于将车辆停在尽可能靠近高速公路的地方，即停车场的入口或出口。他们感到轻松而愉快，穿着T恤和短裤，将小桌和椅子（还有广播甚至电视）装在汽车旁，以便严密监视。你知道这个时代的犯罪率如何，看看在普瓦捷发生的事情，那人只是出去尿了个尿，回来之后一块车玻璃就碎了，那串珍珠项链是父亲送的结婚礼物!

  如果有人不相信我们的话,不妨在周末沿着法兰西岛周围的大森林简单转一转,比如朗布依埃。这些森林里到处都是美妙的小径,通向某个完美的宁静地带,之所以完美是因为从未有人到来:那些家庭把汽车停在离道路五米远的地方,以便好好地欣赏森林,顺便不间断地呼吸其他汽车排放的尾气,他们把桌子、椅子、婴儿和祖母也安置在这里。停车场里这样做的人要少得多,人们打起精神往里面走,有些人甚至占据了最好的位置。但统计结果证明大多数人仍会停在最靠近高速公路的那排汽车里。卡罗尔认为也许是因为这些人怕狼,毕竟某些返祖现象几乎不会消失,你知道的,况且是在森林里。我没那么浪漫,只是纯粹地认为他们是白痴,这种想法对我们勇敢的远征帮助甚多。

对气体和水在虹吸管中混合效果的科学观察。

旅途对话

　　停车场不断增加,好像一个个漫长梦境中既清晰又模糊的场景,一边制造时间一边将之抹杀的是一段段旅途而非钟表,因为归根结底我们在时间之外,就像我们其实在高速公路之外一样。停车场是我们的居所,但它不再是带有钟声、铃声和邮票的敌人,而是我们想喝一杯或者想在阴凉处阅读时能化作一棵树的朋友。停车场和停车场之间没有区别,每一个停车场都是生活的空间,都让代表速度的沥青带变得更加遥远、更加陌生。法夫纳似乎已经对项目有所了解(要怎么怀疑呢?它逐渐理解了游戏的关键所在,每当我们降下顶篷、坐到前排,重新把它变回汽车时,它的声音会变得更加甜美,在十或十五分钟的路程里轮胎似乎突然被安上了枕头,以免打扰我们携带的一切日常物品),它融进一个个停车场中,仿佛某次伪装行动的一个环节。它靠近树木,躲在最隐秘的角落里,甚至它的黄色刘海摇动时也像嫩叶在呼唤鸟儿。

我有些明白为什么那么多人会对这场旅行怀有恐惧。因为停车场不过是被装饰过的虚空地带。你必须学会填满它们。除了地理或物理上的差别，它们总是一样的。我认为到终点后我们回顾起自己也曾按照其他人的标准前进，那将是真正的惊喜，我想说尽管静止是我们的特点，但我们终将到达马赛。

"静止，我的脖子①。"卡拉克说他的法语学得不错，我一点都不在乎他的脖子，虽然我知道他在说另一件事。他急着离开这个有餐厅和所有设施的停车场，我们正要吃薯条。

"薯条②。"波朗科说，他用尽各种说法来显示自己有文化。

"你知道要是没有车，在这条该死的高速公路上前进有多难吗？何况是在眼下这几天，我们两个阿根廷人，周围又全是英国女王陛下的车。"

"最糟糕的是要重新赶上他们，嘿。好像搭五十公里以下的'便车'③是被禁止的。他们都不停车。"

但我知道这两个可恶的人不是步行来的，他们应该找到了一辆从另一头开上来的车，然后穿过了高速公路上的某一座桥。在戏耍我们这件事上，他们是那么不知疲倦。

"我们是出于好心才来的！你看，他们甚至没发现这场旅行有多么无聊。"

让他们见鬼去吧，但我知道这是借口，他们等着嘲笑我对探

---

① 原文为法语。
② 原文为法语。
③ 原文为英语。

戈了解甚少。

"请问二位对苏格兰民谣了解多少？"

"嘻，"卡拉克说，他摸着自己的头，好像昨晚喝多了似的，"他们不打算像上次在勃艮第那样唱歌吗？"

"今天没有星星，嘿。他们只在星空下唱歌。"

随他们怎么说，他们说话又不用负责。

旅行日志

星期三，6月2日

早餐：橙子、饼干、蜜渍无花果、咖啡。

8∶00　20℃。

8∶18　出发，有薄雾。

"勃艮第，葡萄园和美食之乡"。

8∶25　到达瑟米尔－昂诺克西奥的最高处。

8∶29　站点：吕费休息区。

法夫纳朝向：西南。

我们安顿下来，等待救援小队。

12∶58　安妮和奈克米到来，与美食、美学和道德的第一次联结。

午餐：（4套餐具）烤肉串、四季豆、糖煮水果，还有一条来自巴黎的新鲜"法棍"。

笔记：关于探险后勤能力的所有疑虑都被拥抱、欢呼和相互祝贺粉碎。或者更谦虚地说，NASA太空舱的装填工作与本次行动所取得的伟大成功相比微不足道。更不用说与之相伴的午餐了，这和可怜的宇航员挤着管子吞下的可怕的糊状维生素食物完全不一样。盛宴上的食物香气扑鼻、有红有绿，有上乘的葡萄酒，还有新鲜酥脆的面包。在它们的装点下餐桌因不同寻常的重量兴奋得颤抖。

15∶10　42℃。

16∶04　与救援人员告别，并出发。

16∶14　站点：费尔门讷休息区。

这里的停车场比维利耶休息区的更漂亮。

法夫纳朝向：西。

18：46 20℃。

晚餐：黄油萝卜配"法棍"、鸡肉（安妮·库尔塞勒的高超厨艺）、沙拉（配"法棍"）、糖煮水果、咖啡。

第一次后勤联结：奈克米·古尔门和安妮·库尔塞勒给吕费站点的我们带来了新鲜口粮和快乐。

您知道怎么尿尿吗，夫人？

一盏水族灯，胡里奥坐在其中一张"花样恐怖"上看书时这样形容。（即使它们很恐怖，我却越来越确信这样糟糕的品位保护着我们——它们的存在并非像他指责我的那样出于恶趣味，而是因为在我们出发前的几个星期里，巴黎变成了一条令人眩晕的高速公路，我们却没有足够的时间准备。）宪兵怎么会怀疑，如此坦荡地暴露坏品味的人（等我们把"客厅"安排好，就可以在树林深处给法夫纳涂装一番，两张亮橙色的折叠躺椅会变得如此耀眼，从上一个站点也能望见），除了诚实可靠的度假者，还能是什么人呢？他们只是在旅途中间歇一歇，这条路马上会将他们带到某个露营地，给他们提供城市般单纯和嘈杂的混居生活。尽管打字机、书籍和午睡占据的时间远远超过了从旅途疲劳中恢复所需的时间，这两张躺椅还是为我们的生活带来了一种虚假的不同视角，保障了我们在旅途中必要的匿名活动。远处的高速公路像一条灰色的河，太阳落在法夫纳四周的绿色水坑里。

如果我们没有谨慎地列出各站点的清单并注明到达每个站点的日期，就很难知道自己这样生活了多久。我们越来越觉得自己正在征服一片能够称为"停车大陆"或"自由"甚至"第二个家"的土地，可以确定最后一种说法最合适，即使这片土地在移动，邻居们要么不存在，要么时时变动。这片土地无比寂静，在这里时间变得漫长，仍在我们未意识到的情况下流逝。慢慢地，如果写作真的是我们两人一直认为的那种情色体验，那么一定得慢慢将这本书的门打开。我们决定不再试探。写作意味着承担讲述一切的风险，甚至可能作者对自己所讲之事并不了解——此时尤为危险。好比你准备进行一次风流的冒险，正当一切顺利，另一方掀开被单，仿佛发现了一片温暖的白色大沙滩时却说"啊，但是我不脱内裤"，如果我们真的决定要写这本书，就得把一切都说出来（这并非意味着"毫无保留"，而是在写作时给予一切自由）。

路途中不只有恶魔，还有天使。昨天我就在厕所遇到了一位，那个地方仿佛是专为遇见天使而存在的。一位可怜的、金发碧眼的天使小女孩用她圆圆的大眼睛绝望地从一个蹲便器看向另一个蹲便器，两条小胳膊像翅膀一样撑开两个隔间的门。听到背后的大门被打开，她转过头微笑起来，我不知道是否因为门开时有一大束太阳光照了进来（还有风，不过在上方天使飘浮的地方，他们神圣的香气应该比某些站点的厕所气味宜人一些），还是因为她在我这个凡人身上看到了解决困境的方法。她一直撑着两扇门，在我洗手、自然风干时一直带着同样的微笑看着我。

费尔门讷站点发出无法抗拒的慢跑邀请。

(我当时挺着急的，但怎么能惊扰一位以五岁孩子的形态现身、一身白衣、不知在冥想些什么的天使呢？）之后，当我在牛仔裤上擦手、尽可能不因为情况紧急而跳起来的时候——毕竟，恶魔会激发人最出格的行为，天使则鼓励我们保持体面——她放开了那两扇门，一路小跳着靠近我，仿佛她看透了我的内心并有足够的恶魔血统（我们都知道各个种族的天使之间发生了什么）来嘲笑我，她用清脆的声音问我：

"您知道怎么尿尿吗，夫人？"

天使是在怀念尘世功能，还是和我们有同样的需求？我没有笼统地为她解释，而是简要说明了这一装置的关键之处，以便她以最佳方式进行操作。与此同时，我想知道天使无比洁白的衣服是否会和凡人的白衣服一样被弄脏。以防万一，我建议她尽可能把裙子提高一些。

我演示一下会让她觉得更清楚吗？

"谢谢。"她说。我想我或许应该主动提供帮助，但我因为羞怯没有这么做。难道可以这样触碰天使吗？

她重新打开了其中一扇门，盯着那个带洞的装置看了很久，然后摇了摇头。

"谢谢，我想最好是去找妈妈。"

我回到法夫纳后，远远看到她试图从一辆比利时牌照的车里拉出另一个凡人。为什么被派来的天使对尘世的习俗了解甚少？他们被赋予了什么使命？

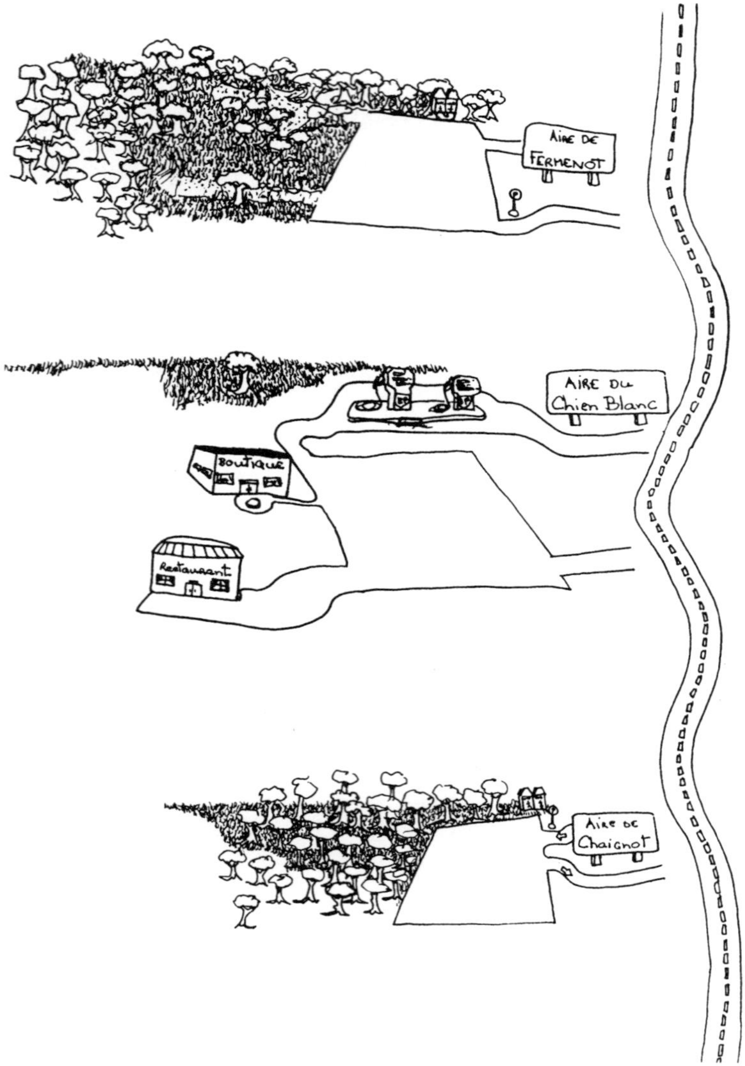

AIRE DE
FERMENOT
AIRE DU
Chien Blanc
BOUTIQUE
Restaurant
AIRE DE
Chaignot

旅行日志

星期四，6月3日

早餐：橙子、黄油面包、蜜渍无花果、咖啡。

整个上午在林中度过"甜蜜的悠闲时光"。

13：10　出发。24℃。

我们离开树林的时候，太阳垂直下落。

13：26　完成驾驶任务。我们搞反了方向。炎热带来了雾气。十二三天以来我们第一次看到汽车迎面而来。

13：29　我们从有趣的那一边回到正轨。在炽热的白色太阳下前进。

13：31　站点：希昂－布朗休息区。

服务站、商店、餐厅（地图上未显示）："奥苏瓦（Auxois）驿站"〔从远处看，特殊的字体让它看起来就像"爱情（Amour）驿站"，这让法夫纳吃了醋〕。

法夫纳朝向：东偏南。

午餐：鸡肉、苹果、咖啡。

13：55　出发。35℃。

13：56　左侧有坚固的城堡。

14：00　右侧有风车。

14：00　与高卢—罗马时期的欧坦城[①]一样伟大。"第戎，勃艮第公爵的首府。"

14：06　站点：赛诺休息区。

漂亮的树下停车场。

---

① 欧坦为法国历史古城，罗马帝国时期由屋大维建成。

法夫纳朝向：北。

15∶30 这个时间，所有的汽车都停了下来，让车上的狗下来撒尿。

16∶55 24℃（阴影中）。

晚餐：萝卜、牛排配洋葱、沙拉、奶酪、咖啡。

从希昂－布朗站点的餐厅向外看，法夫纳迅速地打开了门。

此处作者试图解释幸福的含义,好像能将它解释清楚一样

　　古老的执念又回来了,那属于欢乐和不安的主旋律:世界无法被量度。在那些遥远的化学课上,人们耐心地向我们解释气体体积由它所在的容器决定。为什么他们从来没有补上释义的本质,即容器的尺寸并非一成不变,没有什么能阻止无限事物的两端对融合的尝试?

　　站点也难逃这一规则。当我们连续两次发现必须在那样的地方生活数小时或一整夜时,便无法自制地发出一声短暂的"哦"来表达失望。一条柏油路,从某种意义上说,它与通向里昂和马赛的那条笔直的柏油路是双胞胎。区别在于,这一侧的汽车一动不动,而在另一侧——几乎没有任何东西将我们与那一侧分开——汽车在全速前进。停车场里有这样一种入口,它并非将我们引向停车场内部,而是再次把我们扔出去,它不会真正改变方向,也不会改变高速公路上的风景。但我们不会因此违背游戏规则。我们像往常一样快速地支起布面顶篷当作天花板,把躺椅的金属支架安好，检查冰箱摆放是否水平，随后就像对站点的丑陋挥拳示威一般，我们打开床铺，铺好床单，准备进行一次非常亲密的报复。我们已经看不到汽车，甚至在距法夫纳几米远的地方也看不到像喷气式飞机一样经过的高速列车。现在有了一个房间，随着天空变暗，雷声开始咆哮，照进房间的光线正逐渐变得微弱。这个房间成了一个、成了所有爱的秘密避风港。天色越来越暗，雨点打在屋顶上，但我们已经离它们很远了；冰箱的指示灯——如果我们能看到它的话——很可能成了中世纪苏格兰大房间里的炉火，我们在风暴来临之前得到了它的庇护。当我们为彼此打开自己时，法夫纳也打开了自己，它的空间不再可爱而狭窄，原先我们必须在车里规划好手势和行动，以防互相肘击、踢到或者打翻鸡蛋盒、半导体。它不再是那样了，它舒展开来，成了抖动着的巨大空间；隔板是帮凶，屈服于我们的动作而不损坏，还有我们亲密的朋友天花板，当我们出于欲望需要法夫纳提供比平时更多的空间时，天花板可以无限上升。我们不止一次地证实法夫纳对我们的拥抱并非无动于衷。几年前我们说它太过年轻、缺乏经验，这是我们对它唯一的错误认识；毫无疑问，它希望和我们用一样的方式生活，曾任凭自己冲动地享乐，以至于后门一吹就开了，在最意想不到的时刻，我们突然发现自己身处星

△ 得时不时地洗衣服……

▷ ……这个也需要分享。

▽ 一番勇敢努力后的最终成果。

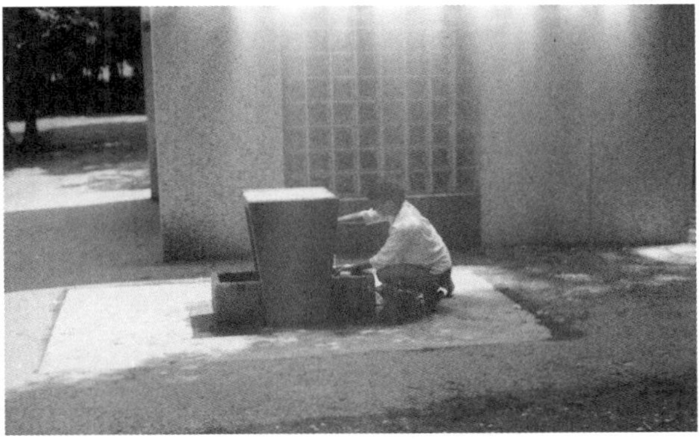

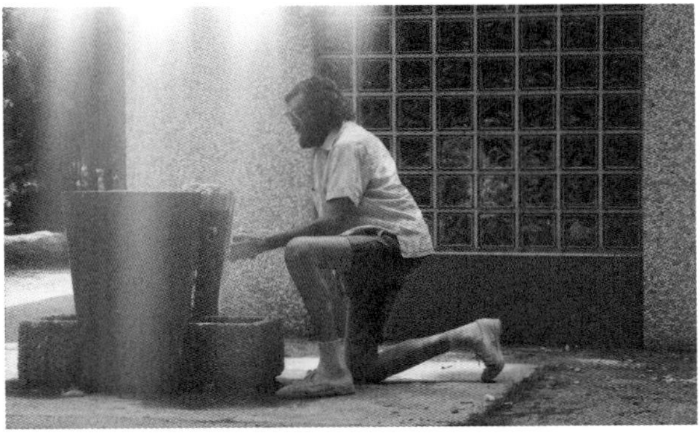

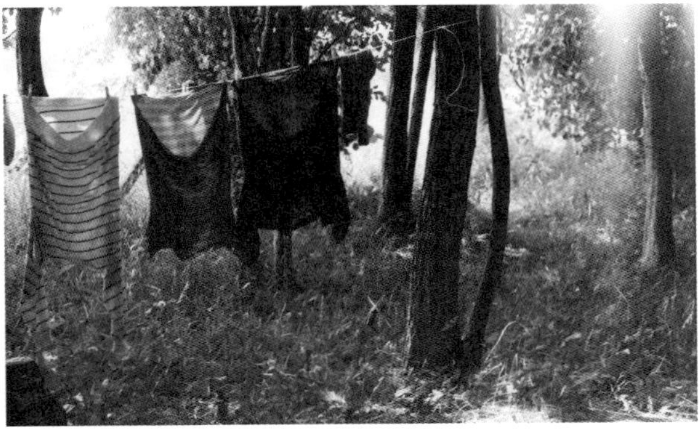

空之下。

但龙在此之后就成熟了，我想它不会再因喜悦的冲动打开车门了。在这段漫长的旅程里，没有什么能阻止我们不断寻找已经平息和扩大的东西。我们不能否认它被充实、被延伸、被欲望填满了，在我们需要的时候一边为我们抵挡窥探的目光，一边在我们周围变小，或许是为了更好地感受欲望迸发时的轻微颤动，或许也是为了让我们知道，在现有的条件下，空间实际上并没有边界。

跟无数次一样，第一印象总是误导性的。我们曾经以为站点首先是为了焦急的膀胱设计的，以及在最坏的情况下让司机有个地方换轮胎，这比在高速公路上换轮胎更安全一些。但在午睡之后，在温暖、坦荡的阳光下，站点向我们揭示了它的秘密。

在离高速公路最远的一侧（也就是四五米外），胡里奥发现了一片小洼地，一块绿色的小角落，我们可以在那里放置躺椅、读书、喝开胃酒。虽然对其他人来说，高速公路很可怕，甚至很危险，但我们逐渐意识到它总是很远，它已经不会像我们开启探险时担心的那样触及我们。还有一种可能，我们更疯狂了，或者我们真正逐渐进入了这片无限的空间，在最初的印象之外第二种现实被勾勒出来，因此，当胡里奥在下午五点倒上冰凉的勃艮第白葡萄酒，我们面带微笑又不失冷静地互相凝视时，我们可以疲惫、劳累又快乐地说出：

"在这里可真好啊！"

关于我们如何成为现实在其中结晶的无限空间

如果戴安娜·库珀·克拉克①居住的多伦多与巴黎相隔数千公里,那么我们现在所在的赛诺站点与多伦多就相隔数千公里乘一个无法用公里或英里计算的神秘距离。由于戴安娜突然被纳入旅途,这段距离变得复杂起来,村子和村民离我们很近,只有十到十五分钟的路程。(我们绝不可能走过去,这是一段绝对存在的距离,更不必说心态上的完全分离:天知道生活在氛围热情好客的农场里的勃艮第农民会是什么反应,如果他凑巧靠近高速公路的栅栏,陶醉于凉爽的晚风,而我们开始和他交谈"太可惜了,我们不能去您的村子,您知道六月二十四号之前我们无权离开高速公路……",他会一边摇头走开一边说"啊,这些巴黎人都是精神病"吗?还是会认为我们在嘲笑他呢?这会导致什么不可预知的严重后果吗?)

---

① 戴安娜·库珀·克拉克(1945—),多伦多约克大学学者、作家,曾采访科塔萨尔、富恩特斯、莫里森等作家并出版《对话当代小说家》。

戴安娜成了旅行的一部分，但她对此并不知情，十、十二或十八个月以来只被当作现实凝聚的细小水滴、与日常几乎不可分割的事物，现在突然结晶了，这样的结晶首先出现在我刚看完的一篇对胡里奥的采访稿里，采访人和受访人一样有趣，然后随着戴安娜加入——我之前说了，她离得太远，对我们疯狂的冒险一无所知——这本书，或者加入这个可能是书的东西，由于胡里奥做出的一个回答，它像一个颠倒的（或侧过来的，或是原样的：一个非常精细、几乎无法感知的线状印象，上面汇聚着让我困扰的对整体机遇的感知）旅行画面在我头脑里打转。引用一位佚名印度哲人（他真的存在吗？或者"引用"仅仅是自己的完美幻觉？）的语录："当两个分开的物体对视时，它们开始观察双方之间的空间，将注意力集中在空间上，于是，在它们之间的空白中，在某个特定时刻，真实得以被感知。"

我猜想，两座城市——特别是它们出于实际原因被简化为地图上两个点的时候——可以代表那两个物体，两座城市之间的路程就代表着分隔两个物体的空白。一个半星期以来，我们无须在路线地图上寻找或多或少有些重要的地区，而巴黎和马赛只是两个抽象的端点，我们可以揭秘将它们分开的空间，并在缓慢且耐心地调整感觉时，感知到真实。（说回戴安娜，我要感谢她同样谈到了"感觉"，她没有忘记这个词，它已经被我丢进了思维的谷仓，那里堆积着其他人要学习的有用词汇，但我们忽视了这个词在生活中的应用，哪怕我们的生活本身就是它的忠实代表。）如果"起点"和"终点"没有以某种方式消失，我们本不可能感

△资料贡献方：典型的厕所（赛诺站点）。

△△龙无辜又惊恐地盯着从赛诺站点的地里伸出的手。

知到真实。

我们越往前走,享有的自由似乎就越多。但这绝不是因为我们正在靠近马赛。相反,或许因为我们远离了起点,同时完全看不到旅途终点,我们才看到了事情的本质。我们不仅渐渐学会了去看那位设想中的印度哲人所说的空间,而且学会了让自己完全成为它。从目光离开物体、离开物体可视范围两端的那一刻起,这片存在于物体之间的空间,不正如它的定义所说,是无限的吗? ①

同一时刻,胡里奥抬起头听了听,提醒法夫纳说:"立正②!"法夫纳听到的声响是像犀牛还是河马的叫声呢?

---

① 西班牙语中"空间"(espacio)一词也有"包含所有存在之物的范围"之意。
② 原文为意大利语。

小熊独自在树林里（组曲）

　　在真正的树林入口处，有一条看不见的狗被红绳拴在树上，有人已经有预见性地打了两个结来固定住它。当我沿着通往林中的小径走去，才明白它真正的作用。那条路那么远，远得突然让我害怕。阴影笼罩着我，那条小径在参天大树下无限延伸。我身后什么都没有，只有其他的树，仿佛我就算原路返回，也只能沉入更深的黑暗中。然而，我清楚地记得离开高速公路时看到的这一侧的风景：一片站点附近常见的小树林，没有几片叶子。一片二十多米外就是田野的小树林。然而我继续前进，没有注意到这片古老茂密的森林已经到了尽头，树荫只偶尔被穿过密叶的太阳光斑打断。我听不见远处曾陪伴我们许久的汽车噪音，连自己在灌木丛中滑行的脚步也几乎听不到。

　　这里禁止通过。我知道没有栅栏挡住我的去路，然而……恶魔们会不会卑劣到让隐形的地狱三头犬守在这些不准通过的入口呢？

我以做运动为借口（为谁找借口？我在和作为评判者的另一个我对话吗？），回到了公路上：摆脱那块阴影的威胁。当我看到和蔼可亲的老法夫纳平静地停在胡里奥身边，而后者正狂暴地敲打字机时，我才停下来。什么也没有改变。只有光线稍微低了一点。然而危险正在迫近，它是真实的，令人恐惧的。（另一种可能的解释：犀牛的主人低估了它的力量，它把他们吃掉后逃之夭夭。如果他们认为可以用一条拴巴黎京巴狗的红皮绳来驯服犀牛的话，那活该落得这个下场。我对此表示怀疑，犀牛虽然凶猛，但它还是倾向于吃素的。）

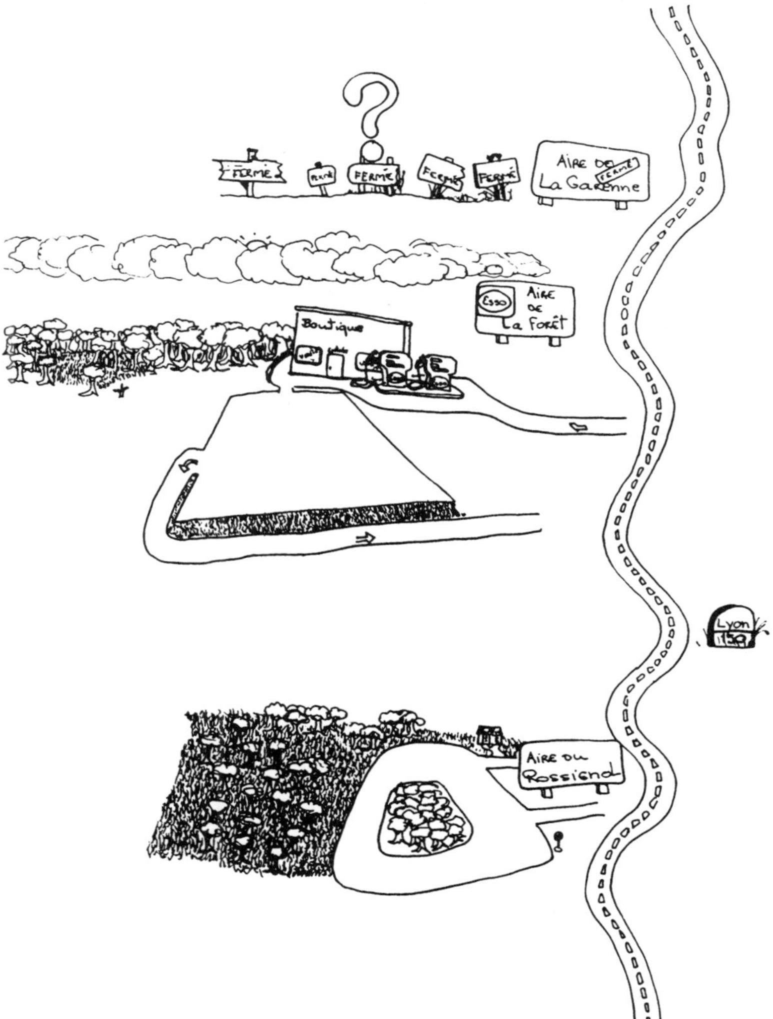
FERMÉ
FERMÉ
FERMÉ
FERMÉ
Aire de La Garenne
FERMÉ
Esso
Aire de La Forêt
Boutique
Lyon
Aire du Rossignol

旅行日志   星期五，6月4日

8：00 18℃ 多云。

早餐：橙子、杏仁饼干、咖啡。

11：25 出发，晴，24℃。

11：27 左侧有十七世纪的村庄和城堡。

11：28 右侧是勃艮第运河，我们勇敢地穿越了它。

14：29[①] 一艘驳船顺着运河前行，就像我们一样缓慢。我们想到了"贝文科"，那是让·蒂尔希林的船。

11：39 我们第二次穿越运河。

乌什河高架桥。

11：32 一个荒废的站点？

11：34 没错，该站点已被关闭（翻新及扩建工程）。

毁坏？

一个大陡坡。

世代属于乌什河畔布利尼市的森林。

11：40 站点：拉福雷休息区。

"三颗星"商店。

法夫纳朝向：南偏东。

12：45（大约）厕所中的见闻（参见正文）。

午餐：肉酱三明治、冷肉（排）、洋葱、番茄、糖煮水果、咖啡。

---

① 疑为作者笔误，应是"11：29"。

13∶15　30℃。

22∶48　似乎所有来自地狱的恶魔都对法夫纳发动了攻击。我们在暴风雨之夜奋勇抵抗。冰雹、闪电、打雷、暴雨,全凑齐了。

晚餐:小牛排配柠檬、青豆、冰激凌、咖啡。

△被食欲支配的小熊品尝了两种口味的冰激凌(覆盆子和开心果)。

△△这个目光宣告着某种了不得的科学发现。

探险家与一个以沉默和颚部为武器的敌人展开鏖战

就算有再多危险、再多意外，我们认为这次探险永远无法与沃纳·赫尔佐格在《阿基尔，上帝的愤怒》中想象（或以图像呈现）的冒险相提并论。这里没有印第安人，也没有涂毒的箭，更不用说猴子了；说实话，连电影里的西班牙人也没有，因为在这场旅行中，我们目前为止发现的主要是英国人，紧随其后的是德国人和比利时人，完全没有土著人，出于某种原因，他们给人一种在国际大融合中消失了的感觉。

如果我们将法国人比作高速公路上的印第安人，就必须认识到他们行事极度谨慎，他们会尽可能快速地撒尿、吃三明治，然后回到他们的雷诺或塔伯特独木舟上，好像外界发生的事情都会对他们构成巨大的冲击。亲爱的妈妈，他们一直这样旅行吗？雅克·卡蒂亚是怎么做到的，天哪？布干维尔呢？[1] 我们在停车场遇

---

[1] 雅克·卡蒂亚（1491—1557）和布干维尔（1729—1811）均为法国著名探险家。

到的这些本地人似乎连拉丁区的咖啡馆都找不到。确实，那里的外乡人会在娱乐场所插上招牌，这会吓坏他们的。综上所述可以得出结论，我们在从北到南的缓慢前进中并不会遇到恶意伏击和致命陷阱，也不会有豹子、毒蛇或是其他什么不合时宜的东西闯进来。正是这些危险让洛佩·德阿基尔杀死了所有人，他的女儿也未能幸免，之后他迷失在了满是蚊虫和猴子的奥里诺科河流域。

没错，或许是时候谈谈蚂蚁了。

众所周知，当某人发现一只蚂蚁在桌上爬行，或是试图爬上姨妈的脚踝时，它是一种迷人的小动物。残忍对待蚂蚁的人一定臭名昭著，因为它只在被指尖捏住脑袋的时候才会咬人。我对蚂蚁的欣赏超过了对任何一个人的欣赏，它是勤劳昆虫的模范，梅特林克[1]，法布尔[2]，诸如此类。唯一的问题是，蚂蚁就像纳粹和摇滚乐迷一样，从不单独出现，而是排山倒海地出现。一旦形成庞大的群体，它作为个体的魅力就被冲淡了，就会变得让人害怕。我们昨晚就经历了这样的事情，当我们准备在法夫纳温暖舒适的肚子里休息时，发现那些勤劳的昆虫已经爬上轮胎，成群结队地进来了。它们入侵了龙每一个可以入侵的角落，这样的角落真不少呢。大约七百四十只蚂蚁试图吃完一块黄油面包，另外几千只正顺着意大利香肠、咸饼干和当天购买的六根香蕉不断蔓

---

[1] 莫里斯·梅特林克（1862—1949），比利时诗人、剧作家，1911年诺贝尔文学奖得主，代表作有《青鸟》《自然物语》等。
[2] 让-亨利·法布尔（1823—1915），法国昆虫学家，代表作有《昆虫记》等。

△小熊总买些恐怖的东西，但得看看怎么用它们找点乐子。

△△咖啡时间的法夫纳。

延，想要做一份圆形的古巴炒饭①。

我不记得卡罗尔是否像以往面对此类事件时那样发出了介于痛苦和愤怒之间的呼喊，也不记得我有没有为此说出某句很久之前让我一战成名的脏话，我只知道我们马上就意识到有危险，我们表现得像一个正在跳舞的数字，在它面前，连弗莱德·阿斯泰尔②跳得最好的镜头都像笨拙的踩脚。几分钟后，我们就让大部分可恶的入侵者败下阵来。

我们为此次压倒性的（不能更贴切了）反攻感到无比自豪，决定在启程前往那座西苔岛③之前用正宗苏格兰瓶装的晚安酒犒劳自己一番。与各位著名希腊学者的观点相反，在那个岛上，阿弗洛狄特和墨菲斯整晚交替着他们的金色节奏。*

几乎没用的补充说明：我们一躺到床上，就感觉到最容易发痒的部位上有五六只愤怒蚂蚁的颚部，我们把它们从白色的草原上赶走时，它们正在西伯利亚人式的自我暗示中徘徊。杀死它们很容易，只要在白底上找出黑色的东西，但我们不知道在龙隐秘的角落还潜伏着它们的后备军团。正因如此，卡罗尔——在接近凌晨三点进入一次奇怪的失眠间隙后一口气睡到九点半——在失眠中发现床边小窗的塑料边框上，蚂蚁正在游行，也许它们很虔

---

① 古巴炒饭的主料有香肠、香蕉和米饭，这里作者将蚂蚁比作了米饭。
② 弗莱德·阿斯泰尔（1899—1987），美国电影演员、舞剧演员。
③ 传说中阿弗洛狄特的出生地，象征人类的幸福之乡。
* 确实如此：除了在法夫纳中，古典的二元对立法总是阿弗洛狄特/阿瑞斯、修普诺斯/塔纳托斯，从来没有阿弗洛狄特/修普诺斯，也许是因为法夫纳更靠近瓦尔哈拉，而不是奥林匹斯山。——原注

诚，但令人不安的是，它们正在朝着床脚，也就是床上我们放脚的地方前进。卡罗尔一如既往地可爱且谨慎，没有叫醒我，牺牲精神和失眠症让她花了两个小时举着手指，让指头轻轻落在每一只越过窗边的新蚂蚁身上，直到游行队伍失去神秘的威力，或是她重新睡去。早晨，我们仍然发现了几只零散的蚂蚁，它们的军事精神已经无影无踪，只是努力在地板、天花板或枕头上书写飘忽不定的象形文字。

战斗一直很激烈，但今天，在几乎一个星期后，我们可以向您保证，只剩七八只蚂蚁依然潜伏在法夫纳里。如您所见，高速公路上并非事事如意，倘若我们反应不够及时，在停车场巡逻的警察可能就会惊恐地发现我们的骸骨，更不用说黄油已经被蚂蚁吃光了。我们之所以能胜利，是因为我们了解这些邪恶昆虫的战术，其关键在于通过蚁海战术给敌人制造恐慌。那个联合国教科文组织的译员说得对，原文是这样的："Comme disait feu le Président Roosevelt, rien n'est a craindre hormis la crainte elle-même。"他的译文令人难忘，我们的生活多少与此相关："正如罗斯福总统所说，人对蚂蚁的恐惧正是由蚂蚁制造的。"①

---

① 法语原文的正确译文为："正如罗斯福总统所说，除了恐惧本身，没有什么可害怕的。"法语介词"hormis"（除了）的读音和拼写均近似西班牙语名词"hormiga"（蚂蚁），故译员有此误译。科塔萨尔另有文章《翻译，翻译，翻译，翻译》提及此事。

由此可见消费社会不在高速公路上浪费时间。

一个关闭的站点——另一个站点卖佛像，同时厄洛斯[①]在策划庆典

星期五中午前不久，我们悲伤地离开了赛诺站点，这是一个美丽的停车场，绿树成荫，我们很愿意再多待一两天，工作、阅读、听音乐，任由时间在时钟外流逝，给我们带来无限平和。我们感到特别遗憾，还有一个原因是根据公路地图判断接下来的一天看起来不太愉快：第一个站点甚至连勃艮第森林的边都没碰上，第二个站点里据说有服务站。根据经验，我们认为第一个站点很可能是一条和高速公路平行的道路，仅此而已，没有什么抵挡噪声和阳光的保护措施（我们一路向南，阳光越来越灼热了），在这个站点里我们不可能像往常那样舒服地安顿下来。至于第二个站点，它所承诺的不过是一摊沥青，只有周围的汽油箱和重型卡车的阴影才会打破它的单调，在这样的站点睡觉跟在超市地上

[①] 古希腊神话中的爱神。

睡觉的条件也差不多。

但在旅行开始前很久，我们决定不要作弊，至少不要总作弊，我们告诉自己即使这次经历不愉快，至少会是有趣的。毕竟我们已经经过了那么多站点，我们会用站点给各种东西命名，玩得非常开心。读者可能会问，为什么呢？因为如果我们整整一个月都在露营，安排这场大戏是很有必要的。也许是时候让我们这两位无畏的探险家面对与如此危险的旅程相称的痛苦了。

不管是我还是她都认为这种想法跟受虐狂没有什么关系，十一点三十二分，我们看到一个"P"字母被某种帐篷盖住了，感觉胃里痒痒的。或许这并不意味着什么，事实上我们并没有看到"P"字母，但本能让我们认出了站点标志的形状和尺寸。我们一定得在这个可怕的服务站附近度过一整天加一整晚吗？（我们之前遇到过这样的情况，在探险的第二天头一次遇上了破坏事件。但当时探险刚刚开始，我们知道前方有许多美丽的站点在等待我们，而现在，在高速公路上度过两个星期以后，我们确信，我们每一天前往的地方大概率都很糟糕，至少记忆中是这样。）

六月四日十一点三十四分，我们到达停车场，它已经关闭了，被一群穿橙黄色衣服的人占据，他们在沙石堆成的小山之间工作。下次我们再路过这里的时候，它将是一个很好的落脚点；但现在它并不存在，就像每年例行去做拉皮或者注射硅胶的电影明星一样。下一个站点——有加油站的站点——必须一个顶俩。

十一点四十分，我们难以抑制地微微颤抖起来，一块巨大的"停车场一千米"路牌正在逐渐接近挡风玻璃。印象中我们不常走高速公路，不过它至少有一个优点，就是在这个高度可以看到壮美的风景。经过封闭的站点后，我们以每小时三四十公里的速度行驶，仿佛想让高速公路两侧的绿植一直延伸，想让它维持得更久，只因为它突然显得那么可爱。但是法夫纳，一旦被我们踩下油门——无论我们操作得多么谨慎，就会不可阻挡地冲向前方，而不是冲向我们此前旅行中从未认真欣赏的风景。虽然我们如此热爱这个地方，但我们知道法夫纳当下的职责就是以最快的速度驶过。事情就是这样：当某人真正走向野地和百里香时，会

△ 把这个放到车里，除了快乐您别无办法。

△△ 您还指望从现代世界得到什么呢？

忘记欣赏勃艮第无数绿色植物甜蜜的起伏、苜蓿田和似乎在等待某个十九世纪风景画家的母牛。

法夫纳继续前进，虽然我们向显然不在高速公路上旅行的众神默默许愿，希望这次加速的方向没有错。"停车场二百米"。我们到了。感谢那些关闭了第一个站点并迫使我们落入这个小陷阱的人。（怎么会有这样的感觉呢？不管怎么看，第一个站点都符合我们的负面猜测，如果我们没有因为逃离它而感到如此满意的话，会显得更诚实吗？）令我们惊讶的是，这是我们目前为止途经的最美丽的站点之一。几条幽静的小径深入林中，法夫纳凭借从未出错的本能开了上去。在停车场入口处的确有一个超级服务站，商店里什么都卖，比如一尊一米高的瓷佛，或者价值八百五十法郎的巨型玩具熊，还有咖啡、热三明治或冰激凌。但在商店背后的森林里有隐秘幽暗的小径，以及停放龙的理想场所。

本来这可能就是全部了：在树下品尝食物，在透过窗帘吹拂的微风中睡个漫长的午觉，在商店奇迹般地找到法棍，这些活动对一天来说已经很多了。只是一个偶然的机会让我们发现了真正令人惊喜的秘密，当它的影响在我心中的某个角落成熟时，可能会成为另一篇文章的主题。

是时候做决定了：我们是该在法夫纳旁边用让·蒂尔希林提供的水桶洗碗，还是去远处的卫生间洗碗。我们不知道卫生间外面有没有水槽来冲洗各种杯子。

"我去看看，然后我们再决定。"

△拉福雷站点：我们所看到的卫生间。

△△关于我们在罗西纽尔站点安顿下来的科学细节。

"不，让我去吧。"胡里奥说。

"我去吧，反正我本来就要去。"

我沿着一条小径穿过树林，朝那个超现代的厕所走去，从我们所在的地方几乎看不出它是个厕所。距离它二十多米时，我注意到两边的门都开着，但走了五步之后我就僵住了。不仅因为我从女厕大开的门里看到了一个臀部，当阳光倾泻而入，甚至中间的阴影也清晰可见；也不仅因为在意识到那的确是裸露的臀部后我发现它漂亮、白皙、紧实，门里完美地呈现出一具纤细曼妙的女性躯体，以从某幅印象派画作里偷来的姿势模糊地向前倾斜；不，今天遇到的第二个真正的惊喜是我怀着欣赏和难以言喻的怀念之情证实，最耐人寻味的是高跟鞋上包裹着修长双腿的黑丝袜搭配着同为黑色的吊袜带。

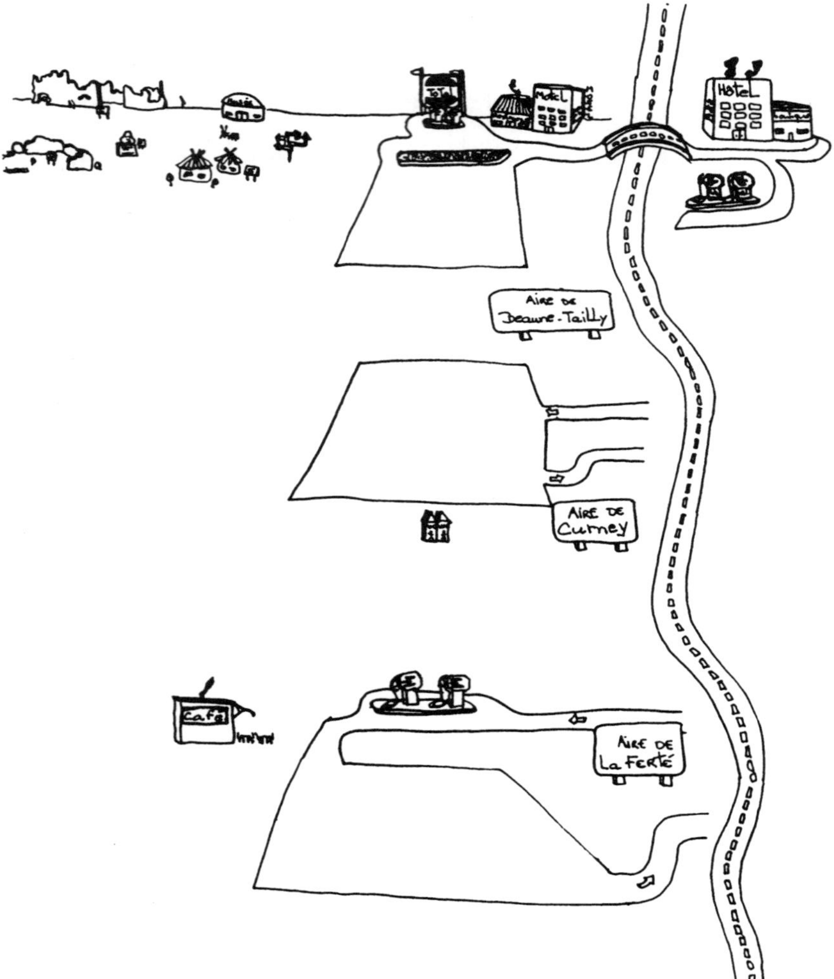
Hôtel
Motel
Aire de
Beaune-Tailly
Aire de
Curney
Café
Aire de
La Ferté

旅行日志

星期六，6月5日

8：00　20℃。

早餐：橙子、杏仁饼干、咖啡。

9：06　出发。

9：11　进入绍姆地区贝塞市。海拔高度：565米。

9：16　站点：罗西纽尔休息区。

全景视野。

法夫纳朝向：北偏东。

12：30　36℃。

12：32　出发。

12：33　进入博讷市。

12：43　站点：博讷－泰利休息区。

法夫纳朝向：南偏东。

午餐（在站点的"小酒馆"）：汤（只有胡里奥喝了）、小推车上的"开胃菜"（卡罗尔）、红酒炖牛肉、本地奶酪。

17：00　57℃（阳光直射），作为无畏的探险家，高温没有阻挡我们去探索"考古现场"。

这是我们目前为止看到过最大的站点。

我们在汽车旅馆过夜。

晚餐：忘记记录菜单了。

**探险家陷入过往，而新的但丁们遇见了尤利乌斯·凯撒、
欧仁·苏^①和维钦托利^②**

  每一场探险都意味着马可·波罗、哥伦布或沙克尔顿在某种程度上没有完全失去他们心中的小孩。而我心中的那一个，不管怎么说，当各个停车站向他展开孔雀尾羽（有时候掉了几根毛，有时候如彩虹般华丽），带来诸多奇迹、蠕虫、蚂蚁和载满神奇传说的卡车的时候，这个孩子就会活蹦乱跳地醒过来。比如当我刚刚写完这句话、看到"速食汤"的时候，这件事就发生了。
  今天的站点是博讷－泰利（＋汽车旅馆，太棒了！）。像所有的标牌一样，这个标牌突出显示了站名，但还写着一个奇怪的词，它悄悄进入了想象的洞穴："ARCHÉODROME"，考古现

---

① 欧仁·苏（1804—1857），法国作家，代表作有《巴黎的秘密》等，是法国连载小说推广者之一。
② 维钦托利（约公元前82—前46），高卢部落首领，曾领导高卢人在阿莱西亚地区对凯撒领导的罗马军队入侵进行最后的反抗。

场。鉴于孩子是成人之父[1],我们就先在汽车旅馆里安顿了下来,在那里,一间妓院般马虎的客房用昏暗的紫色将我们笼罩,暧昧的灯光下,浴缸邀请我们像海豚一般置身于芳香的泡沫之中。所有这一切之后的午睡,深沉的爱的午睡,两具身体像连体婴一样,手臂、大腿和双手交叉着陷入沉睡,在终于失去所有自我时重叠在一起,于杂乱的枕头和凌乱的床单中涅槃。

当我们到达"考古现场"时,它令人不安的轮廓与这个整齐划一的时代里的加油站、杂货店和停车场格格不入,我们对它的第一印象就像进入了一间让人发笑的博物馆。它不合时宜的年代感好像在嘲笑这迄今为止毫无波澜的连续经历。因为我们买完门票之后就开始了一场旅行,从勃艮第新石器时代开始,在阿莱西亚战役的英勇故事还有维钦托利和尤利乌斯·凯撒的决战中达到高潮。就这里的状况说,这场对抗更像是发生在阿斯特里克斯[2]和马塞洛·马斯楚安尼[3]之间。

但是那个孩子不肯入睡,开始带着越来越多的好奇心穿行在那些复原的小屋、墓地、作物之间,最后来到了罗马乡间高耸的防御工事,一边是被围困的城池,一边是入侵者,他们正受到应维钦托利召唤而来的高卢诸部落联盟的威胁。然后,一段"视频"为我们展示了战役的各个阶段,军事天才凯撒战胜了无比强大的敌人。(解说员违背自己的意愿,向压倒性的逻辑屈服,一

---

[1] 引自英国诗人华兹华斯的诗歌《虹》,意为儿童时期的习惯和行为的影响会持续一生。
[2] 法国漫画《高卢英雄传》主人公。
[3] 马塞洛·马斯楚安尼(1924—1996),意大利国宝级男演员。

步一步承认了罗马雄鹰①击溃前法国人的原因。)

从那时起,我开始以不同的方式体会这个下午我所看到和听到的一切,那个孩子也从近六十年的睡梦中醒来,用他的方式重新理解人们在展示和讲述的情节。这本书由萨恩斯·德胡贝拉编辑,并附有欧仁·苏《人民的孩子》译本:两册大开本,双栏排版,在一个月的时间里,我沉浸在法国史的美妙旅程中,从德鲁伊教②到——我想应该是——拿破仑三世,中间跨越了墨洛温王朝的国王们、圣女贞德、宗教战争、革命和帝国。从这一切中,我也可以想起在其他博物馆(有很多次我只是通过把想法联系在一起来重温片段)展示的罗马对高卢的征服,这是今天他们在这里③凭借两种力量强加给我的,一是记忆,二是在同一片土地上对糟糕结局的回忆。我觉得苏在他的小说里虽然没有写到阿莱西亚战役,但确实写到了高卢人面对外族侵略时的觉醒,以及维钦托利不顾一切把自由真理强加给罗马机器的情节。罗马人步步紧逼,同时他们的领导人逐页向前写着《高卢战记》。

至于凯撒,那个孩子对凯撒怀着每个童年幸福的人对古代战士和皇帝的钦佩,而欧仁·苏为他画的肖像却让我感到震惊,甚至感到被冒犯。法沙利亚④的英雄,克莱奥帕特拉的情人,被他视作残忍而狂热的职业军人,缺乏想象力也不慷慨,只会冷酷地

---

① 雄鹰为罗马军团的标志。
② 古代凯尔特宗教。
③ 原文为拉丁语。
④ 法沙利亚,希腊北部地名。罗马诗人卢坎曾写作同名史诗,描述凯撒与庞培在此地的内战,被誉为《埃涅阿斯》之外最伟大的拉丁文史诗。

△ 在"考古现场"博物馆（博讷－泰利站点），来自过去的图案面对高速公路闭上了眼睛。

△△ 博讷－泰利站点的"考古现场"，维钦托利和尤利乌斯·凯撒在此决一胜负。

▷ 在博讷－泰利站点的汽车旅馆，小熊与狼和镜子玩耍。

排兵布阵，而且没有认识到他的敌人有多么伟大（这是真的，他把维钦托利带回罗马，在凯旋日将他斩首）。我记得我读了好几个小时，再加上苏的才华，才接受了这个版本的凯撒。于是出现了这样的情况：那个孩子永远跟高卢人站在一起，从他的角度描述这场战役，与此同时，导览手册和凯撒本人永远会从他们的角度为他讲述另一个版本。

不久前我看着罗马人在阿莱西亚给敌人设置的陷阱复原品，想起了越南人为抗击美国侵略者所做的陷阱，我阅读生涯中最可怕、最痛苦的时刻向我袭来：在那一部分，大自然反过来给罗马士兵设置了最可怕的陷阱。我重温了那一部分，仿佛我还在位于班菲尔德的家中阅读，在那个童年时刻一切都属于视觉、嗅觉、听觉和触觉，我再次看到了那个穿着盔甲的军团士兵，他像一只沉重而缓慢的甲虫一样前进着，然后开始陷入泥沼——小说里称之为流沙，他一点一点地陷了进去，拼命挣扎着寻找落脚点，逐渐消失直到只剩下戴着头盔的脑袋，随后流沙在他头上合拢，只留下一个被这噩梦般的画面支配的男孩出于最后的恐惧吐出的几个窒息的泡泡。

当我们回到汽车旅馆时，我自嘲地问自己，如果我今天重读苏的小说会发现什么，尤其是重读这一段（还有"石匠"费尔冈的故事、圣女贞德之死和"法兰克鼹鼠"何塞菲诺其人，谁知道他们的原名是什么）。但是我觉得这么做并没有什么危险，因为我确定我不会重读某些童年或是其他时候读过的书，比如《坏孩子》[1]和《人的命运》[2]。我可以参观这个"考古现场",它让人心情愉快;其他的,更深处的"考古现场",只要遇到一次就永远留在我心中,不需要重复。它们将留在记忆的透明陵墓中,就像千百年来守护古代中国缔造者之梦的那支兵马俑军队一样。

---

[1] 1929 年出版小说,作者是法国作家、导演让·科克托(1889—1963),描写了一对兄妹悲惨的一生。
[2] 1933 年出版小说,作者是法国作家安德烈·马尔罗(1901—1976),描写了 1927 年上海四一二反革命政变。

舒伯特四重奏中世界的开端与终结

  我对照高速公路地图，再次检查我们的前进方向是否正确。事实上，那些回巴黎时想在拉福雷站点停靠的人应当也会对勒克罗莫罗站点感到满意。地图上，这两个地方都用迷你标志注明了汽油站，还有一个坐在轮胎上的人，好像他真能做到一样。（顺便说一句，是不是应该对标志的某些地方进行修改？残疾人真能认出这种新型独轮车指的是自己吗？）命名的魔法不能改变什么。在下一站，我们会前往罗西纽尔站点休息，在返回首都的途中稍作停留的旅客将发现自己身处科尔博……森林。

  我们像往常一样谨慎，在确定安顿点之前探索了各种可能性。这太重要了，因为上午十点的太阳让人感觉身处正午的撒哈拉沙漠中心，而夜莺站点[①]的可能性并不多（很明显，我们决定将它描述为一个"全景视角区"，其他人也会觉得这完全合理，

[①] 罗西纽尔站点的法语原文为"Rossignol"，即"夜莺"。

注意不要有树枝或其他装置遮挡视线)。两条车道之间有一片松树的小岛,它们一起构成了一个菱形,稍远处有一片田野延伸出来,可以开车进去,躲到尽头处仅有的那棵树下;但前一天的雨太大了,我们担心法夫纳会陷进地里。因此,我们把龙安置在离小岛非常近的地方,与厕所保持适当的距离,并立即占据了树下的一张桌子(虽然现在还很早,但旅客已经怀着明显的饮食目的停下脚步,鉴于高温往往会让司机和乘客情绪暴躁,其后果是可以预见的)。凭借探险中获得的经验,我们没花几秒就升起天花板的顶篷,摆正冰箱,在桌子边更阴凉的地方支好躺椅,而桌子已经毫无悬念地被打字机、书本、瓶子、杯子、相机和虹吸管占领了(让有异议的人眼花缭乱)。

我们在安顿下来之前好好喝了一杯,首先是为了庆祝我们准时到达并占据了最佳位置(这可能看起来很自私,但读者朋友请您想想,普通的旅客只是在六小时或八小时的旅途中休息一下,而我们是在三十三天的旅途中休息一下),其次因为我们很快乐,我们曾经历过的美丽漫长的夜晚留下一些痕迹或气氛,它们鼓励我们像派对还没有结束那样去生活——这场旅行也确实是生命中一场无尽的派对,更不用说这一切都有助于我们开展其他活动,鉴于我们还没有拿出打字机以防某个里昂人来我们身边吃香肠。拿出打字机也是因为我们想工作,众所周知,一杯好酒对灵感来说没有任何损害。

很重要的一点是,我们离高速公路相当遥远,因为罗西纽尔站点其实是一座高出公路的小山。与此同时,我抬眼欣赏风景,感觉对高速公路的认识从未如此清晰；我从未见过它向两个方向延伸如此之远，我从未有如此和谐的感受，多亏高处的站点，我可以将它的曲线和起伏尽收眼底。在这个高度上，卡车和汽车都安静地驶过，尽管巴黎—里昂方向是下坡，而里昂—巴黎方向是向上的陡坡，但它们没有受到干扰也没有改变速度。速度本身似乎被这种静默废除了；人们只看到和谐、无限、无名的缓慢运动正清晰可辨地进行着，似乎与某种正义、深刻、不可言说的需求遥相呼应。

我安好打字机，发现自己把一些东西忘在了法夫纳里。当我往回走的时候，却被对面的风景吸引住了，我们到达这里时它还隐藏在晨雾之中。尽管我被吸引住了，但我转过身才发觉到处都

其他人的高速公路

是相似的。我飞离站点,比夏加尔①笔下的人飞得更高;我是远处的那座山,我将那些难以分辨的树木的蓝色当作精确的存在饮下,我沿着远处的采石场滑行,一直在站点里,一直静止不动,一直旋转到眩晕,在生命中某些奇怪的时刻,那种眩晕会带来三百六十度的全景视野,让人一边被湮灭一边被创造。

一节简短的乐曲开始在旋涡中开路,就像夜莺在夜幕降临时排练音阶,然后全心全意地投入歌唱之中。两三个低沉的音符好像从这壮丽的风景中诞生。一个节拍,又一个节拍,这不是别的什么,而是舒伯特四重奏,我已经忘了要回法夫纳找什么,但我知道那盘四重奏磁带就在车里,在一些难以被定义、彼此之间也没什么关联的时刻,我常常不可避免地狠狠压到它。我还不知道要找什么就已经坐到后座,把长得像外星生物的耳机线连到磁带播放器上。开头的几个小节播放出来,悲伤而严肃,就像世界的开端,音乐带来的痛苦就像环绕我的风景那样,我是其中的一部分,小提琴和大提琴;低音被高音打断了,就像伤口意外被治愈,然后万物缓慢地、如此缓慢而奇妙融合在一起,寻找彼此的和声,把周围的山脉甚至逐渐到来的游客都纳入其中。就在这个站点,车门开着,我却被沉默锁住;世界在外界的沉默中诞生,我看到了他们,我看到了所有人,不仅看到狼在树下不停地打字,还看到一对夫妇从一辆紧挨着法夫纳的排量四升的车里出来,他们好奇地微笑着,看着磁带播放器、耳机、我的脸和我

---

① 马克·夏加尔(1887—1985),俄裔法国画家,代表作有《我和我的村庄》《拉小提琴的人》等。

在一次令人印象深刻的工作元素展览中,您此刻阅读的书页正在诞生。

的手，是的，这些事物再一次指挥整体，就像在某处指挥这片风景的形成，各处的雾气上升得越来越快。我看到了他们，是的，但不是通过身体看见的，不是通过这双刚刚对他们微笑的眼睛。不，我通过听觉看到了他们，这无法言说，我从弦乐器的心脏，从消失已久却依旧存在的音乐家的大脑里看到了他们，他们在高山之上飘浮又沉没，周围没有墙壁、没有窗户、没有城市、没有房屋，我弹奏着心脏，音乐仿佛就在眼前诞生、扩散：音乐家的每一根手指都像其他那么多情人一样牵引着琴弓，每只脚都在保持乐器的微妙平衡，下颌搁在垫子上而不留痕迹；每个音符，这些不存在的东西，却会在这样的时刻成为世界的万物和终结，我在这里，就像周围的群山那样高大，和最深的采石场没有区别，与这个整体里的所有运动、磁带的时间融为一体，形成一个整体，无论是那些走近汽车看我是不是在录制什么的德国人，还是停下脚步用难以置信的眼神吃惊地看我的那家人，都无法打破这完美的循环。或许只有那个背对我坐到踏脚板上、开始慢慢随着四重奏摇摆的小男孩有意识地进来了，他才是真的在和我分享这段经历，哪怕一切都只是经历的一部分。

　　罗西纽尔，全景停车场，你的鸟儿是否还为懂得聆听的人歌唱舒伯特的美妙主旋律？它会将站点变成世界的开端和终结。

读者将认同一朵玫瑰是一朵玫瑰是一朵玫瑰^①——

  有多少次，在惊喜的作用下，它所蕴含的真正惊喜会消失？这也许就是今天在博讷站点的汽车旅馆前台发生在我们身上的事情，在那里，一个我们此后永远不会见到的人培育出了形状完美、色彩绚丽的玫瑰花。我该怎么形容花瓣上的某种颜色呢？它无比自然地均匀分布，它的质地、稳定性、光和影，不妨碍整体清爽感的暖意也同样浑然天成。它应该介于红色与粉红之间，精心添上浅橙色以增强亮度，这样解释那些最迷人的玫瑰是徒劳的，因为即使读者在脑海中想象出了这种色彩，也无法感受那浓厚又清透的天鹅绒质地，这支撑着它在离高速公路数百米的地方迎接噪声、速度和燃烧尾气的挑战。除了停留在那里，我们别无他法，屈服于对那种暖意和质地的渴望，惊讶地发现这样的情感竟然可以因为一朵花而诞生，并意识到除了感叹"哦，太美了"

---

① 原文为英文。出自美国作家格特鲁德·斯泰因（1874—1946）的诗歌《神圣的埃米利》，意为事物就是其本来的样子。

没有其他可能的反应。我们拿了钥匙，前往汽车旅馆房间。

  但是谁说这种颜色的存在只是为了让观看者讶异地远离其他东西，远离藏在花瓣里的玄机，远离被低级的美保护起来的更崇高的美？这种颜色本身就是一种惊喜。我们的最后一瞥，不应该进一步激起我们的渴望，而非将之抚平吗？还是说我们应该接受它所呈现的那种美，好像没有什么可以超越它一样？我们永远无法得知那朵完美的花朵里是否隐藏着第二朵更美妙的花朵。我们不是植物学家，如果有什么东西给我们带来了免费的意外乐趣，我们不可能只看它一眼而不去破坏它。

旅行日志　　　　　　　　　　　　星期天，6月6日

早餐：橙汁、黄油面包、羊角面包、杏子果酱、红加仑果酱、咖啡（在汽车旅馆）。

10：30　35℃。

10：45　我们向条件舒适的汽车旅馆告别。

11：05　出发。

11：07　进入索恩－卢瓦尔省。

11：15　站点：勒库尔尼休息区。

法夫纳朝向：东偏南。

午餐：粗盐腌牛肉、番茄、洋葱、莫尔万[①]山羊奶酪、咖啡。

19：19　40℃，出发。

19：32　站点：拉费尔特休息区。

法夫纳朝向：南偏西。

晚餐：猪肉配甜酸酱、奶酪、咖啡。

---

① 法国一个山区名。

您将看到，我们的主人公在最卑鄙的迫害面前也没有灰心，他们完成探险的坚定决心再次得到印证

不管站点是好是坏，一切都很顺利，我们越来越习惯于高速公路给带来的匿名状态和完全的自由。只需要向偶尔走近看我们一眼的宪兵微笑一下，特别是当法夫纳藏在密林深处时，我们就能获得安全感。* 捍卫法律和捍卫秩序的从来不是同一群人，在此之前，我们从未在同一个站点看到两队巡警，但在这里，距离马孔不远处，我们达到了预计的巡航速度，因此高速公路变成了一片隐藏的区域，除非按我们的节奏，否则无法接近这片区域，此时巡警开始不耐烦起来，并逐渐展露他们的企图：起初他们是胆怯的，但最终制定了一条策略。无论这条策略有多隐蔽，我们都能看清。

是自由的感觉让我们忽略了防卫，还是在前几个站点他们就

---

* 欲知我们为何没有安全感，参见8—9页。——原注

准备好进攻？一切在我们两次穿越勃艮第运河后不久就开始了。可能有人想知道，运河和高速公路这两条蛇真能在如此短的距离内交叉两次吗……难道不是有人故意把我们引向错误的方向，用查理·卓别林电影中某个典型的借口让我们离开真正的高速公路，通过路线把我们更结实地困在一张肆无忌惮散布的网的孔洞中吗？我们非常了解敌方，知道任何基于想象的尝试在他们看来都是添乱行为，只要能让我们失败，他们可以不惜一切代价，唉，对方是那么强大，因此我们只能选择感恩男女众神，我们只是他们眼中最小的猎物。否则到了科贝伊我们的旅行可能就要告一段落，或者幸运一些，从巴黎到枫丹白露，然后打道回府。

事情就是这样，多亏了他们，我们在克雷什站点安顿了下来，然后疯狂地工作，尽管从停车场的配置和当天气温来说，午觉比打字机更有吸引力。但我们拼命打字为了让他们相信我们正在写一本关于高速公路的书。可以仔细考量跟踪的讽刺之处和好处，但我们还是回到勃艮第运河，回到我们最初的预感吧。（参见前文，第十七页已经讲述了冒险如何开始；考虑到之后发生的事情，必须研究在拉福雷站点的厕所看到的场景发挥了什么作用。停车场的玛塔·哈丽[①]是否肩负让胡里奥落入圈套的任务？还是说当时去洗碗的他才是筹划一切的人？）

虽然有一个站点被关闭了——读者已经明白，我们不会为

[①] 玛塔·哈丽（1876—1917），荷兰舞蹈演员，二十世纪初知名交际花，最后以德国间谍的罪名被法军枪决。

这点小事而气馁——我们仍然愉快地继续旅行，并在拉福雷站点的森林中度过了美好的一天一夜，它为我们准备的惊喜请见前文。但在写下这句话的一刻，我感到背后有些异样。我转过身才明白——不可能不明白，因为"公司"的小爪牙并不擅长谨慎行事——我身后有两个大汉，一个在我身后六米，另一个靠在二三十米外一辆看起来像警用货车的车上，车上印着"索恩－卢瓦尔实验室"，他们一动不动地盯着我们，仿佛只要等到一个手势就会向我们冲来。我带着世界上所有的平静，拆掉总在手边的忠实的佳能相机保护套，再次转向那两个目标的方向。我身后的那个男人消失在厕所的方向，好像在一瞬间成了腹部绞痛的俘虏，而卡车边的那一个则无数次弯下腰检查右后轮胎的状况。

也许他们认为（如果对方的某个间谍告诉他们，我们因为关闭的站点而不得不改变计划的时候有多么高兴，他们应该会感到很失望吧）我们老迈又善良的龙会在穿过绍姆地区贝塞市的斜坡前就失去呼吸，尤其前一天晚上的暴风雨还让我们受到了惊吓。（那是真的冰雹，还是他们利用坏天气在树上安装了振动器？有人在六月四日星期五二十二点四十八分到二十三点零三分之间看到、感觉到或听到高尔夫球大小的冰雹吗？）但不论是高速公路上数量惊人的卡车，还是迫使它进入奥运会滑雪小回转项目决赛的维修工作，都没有妨碍法夫纳的四个轮子，它积聚了所有勇气，在我们耐心的鼓舞下战胜了所有障碍。

如果到目前为止，我们的好心情和不合理的目标已经惹恼了敌人，那么我们在博讷－泰利站点的旅馆里度过的漫长时光应该已经让敌人发疯了，因为他们相信一切都应当保持在十分精确且通常来讲相当严格的界限之内。敌人觉得我们会对从正门伸出的粗电缆印象深刻吗？我们当时还在疑惑，那是一个警报系统还是一台安装简陋的麦克风？如果是麦克风，我会对它进行友好的仪式性辱骂。他们觉得让我们看到如此明显的电子装置，是会让我们失去冒险的兴趣，还是会降低床铺、浴缸和餐厅对我们的吸引力呢？我们在那家餐厅享用了丰盛的晚餐，佐以当地特产的红酒。

更有可能他们决定给我们一点喘息的机会，希望我们再粗心大意一次，让我们认为他们对探险完全不感兴趣，最终自行暴露游戏计划。（另一个假设：他们厌倦了在高速公路的垃圾桶里睡觉，又没有别的地方可以收留他们，这就可以解释站点里为什么突然多了这么多垃圾桶……除非他们从一个垃圾桶移动到另一个，像现代版的莎士比亚森林。①）

不管怎么说，星期天上午十一点零五分，我们仍然有点幸福过了头，带着前所未有的必胜决心离开了博讷站点。

△我们第一次不安地证实了有人在监视我们。
▷威胁在克雷什站点变得明确，间谍已经让人难以忍受。
▽以消极怠工为借口，包围圈在收紧，我们得赶紧跑。

---

① 典出《麦克白》。在第四幕第一场中，幽灵对麦克白说："麦克白永远不会被人打败，除非有一天勃南的树林向邓斯纳恩、高山移动。"在第五幕第四场中，敌人砍下勃南森林中的树枝伪装自己，看起来就像森林在移动。

189

在勒库尔尼站点，除了英国车减少和比利时人卷土重来以外，没什么值得说的。此外，重型卡车正以一种可疑的速度增加，更不用说写在车身上的字，它们（可远远不止一辆）很好地体现了各自公司官僚的想象力，也增加了我们对其伪装能力的怀疑：谁会真的相信"速食汤""法国马卡龙""赫尔墨斯或者哲学家公司"这样的大字呢？更不用说一队"盖伊物流"的车被一辆一百二十码速度的"美科运输"车追逐着，它们仅仅是在城市之间运送生活必需品吗？

这一切并不妨碍我们的正常活动。我们在迄今为止最有趣的站点里找到了一个角落并布置出一片极其舒适的空间，随后便开始安静地工作、阅读、交谈。我们看到高速公路上有一辆卡车驶过，然后第二家公司的卡车驶过；我们没有太在意，把它们当作常见的穿着漂亮橙黄色工作服、打扫厕所和水槽、清空垃圾桶、换上新卫生纸的工作人员。

晚上十九点二十三分，出现了一个企图误导我们的明显迹象——在这条我们熟知的"阳光"高速公路上，突然出现了一条巨幅标语：

洛汉高速公路
隆勒索涅市

没什么能让我们相信它，即使我们已经离沙隆市那么近，近到可以看到它的建筑了。

十九点三十二分,我们到达了拉费尔特站点,它最大的优点无疑是餐厅提供价廉物美的早餐。我们刚支起顶篷,就看到周围全是带拖车的大车。我们再一次看到大量英国车牌。(读者对高速公路了解有限,可能不明白这个被拖车包围的细节为什么会引起我们的注意。只要看看拉费尔特站点就明白了,真正的旅客只会在站点之间进出,而不会在重型卡车和垃圾桶之间安顿下来。)我们整晚都听到来源神秘的谣言,据说站点里的所有男人都挑中了法夫纳旁边的位置作为小便池,所以每隔十五或二十分钟,我们就会感觉自己被传送到了高速公路上神秘的埃斯特别墅[1]中。

五点时我们已经起来了,明确地感觉到周围有什么正在收紧。刚过七点,我们就离开了站点。

---

[1] 位于意大利蒂沃利,以数量众多的喷泉闻名。

192

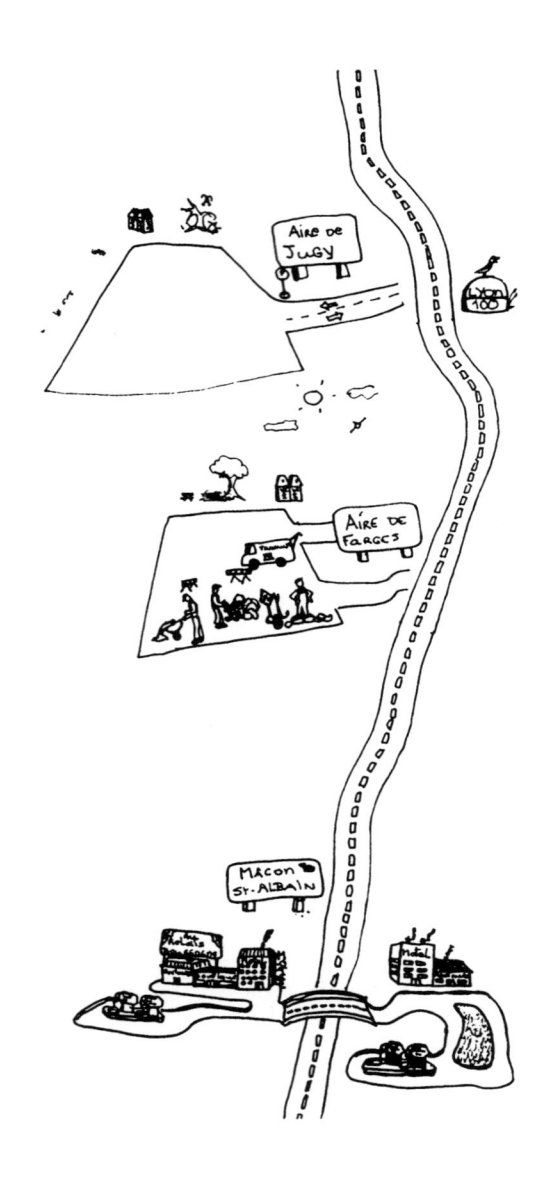

旅行日志 星期一，6月7日

早餐：橙汁、羊角面包、巧克力面包、咖啡。

7:18　出发。

7:21　右侧是十七世纪的教堂。

7:26　站点：朱吉休息区。

糟透了。

法夫纳朝向：东。

7:40　适当探索站点后出发。

7:46　站点：法尔格休息区。一样糟透了。

我们占据了唯一一张有点（且只有一点）阴凉的桌子。

电钻和不明工具的音乐会。

两个阿根廷人——或乌拉圭人——安顿下来，带着马黛茶的茶壶。

鉴于国内局势，我们宁愿避免一切接触。

午餐：布列塔尼肉酱、鹰嘴豆洋葱沙拉。

18:16　开车巡逻的宪兵队，好奇望着我们（尤其是卡罗尔）的工人。

探险队的安全正受到威胁，20:55我们在痛苦的怀疑和商议之后，决定向下一个站点进发（参见文中细节）。

21:00　出发。

21:03　马克奈的群山。

21:07　标牌写着"马克奈葡萄园"，可我们在哪儿都没见到葡萄园。反而见到了母牛。

21∶09　站点：马孔－圣阿尔班休息区。

"勃艮第驿站"旅馆。

晚餐：肉酱意大利面、莫尔万山羊奶酪、咖啡。（在法夫纳上吃的，今天我们没心情享用美食。）

事态恶化了

我们在七点二十六分到达了朱吉站点的停车场，决定尽快探索后离开。行程并不紧张；根据地图，下一个站点完全坐落在大自然之中，我们因为能在一个允许车辆进入树林的停车场安顿下来而提前高兴起来：可以在那里度过漫长的一天，躲避窥探的目光和越来越强烈的阳光。

有一架直升机飞得很低，我们没太注意它。它是否发送电报宣布了我们将不在朱吉停留的决定？或许只是因为我们没有支起车篷，让他们轻易猜到了我们的意图？

七点四十六分，我们到达了法尔格站点。它不仅并不靠近树林，几乎没有任何阴影，还紧挨着高速公路。两个阿根廷人在离我们很近的地方坐下，喝起了马黛茶，很明显敌人已经决定采取更大胆的方法。你相信这些阿根廷人会比他们的前辈更懂得如何破译这次对话的真实秘密吗？对话实际上就是旅行本身。两个星期过去了，我们不禁怀着某种恶毒的快感，想象他们漫长的等待,以及他们在意识到巴黎—马赛只是巴黎—马赛而已之后感受到的万分失望,而且警察也没有干预,没有驱逐高速公路上我们这两个疯子。到目前为止,没有证人报告深夜有大胡子们举行会议,法夫纳接待的仅有的几位客人都是品格高尚的人,他们只给我们留下了给养、樱桃和两瓶意想不到的红酒。我可以想象到每天结束时老板和探员之间的对话[①]:

"什么也没有,老板。"

"你他妈说'什么也没有'是什么意思? 他们还在高速公路上吗?"

"在的,老板。"

"但是他们他妈的到底在那里干什么?"

"做他们说过会做的事。写一本书。"

"去他的,浑蛋。一本书? 在高速公路上? 你指望我相信这个?"

"好吧,您懂的。"

"我知道他们脑子坏了,但是也没人那么疯吧! 你他妈的马上给我回来,再查查他们到底有什么目的。"

"老板,我们说说垃圾桶吧……"

到了八点或八点半的时候,灾难开始了,迫使我们必须做

[①] 以下对话原文为英语。

出打破游戏规则的决定（哦，读者，你已经是我们的同谋，我们急需你的理解！），不止一次，而是两次。一辆与高速公路服务车颜色相近的卡车停在法夫纳正后方，标牌的小字显示它其实属于一家汽车租赁公司。有两个"工人"下了车，很快第二辆卡车（属于一家游泳池公司）的所有者也下了车。第二辆车停在第一辆车后面，卡车所有者费力地从车上搬下一台接下来一整天都用不到的神秘机器。

噪音没有对我们造成多大困扰（他们觉得我们会被凿岩机的钻击声赶走吗？）；无论如何，我们离高速公路太近了，凿岩机和数十辆重型卡车的声音汇成了一场音乐会。事实上真正困扰我们的是那些工人，如果他们真是工人，就会像我们一样一整天待在那里。随着时间的推移，我们发现他们看我们的眼神越来越坚定。我们越来越不安，尤其是看到他们全身心地投入了令人难以理解的项目——在厕所前的路上挖一条沟——的时候。我们尽可能地待在这里，不断地移动位置，躲进这片土地上为数不多的矮树的薄荫。无数监工、工人、卡车经过，下午快结束的时候还有宪兵，不管怎么说，看起来这项工作并不是很需要他们。工人越来越频繁地放下手头的工作，走到无须施工的站点最南端，借机往法夫纳内部打量了很久。

大约五点左右，一场暴风雨即将来临，工人几分钟前离开了，我们则躲进龙肚子里，考虑了很久未来的对策。我们内心坚决地反对作弊，反对以任何形式损害游戏规则，但我们感到"它"的行为已经严重威胁到了探险的安全。就在这时，又一辆卡车回来了，宪兵在一个小时内第二次经过我们身边。我们感觉自己暴露无遗、受到威胁，完全被看穿了。为了避免当晚被赶出高速公路，我们决定破例前往下一个站点。（是的，在那些美丽的站点度过一个又一个小时的时候，我们不会冒这种过分引人注意的风险，即使这种行为在速度胜过一切的高速公路上显得没那么正常，也还是可以被理解的。反过来，如果我们在最糟糕的站点里待那么长时间，就难以解释清楚了。）

下一个站点有一家酒店，它让我们感觉受到了保护，免受他人的窥视、指责和欺骗，尽管刚一到达我们就发现了他们在尝试新策略：通过直接攻击财务状况来阻止我们（索菲特酒店）。但我们感到危险已经过去，明天工人还是会在前一个站点施工，似乎那里已经有什么重要的项目开工了，很难想象他们会放弃一条厕所门前刚刚凿开的沟。

但刚刚的经历给我们留下了深刻的印象，尤其是我们第一次违反了严格的规定，当晚就到达了本该第二天计划前往的站点。然而，我们毫不怀疑接下来会发生的事情；永远不该低估"公司"，无论我们对它有多么蔑视。

△朱吉站点令人惊讶的地形。
▷远远望去，龙对找到一片树荫的狼非常嫉妒（法尔格站点）。
▽在马孔－圣阿尔班的旅馆，小熊了解到文明的优势。

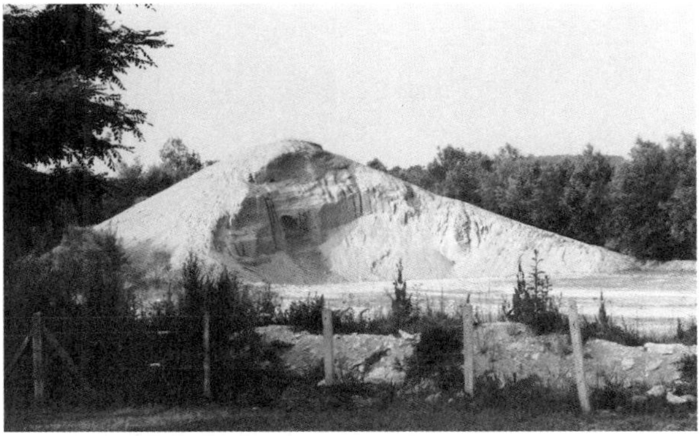

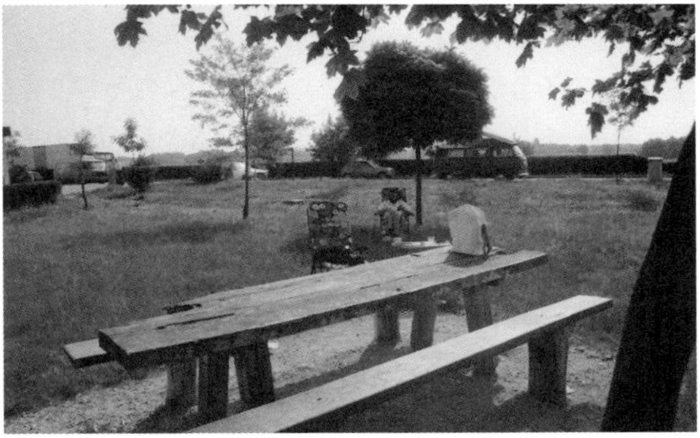

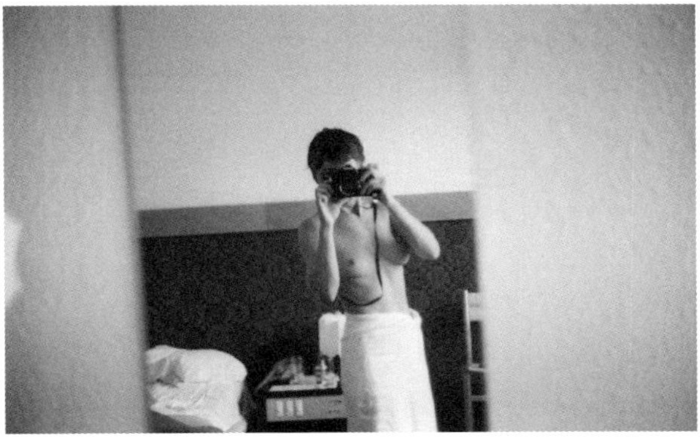

旅行日志　　　　　　　　　　星期二，6月8日

早餐：橙汁、羊角面包、黄油面包、咖啡。
10∶35　出发。
10∶42　站点：塞讷斯休息区。
恐怖！
法夫纳朝向：南偏东。
我们分头行动，都在寸步难行的树林里迷路了。痛苦地回到法夫纳。
11∶00　出发（见正文）。
11∶02　我们看到了左侧的索恩河。
11∶10　站点：克雷什休息区。
另一件恐怖的事。
法夫纳朝向：南偏东。
我们奔向了唯一有（极少）树荫的桌子。
午餐：玉米沙拉、火腿、番茄和奶酪、咖啡。
17∶00　阳光直射之下49℃。
18∶48　出发。
18∶53　右侧是博若莱的群山。
18∶54　进入罗讷省。
18∶56　站点：德拉塞休息区。
"博若莱驿站"餐厅。
我们非常高兴地给法夫纳加油，它摇动着黄色的流苏。（旁边还有一句难以理解的话："……在柜子后面排队之后。"）法夫纳朝向：北。

晚餐：生火腿、咸猪肉配扁豆（胡里奥）、牛肉汉堡排配炸薯条（卡罗尔）、咖啡（在餐厅）。

"鲍尔斯奎斯"耳塞第一次在夜间显得如此必要。

噩梦的终结

为了重回计划行程,在离开酒店以后,我们得在今天的第一个站点度过整整一天。从高速公路地图看来,这个站点并不差,建在一片绿地之中。(显而易见,我们的乐观主义常常与实用主义的良好影响背道而驰。)于是我们在接近十点半的时候离开了马孔－圣阿尔班站点,在经历了一个漫长的夜晚、享用了一顿丰盛的早餐之后,于十一点差一刻到达塞讷斯站点,应该叫它可恶的塞讷斯站点,那里没有一棵树、一丛灌木,甚至连一张阴凉下的桌子都没有。在草地尽头,几条突兀的小径爬向森林深处……我决定承担探索站点的任务,胡里奥负责支起顶篷、装好冰箱,因为我们得在这里待到明天早上,而一两个小时之内法夫纳内部的温度最低也会接近五十度。上坡比我预想得更难,小径路况也很不好。我尽可能地探索了树林,前进过程中到处都是会刺激到皮肤的尖刺、沟渠和树叶,返回时我怀疑自己是不是得了麻疹。与此同时,胡里奥因为我没有回去而担心,出发去找我,但走向了和我相反的方向。

　　重点来了,当我回到龙的身边,我看到了什么?恐怖的事情和诅咒吗?昨天的那辆卡车又停在法夫纳身后,另一辆卡车紧随其后,车上的工人、监工、工程师就是我们之前见过的那些。他们开始用奇怪的眼神打量我们,在当时的情况下这一点都不好笑。这一次我们瞬间就想到:欺骗他们。如果他们意识到我们将像昨天一样整天待在他们工作的地方,我们就会完蛋。况且,我们选择在这个站点逗留显然不是因为它有多美。由于昨天我们迅速从一个站点转移到了另一个,我们的行程比起原计划已经提前了一天,时间倒流的想法太愚蠢了。于是我们决定把行程提前一整天,确信这样可以远离那些橙色的蚂蚁——我们前一天看到了他们在施工,而似乎每个站点的施工都需要一整天,因此他们不到明天不会抵达下一个停车场,那时我们已经离开了。我们就是这样计划的;但我们不小心犯了错,这种事经常发生……

　　然后,我们在十一点十分到达了克雷什站点,虽然在这个恐怖的站点同样发生了许多恐怖的事,不过我们还是在阴凉处找到了一张桌子安顿下来,打算度过这一天。情况不太理想,我们有了容身之处,但这几天我们常常观察到上方有飞机和直升机低空飞过。确认已经脱险后,我们拿出一瓶威士忌庆祝。但正如某部优秀的侦探小说所写,第一杯酒就卡住了我们的喉咙。卡车出现了,正好停在法夫纳后面。时间紧急,我们来不及幻想了,必须迅速确定行动方针以摆脱危急状态。事情到了这个地步,他们已经摊牌了,这是关乎"他们"或者"我们"的事。

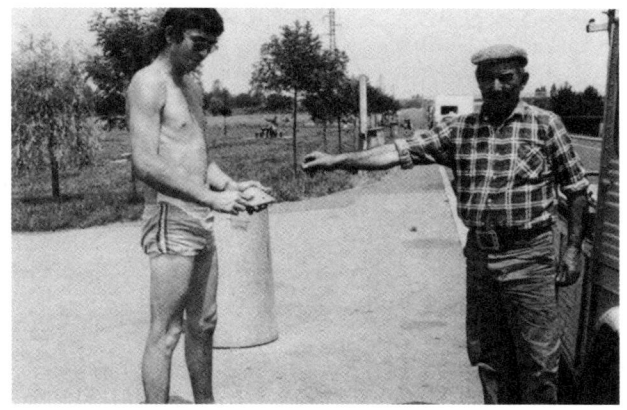

△胡里奥为了说服敌人,假装自己在全速写作,这总能多少获得尊重。

△△卡罗尔已经成为高速公路上的"玛塔·哈丽",决定以拍摄为借口攻击敌人。

在某些情况下，唯一可行的防御是继续进攻。我们意识到，隐藏真相的唯一方法（当然不能告诉他们，我们是在记录巴黎—马赛之旅，而且从五月二十三日起就住在高速公路上；他们会觉得我们疯了，怀疑我们，或者更糟，毕竟这是违法的）是马上做点什么，因为他们两三人一组盯着我们，之后他们会低声交流。我们唯一能做的就是以一种无法想象的方式呈现真相。

而实现这个目标最简单的方法，就是让自己成为玛塔·哈丽，一开始就利用那些年轻工人的目光。就算他们昨天的间谍活动不一般，至少也是受到官方支持的。从表面上看，当我的受害者和一个工人在另一片树荫里聊天的时候，我拿着照相机在他们面前专注地走来走去。为了更好地证明我的专业精神，我不断更换镜头，检查太阳的高度，弯下腰摆出几近下流的姿势来拍摄本可以像其他人那样站着拍的照片。当他们起身回去工作，我走近最年轻的工人，努力掩饰着读者不难想象的颤抖。我能成功吗？我会暴露吗？除此之外，这还是我第一次为了拍照而接近一位英俊又健壮的陌生年轻人。

"早上好，"我用一种一时难以形容的外国口音说，"好像我们从昨天开始就一直同路。"

"是的。"他说，看上去既不安又高兴。很快，趁着一位比他年长的同事还没洗完杯子、盖上瓶子，我取得了进展。

"我们在写一本关于高速公路的书。"我一口气说了出来。

"啊？"

他看起来很意外。

△尽管危险,但我们大获全胜。危机已经过去,卡罗尔值得好好休息一番……

△△……而胡里奥守着打字机一直到最后。

"是的,这就是我们在站点停留这么久的原因。我们这些天几乎一直在高速公路上。"

"这有意思吗?"

(他是不是忘了,从表面上看他也每天都在高速公路上?或者雇用的是当地道路上的工人?)

"是的,要是在这里待得比平时久一点,就能看到很多东西。我可以(突然,他的同事走近,带着怀疑的微笑看着我)给您拍张照吗?我们想尽可能多记录一些东西。"

"当然,"年轻人说,同事手里拿着线的一端,他提起了另一端,"像这样可以吗?"

这超过了我的预期。

"完美。你们在这里做什么呢?"

"啊,"他坦率地笑着说,"我们正在把厕所这部分的边缘改成斜坡,这样更方便残疾人的轮椅进入。"

这一切解释了为什么我们开始疯狂地打字。我们不时被一个又一个工人打断——可真不少,他们已经接纳了我们,来向我们提问,打字正是为了让他们看到我们确实在写一本关于高速公路的书,以免他们怀疑我们的真实目的:写一本关于高速公路的书。

(另外,只有一位可能效力于"公司"的真正代表展示了敌意:一个手持长矛的人在某一刻靠近胡里奥,野蛮地戳起胡里奥丢到几乎脚底位置的炸薯条。)

一位母亲的来信（三）

奥尔日河畔萨维尼，六月七日，星期一

亲爱的尤西比奥：

很明显，在这一生中，人们很难真正指望制订过的计划，据说命运就是故意要让它们落空。同样，人们以为自己对一起生活多年的人很了解，可突然间就会发现自己对他们一无所知，这时再问什么都晚了。

可怜的埃洛依莎上星期二在睡梦中走了。虽然我们心痛极了，但这归根结底是件好事。医生说她本可以勉强多活几年。就她这个状况，活着有什么用呢？即使她感觉不到任何事情，也或许知道自己被带到了茹瓦尼。我愿意相信，她以某种方式感觉到是时候了，该轻轻离去了。你爸说这是我在胡思乱想。不管怎么说吧，我们刚一得知消息就去茹瓦尼了。我们去就是为了料理一切，修女们也很善良。一位修女给了我一封信，告诉我埃洛依莎离去的时候手里拿着它，看起来是想在死后交给我们。然后,亲爱的,我吃了这辈子最大的一惊。我甚至想叫醒躺在白床上的可怜的埃洛依莎,让她跟我解释一下。

首先,她要求我们把她葬在瓦朗斯,跟她的丈夫葬在一起,我们都知道世界上没有比埃洛依莎单身更久的老姑娘了。这还没完,在这个信封里还有另一个密闭的信封,她让我们把它交给她的儿子。她说她在尤里度过了一生,我就通知了尤里的殡仪馆,而你爸坚持说这只是疯老婆子的胡言乱语。我可以把手放在火上发誓,埃洛依莎姨妈从未到过比第戎更远的地方。至于她是不是有丈夫和儿子,我想这种事我无论如何都会知道的。啊,如果你也去了那里就好了,你读过书,比我更知道该怎么理性地看待事物!你爸说这些都不重要,只要按照计划将她安葬在尤里,再把其他事情做完就行了。但我觉得无论如何都得尊重她最后的愿望,至少应该试着调查一下这位布朗先生是否存在。你爸说我看书看傻了,退休对我没有任何好处。但我说至少得试试。毕竟,也许他才是因为整天没事做而大脑硬化了,更不用说他每天喝的什么东西了。

修女们想让我们冷静一点面对这些事,因为她们的养老院里有很多病人,埃洛依莎的死讯不利于让他们保持平静。修女们劝我们回家好好想想,第二天再来,埃洛依莎可以留在葬礼教堂。我想埃洛依莎会喜欢的,就答应了。回去的细节我就不说了。

无论如何,我还是跟安妮-玛丽和杰奎琳商量了一下,尽管她们是另一个家族的亲戚。她们俩都同意我的看法,认为不该违背逝者的意愿。你爸坚持说埃洛依莎什么都不会知道,但我跟他说,这些事情从来说不准,就算我也没那么相信这东西。最后,安妮-玛丽来帮我整理埃洛依莎的遗物,我们在她的文件中发现了一张结婚证和一张孩子的照片。根据日期推算,现在这孩子应该差不多四十岁。于是我们往埃洛依莎留下的地址发了个电报,结果一切都是真的,而且你能想象到,那边并没有太多疑问。你想想!要通知埃洛依莎瞒了我们一辈子的一个完全陌生的人!而且她已经在亡夫身边预留了一个位置。她儿子会负责所有事情,不过我们明天一早还是要去参加葬礼。

与此同时,因为这里好像用不着我们帮忙了,我们决定去第戎住两天,稍微恢复一下。死亡总是让人印象深刻,即使你知道那是一件好事。于是,星期六我们又上了高速公路……你能相信人到我这个年纪就开始衰老了吗,尤西比奥?你爸确实已经跟以前不一样了,有时我也在想,同样的事情正发生在自己身上,我却没有意识到。我们停下加油时,我下车走进了服务站的商店。那里什么都卖,甚至还有漂亮的锡釉彩陶雕像。在商店里,我发誓,我又看到了那个坐房车的年轻女人,你还记得吗,我在高速上遇到过三四次的那两个人。她比我第一次看见她时我以为的要年轻,大概三十几岁,也完全没有在她丈夫身边时那么矮小,但毫无疑

△法尔格站点的一次野餐。

△△诱惑一直存在,到另一头去多么容易!

问就是那个女人。我出去的时候看到了她的车——我确定就是那辆——停在服务站后面的树林里。我想知道,尤其是我看到她在拍照的时候,我是不是应该通知当局?他们会不会在筹划什么袭击?

回到车上的时候,你爸告诉我需要换机油。他可真会选时间,我很难理解他在这个年纪就变得那么没有计划。于是我去树林里散步,甚至还走近了那对陌生男女的房车。正好是下午,所有帘子都拉上了。我可能是看侦探小说看昏头了,但你知道,我这个年纪,时不时兴奋一下也有好处。我慢慢靠近那辆房车。哦,尤西比奥,我真是太草率了,真叫我脸红!他们在里面干什么啊!不管怎么说,可以确定他们没有结婚,百分之百!你觉得他们是不是在逃避警察的追捕?毕竟高速公路似乎是个藏身的好地方。怎么也不能允许……

你爸告诉我,一切都是我想象出来的,绝对不可能是之前那对男女。他说高速公路上有很多这样的小卡车。他可能是对的,但我不同意。

好了,我这个老太婆的故事让你厌烦了。我也帮你订了葬礼上用的鲜花;在这种情况下,无论如何必须证明她拥有一个真正的家庭。

安妮-玛丽告诉我,加拿大有很多漂亮的女孩。我请求你,尤西比奥,一定要当心。特别是当你遇见了喜欢的姑娘,在带她来见我们之前不要做任何事情。我知道其他国家有不同的风俗习惯,你永远不知道外国人在这里能不能适应。

  谢谢你的明信片。我不知道加拿大也有夏天。我希望你的袜子和围巾在秋天能派上用场。如果你还需要别的什么东西,尽管说。

  拥抱你,希望你不要工作太累。我一直理解不了你,明明那么多脑子清醒的人也需要医生,你却偏偏要去跟疯子一起工作。

你的妈妈

(待续)

站点里的小孩和狗

隐藏在森林这个绿色深水水族馆里时,人会觉得自己是安全的、被保护的。远处的高速公路之蛇在正午时分颤抖着向前奔跑,它移动的鳞片有蓝色、红色和黑色的雷诺,灰色的奔驰,银色、绿色的塔伯特。这不重要,我们已经知道本次探险表面上的主角只是个不值一提的龙套,我们每天只在两段快速通过的路程中看它几分钟,每次我们都会回到树林深处,或者在最糟糕的情况下回到无聊的水泥和金属沙滩上,在那里,埃索、安塔尔、埃尔夫[①]和其他名字同样荒谬的偶像重复着气味难闻的仪式,等待它们可怜的信徒。

不过当人觉得自己安全时,事实并非总是如此,尽管我们已经将法夫纳停在了停车场最隐秘、最芬芳、最阴凉的角落。我们刚支起"花样恐怖",取出书、笔记本、香烟和饮料,草丛就开

[①] 均为加油站品牌。

始热情地摇动，有什么东西向我们扑了过来。我们一开始吓了一跳，手足无措地接受了一只圣伯纳的激情攻击，或是一只苏格兰牧羊犬一言难尽的分泌物。我们成了野生动物的受害者，在最初的震撼过去后，我们给了这条狗面包、爱抚和友爱，然后它消失了。我们对它的爱完全不值得，也因此如此美丽。

那些狗或顺从或愤怒地接受了不可理喻的移动监狱，它们被放出来五分钟，有时候半小时。它们在停车场以最喧闹的方式表现出重获自由的喜悦：跑步，抬腿五六次，免得有那么多树干却在一棵树下就快活完了，去嗅一切值得嗅的东西，最后走向那些道德高尚的人，他们手里拿着三明治，或者在桌子上放几片腊肠。高速公路上的狗根本不饿，要东西吃只是它们搞好关系的礼貌借口，暂时忘记正等待着它们的监狱，无视那些呼唤它们的口哨，那是资产阶级对狗、有时是对妻子所有权的证明。它们向我们跑来，因为每条狗都非常清楚谁是爱狗的人，也因为在短暂的监狱放风时间，在各种狂野的插曲中间多咬一口就能在树林里获得更多的快乐。

有些狗也许太大，也许太蠢，有时走着走着就迷路了。它们的主人吃饭、聊天去了，疏忽了它们，我们就必须伸出援手，比如两天前一只血统不详的大狗从一辆比它大不了多少的小客车上解脱出来，在发现厕所边的水龙头后盯着我们陷入了无限的迷惘。那显然是个水龙头，尽管它将整个嘴巴都伸过去，期望水龙头会有所反应，但里面没有流出一滴水，好像水龙头失去了和犬类世界沟通的能力。卡罗尔前去帮助它，然后获得了这条狗感激

△左边拴着锁链,但谁都可以从右边过去(关于诱惑)。

△△但愿不要下雨!

下疯狂摇摆的尾巴和湿润的亲昵。但几乎总是它们在帮助我们，向我们表明我们并不孤独，周围那些狗主人在偏远的轨道上进化着，以假期和休息为借口，如此在意自己的汽车，却如此忽视自己的生活。

巧合的是，孩子和狗一样，我们和他们也相处得不错，因为他们会回应我们的问候，我们见到他们很高兴，他们对此也很高兴，尽管他们的主人并没有以任何方式给予他们和狗一样的自由。他们经常想办法逃进树林几米深的地方，然后某位母亲或是祖父会发出警告和威胁的怒吼，动身寻找他们，脸上带着慈爱的微笑，随后几乎总是露出三十二颗牙齿。但孩子总是像狗一样，想方设法利用他们短暂的自由。比如今天下午，我看到远处一对挑剔的父母正在给他们四岁的儿子下达必要的指示，让他离开公众视野里的草地，去树林里小便。男孩发现我正坐在一棵橡树树荫下，先是感到困惑，然后停顿了一下，似乎在以深沉严肃的态度，用尽价值判断力将我研究一番，随后他继续盯着我，解开裤子，紧紧地抓住他的小宝贝，开始用标准的撒尿小童姿势解决问题，好像我的陪伴将他从如此羞耻的建议中解救了出来。我希望几年之后，他能用这个姿势往他父亲的鞋子里撒一泡尿。

德拉塞站点的黄昏。

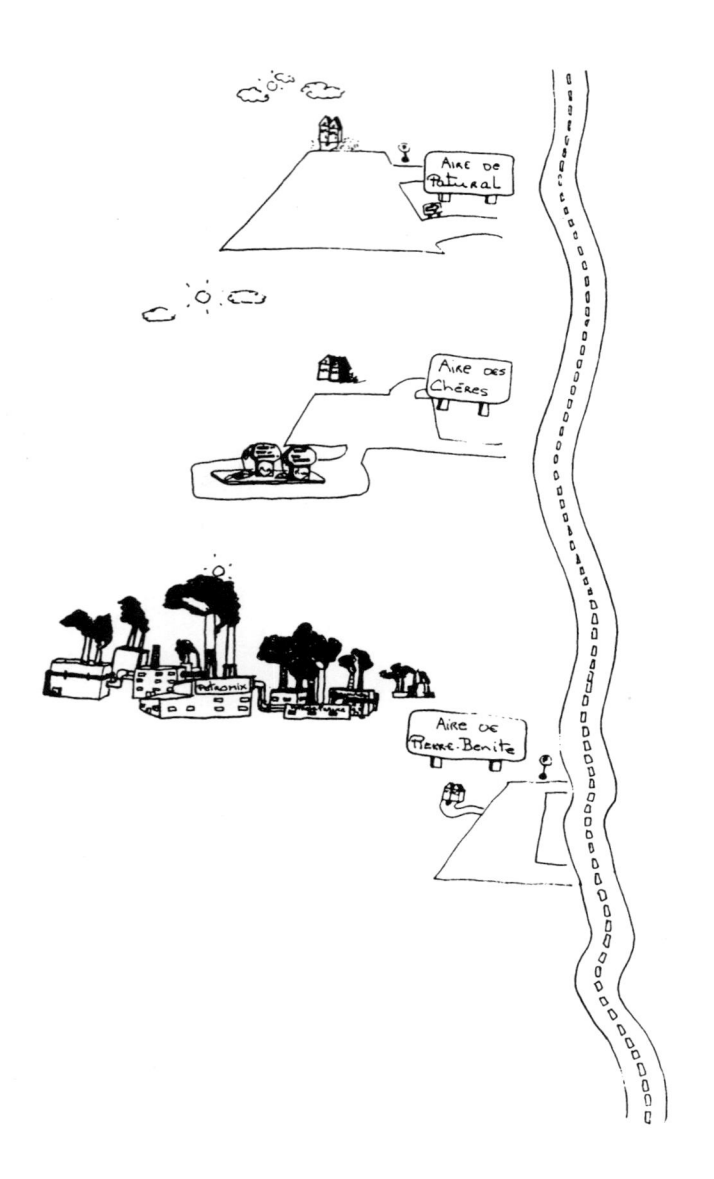

旅行日志　　　　　　　　　　星期三，6月9日

8：00　　25℃。
早餐：橙汁、羊角面包、黄油面包、咖啡。
8：55　　出发。
9：00　　标牌：博若莱葡萄园。没看见。
9：03　　站点：帕图雷休息区。
法夫纳朝向：南。
10：10　　哥伦布这样的古代探险家都充分了解这一预兆的重要性：一只海鸥从我们上空飞过，降落在离我们几米远的地方，然后继续飞行。法夫纳变成一棵树给我们提供少许阴凉。49℃。
午餐：金枪鱼沙拉、番茄和洋葱、杏子罐头、咖啡。
15：58　　出发。
16：04　　过路费：133法郎。我们借口票据"丢了"蒙混过关，虽然工作人员记下了法夫纳的车牌号。
16：12　　站点：谢尔休息区。
汽油，光秃秃的沥青停车场，但我们设法找到了一块有一丝阴影的地方。
法夫纳朝向：东。
晚餐：炸香蕉配鸡蛋和火腿、奶酪、咖啡。

一位母亲的来信(四)

奥尔日河畔萨维尼,一九八二年六月十日

亲爱的儿子:

哦,如果你参加了埃洛依莎姨妈的葬礼,你不会相信自己的眼睛!至少半个瓦朗斯城的人都来了。有很多上年纪的人,但你知道我是什么意思。他们不是因为得到允许可以在那里待几个小时或一整天才给人留下什么印象。相反,看起来他们每个人都有自己的生活,他们去那里只是为了完成自己的职责。我不知道怎么对你形容我的感受,尤西比奥。更不用说在场的大多数人我都没看太清,因为手帕擦眼泪把我的眼睛擦花了,还有让人头昏的花香。但是我的头一直就是昏的:如果我们搞错了怎么办,尤西比奥,如果某个地方搞错了,我们的埃洛依莎根本不是所有人来参加葬礼的这一位该怎么办?这个想法让我浑身的血像是被冻住了一样。你更难想到没有出任何乱子。最糟糕的是，我们在那里就像穷亲戚，我们没有出任何费用，因为旅行需要钱，还有别的花销，我们都觉得这就是一个小范围的内部仪式。对埃洛依莎所谓的儿子和儿媳妇——从电话里听，他是结了婚的，再说一个单身汉怎么能安排明白这些事情——我没问太多，你想想，他们除了斜眼看看我们（你爸说都是我想象出来的，根本没有人注意我们，他们都忙着哭、擦眼泪、听神父说话，神父看起来跟你年纪差不多，有一副让你无法入睡的美妙嗓音），他们除了鄙视我们之外——我们订的那两束花，尤西比奥，我连看都没看到，要是再来一次我一定会订更大的花束——哎，他们就在那儿哭，我们得承认对埃洛依莎一无所知，你能体会到我们当时的处境吗？

终于一切都结束了。怎么说呢？就好像有人把可怜的埃洛依莎从我们这里夺走了两次。她现在长眠于地下，带着一个我们一个星期之前完全不知道怎么念的名字，在一座我发誓她没去过的城市。最糟的是一切不容置疑。葬礼之前，年轻的布朗先生在他家接待我们，请我们喝一杯。我们确实需要喝一杯，但你爸接下来喝的四杯就没什么必要了。他给我们展示了他小时候的照片，毫无疑问，那个把他放在膝上的人就是埃洛依莎。我自然要装作本来就知道，要不然他刚刚去世的母亲不就给他留下坏印象了吗？

但至少在整个过程中，尤西比奥，我不是唯一参与者。我完全不理解这个故事，但可以确定的是，它是客观存在的。你是了解我的,我一直愿意相信我是个相当客观的人。我们怎么能不相信双眼所见之事呢?除非我的眼睛出了问题,但肯定没有,即使这一两个星期发生的事情都让我感到不安,让我觉得其中到处都是疑点。尤西比奥,你觉得呢?

我从前不知道,到了我这个年纪,一系列的确定的事还会像纸牌塔那样崩溃,这让我问了自己很多过去发生的事。你太年轻了,不了解这类想法会对我这个年纪的人产生怎样的影响。我认为它们不是你所说的"建设性问题":我怀疑一切,甚至去检查了眼睛,我知道它们没有问题。我跟你爸什么都没说,他会非常高兴地告诉我,我的视力减退了,好像它曾经好过一样。我不仅仅担心眼睛。另一方面,虽然我知道埃洛依莎的悲惨结局让我很不安,但在我看来这不能解释为什么每次我在高速公路上都会遇到同一对男女,就好像他们住在上面一样,他们只是来来去去,用……呃,好吧,

△在帕图雷站点受到坦塔洛斯[①]的酷刑。同时,我们这一边没有阴凉处,而那些从马赛到巴黎的人们则享受着……

▽……国王的待遇,甚至没有同情我们。我们只有法夫纳出于怜悯提供的一条狭窄的阴凉。

▽▽狼:你要拍多少次我写作的样子?
小熊:很多次。必须让读者相信,我们在进行严肃的科学工作。

---

① 希腊众神之一,宙斯之子,因烹食了亲生儿子被罚饥渴而死。

224

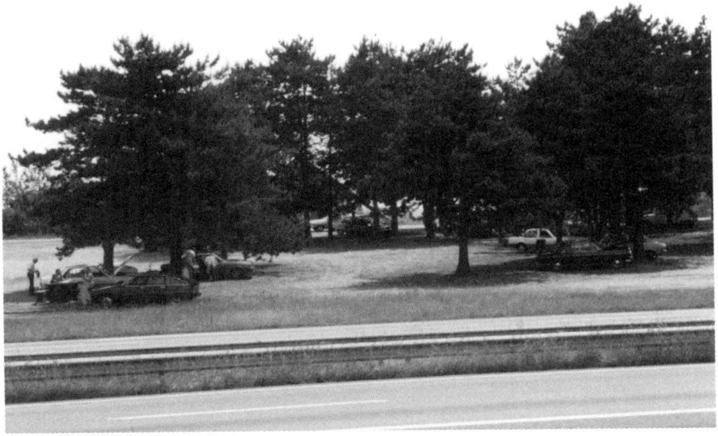

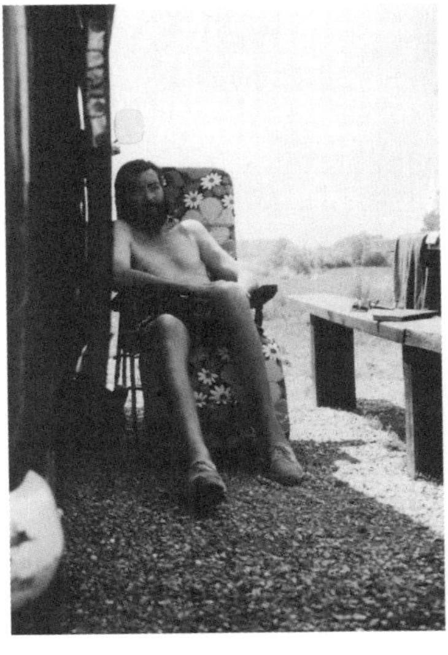

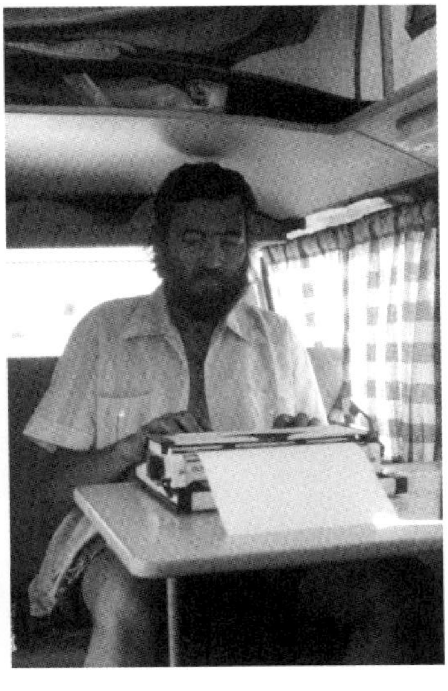

步行的速度。毕竟，离我第一次见到他们已经过去好长时间了，现在他们甚至还没到里昂。

  我只能写到这儿了，因为你爸需要这张桌子来算账（我想知道算什么账？），但我稍后会继续写。你也许是唯一不会嘲笑我，而且还会从他们或者我的角度给我解释的人。

  你知道，内心深处，我愿意相信埃洛依莎一生都幸福，哪怕我们对此一无所知。

  拥抱你。

妈妈

（待续）

终于，是时候谈谈从未消失的卡车并调查它们并不总是明确的存在原因

到目前为止，我们一直处于大卫对抗歌利亚的状况：前面是一辆带拖挂的卡车，它身后十米后是另一辆，还让自己凶恶的大脸贴着你的后视镜，第三辆来势汹汹，可怕地呼啸着从你身边经过，别说雷诺 5 了，就算是一辆巨大的保时捷又能做什么呢？因此，高速公路的用户会很快患上一种弗洛伊德研究甚少的病症：急性卡车恐惧症。只有购买一辆卡车加入敌方（这在精神分析中被称为移情）或乘坐火车才能治愈。

我们总是走中间车道，因为法夫纳虽然没有那么"重量级"，但也不是一般的汽车。坐在它的方向盘后面，可以获得比屁股擦地的最新款汽车更广阔、更养眼的视野，而且龙有自己的排面，小车当然尊敬它，有时甚至大车也是如此，因为卡车会把它当成好弟弟，不像对那些还不到它们膝盖的跳蚤和蟑螂那样残忍。不管怎么说，我们在开始探险的时候通常对卡车抱有疑虑，最初几天我们倾向于在路上和站点里尽可能避开他们。现在我们已经脱离了天真的新手状态，融入了伟大的国际运输业大家庭，我们现在非常仔细地研究它们，并给予它们应得的所有关注和喜爱。

不过显而易见的是，卡车与卡车也有不同，我们对质量差异很敏感，而对数量差异并不敏感，因为几乎所有的卡车都很大。在高速公路上只需要花十分钟就能发现关键的差距所在：有些卡车会公开展示自己的专业、负责人或负责品牌的名字，绝大多数还注明其业务总部，而另一些卡车则会保密。每驶过几辆运送家具、马匹、果汁、汽油或西班牙杏仁糖的卡车，就会有一辆包裹着蜡布、几乎总是深灰色或深绿色的卡车，让人完全猜不出来里面有什么。这类卡车让我们不安，当我们在休息区遇到它们时，总会非常认真地进行研究，在它周围转来转去，假装拉伸腿部，但目前为止我们不得不满足于这样的结论：它们的车牌和别的卡车完全一致，原籍国也毫无不同。

这些邪恶的、隐约具有威胁性的卡车里到底装了什么？我认为这条高速公路并非走私军火路线的一部分，隐瞒货物性质也无法将这些卡车从警察或海关的检查中解救出来，事实恰恰相反。所以它们来往于保加利亚和巴黎或者斯德哥尔摩和那不勒斯之间，应该不是运送导弹或直升机。而且它们数量众多，我们自然地排除了其他爆炸性物质，比如海洛因或人参根。那么，为什么要如此神秘呢？为什么那些卡车就像某些郊区的房子，表面上看来和别的房子没有区别，但其中有别的房子里没有的东西在盘绕、居住呢？说得明白一些，我们为什么会那么害怕它们？

△狗能在谢尔站点感觉到(是时候了)自己的重要性。①

△△谢尔站点什么都不缺,除了美。

△△△然而,几棵小树接纳了我们,这样法夫纳就不会像撒哈拉沙漠中的泡沫那样破裂。

---

① 图中文字"toutou"为法语"小狗"。

卡罗尔倾向于想象那是因为它们运送的货物让人尴尬，公司认为不宜像运送啤酒或小猪那样公开。她大胆地猜测，其中有些可能运的是烘焙谷物面粉、木薯粉、脱毛膏或散装面条，如果公开运输这些东西，很难不让人脸红。我同意，没有人会自豪地宣称自己运送着一批安全别针或婴儿帽。她的说法似乎是合理的，我表示尊重，满足于想象一些不那么商业化但在某些情况和背景下需要谨慎运输的东西。所以我想，也许一个多雨国家的政府偷偷把一朵云卖给了一个干旱国家的政府，或者奥斯陆一家成人俱乐部的成员从南斯拉夫购买了一批社会主义震动棒，它们显然比汉堡或圣丹尼斯大道的震动棒更加金光闪闪。这辆车后面紧跟着第二辆用黑布包裹的卡车，难道不可能是进口了一百名使用上述工具的女性专家吗？总不能在车外面印上一米高的字母来说明这件事。

我还有其他猜想：其中一辆卡车可能正在运送一批荷兰胖子，他们要去米兰一家研究所进行饮食实验，或者从米兰去荷兰；如何才能在站点同时放出八十个胖子呢？我还想到了一批橡胶手套，它们总能勾起阴暗的念头……但最极端的假设是——我们都认为这一种不太可信——所有这些卡车都是空的，它们属于一个古怪的苏格兰人，他为了消遣让这些卡车四处开来开去，就想每个星期接收有关各国海关人员开箱查验时脸上表情的报告。当然，这是一个价值上百万的乐趣，但既然他是个苏格兰人，这恰恰是他最大的癖好。

关于其中一辆卡车

　　阳光直晒，无聊、丑陋至极的站点里几乎空无一物，一辆来自卡斯特利翁-德拉普拉纳①的卡车停在法夫纳前面。法夫纳里的居民吃完了一份（从制造商那里获得的）印尼炒饭后出去洗碗。卡车司机下车洗手，就像所有处于舒适区的人一样，他看起来非常友好。我走近他，用西班牙语和他交谈，我知道这对他来说就像礼物，他会喜欢的。当然，他确实喜欢，我们聊了一阵。我很久以前就知道，用天气和温度来开启这类对话是愚蠢的，因为这些是母鸡等级的话题。立刻跟他谈职业会更有趣一些，所以我对他说，虽然工作很辛苦，但我觉得比在邮局或者西班牙银行工作自由多了。

　　"确实，"他说，"不过这是对光棍来说。"

　　"啊。没错，我懂。您……"

---

① 西班牙东部海滨城市。

"我嘛，两天前我的女儿在马拉加出生了……"

"天啊，恭喜。一切顺利吗？"

"顺利，"他既喜悦又沮丧地告诉我，"但您看，我们还以为是十天以后，到时候我就能赶过去了，这小孩快了一步，妈的。"

我又一次恭喜他，和他告别，因为我看他急着下高速去见女儿，但他说走之前想和卡罗尔打个招呼，他走到法夫纳旁边向她伸出手，顺便重复了一下这个故事。一瞬间，他好像被幸福照亮了，他爬上卡车消失在远方，也许正想着已经有两个人知道了他的女儿，两个在世界和生活的无名站点与他一起感到喜悦的陌生人。

Aire de Solaize

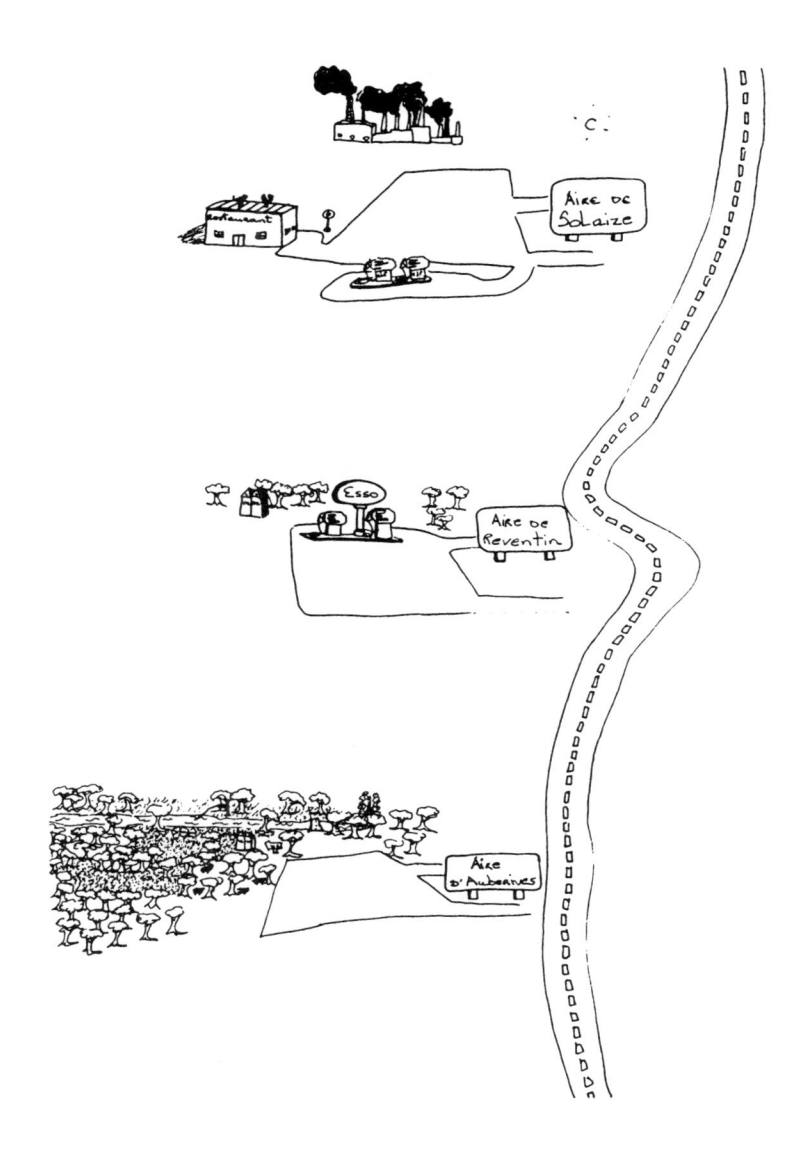

Aire de Reventin

Aire d'Auberives

旅行日志　　　　　　　　　　　星期四，6月10日

早餐：羊角面包、咖啡。

10∶02　52℃。

10∶15　出发。

10∶20　路牌：里昂。

10∶22　出口路牌：里昂门方向。

我们知道想去往那个站点就必须离开高速公路，我们要避免落入陷阱。

10∶23　在高速公路上看到一只被轧死的猴子。

10∶23∶30　可以看到里昂了。

10∶25　路牌上第一次出现：马赛。

10∶27　巴黎以来的第一次堵车。

10∶34　距马赛334公里。

10∶40　我们缓慢地进入隧道。

10∶50　离开隧道。

10∶51　另一条隧道。

10∶52　隧道结束。

10∶56　站点：皮埃尔-贝尼特休息区。

法夫纳朝向：南偏西。

汽油、商店、野餐桌，可以看到炼油厂。一声巨响。

11∶06　出发。

11∶12　站点：索莱茨休息区。恐怖中的恐怖。但是有自助餐。

午餐：其中一个人的是鸡肉配炸薯条；另一人的是冷盘鸡肉、番茄

和沙拉；两人份的奶油甜点。

15：00　我们最终在接近停车场出口的地方找到了一个有些阴凉的秘密小角落。我们搬到那里，法夫纳无法在被烈日（56℃）炙烤的水泥地上忍耐下去了。

17：00　阴凉处 39℃。

17：02　"公司"在插手吗？油罐车……（卡罗尔的这条笔记无法辨认）。冲澡！我们和卡车司机共用淋浴设施。

晚餐：其中一人的是蔬菜沙拉、蛋黄酱鸡蛋；另一人的是生火腿；咖啡。

21：30　25℃。

我们永远也无法理解为什么这么多恐怖的事情可以和皮埃尔－贝尼特站点的名字联系在一起。

站点之夜

有人献给米拉波伯爵[①]一本相当无神论的书,我想书名应该是"色情圣经",在我幼时读的加泰罗尼亚语版本中,它粗鲁地变成了(原文如此)"圣经中的色情"。现在为什么不构想一个"色情停车场"呢?我们在这片全是男人的土地上待了两个星期,完全没有感受到它的性感气息,两撇带有特权的括号在法国土地上标记出这条八百公里长的无尽脉络,男人和女人弯曲的性器官在高山和平原之间摩擦、打开,在来去之间一刻也不中断地给予和索取,无尽的高潮从奥尔良门开始,在马赛到达最后的痉挛,马赛诞生于腓尼基人的爱和希腊人的精心呵护,这是一条带有特权的通道,让深夜时在那么多站点开始的愉悦达到极点。

我代表我们,代表我和小熊,也代表我们在停车场隐约看到的大部分东西。当人们追求实用的、机械化的事物,或自己本

[①] 奥诺雷·米拉波(1749—1791),法国大革命时期著名的政治家,温和派最重要的人物之一,主张君主立宪制。

身就是这样的人时，停车场的一切看起来也都是实用的、机械化的。我任凭游客和商人们经过，一句话也不说，他们的双眼紧盯着高速公路，嘴里塞着咀嚼不充分的三明治；我任凭他们过去，因为仪式、意外、会面和加冕礼都发生在另一个维度，特别是发生在卡车里，这些流动的空间几乎永远隐秘而性感。我们在最初的几天就学会了如何认出它们：它们到来时的鼻息几乎是旅途密码的一部分，对其他人来说，这样的密码只有实用价值。下午时分，它们开始一辆接一辆或是并排停下，影子越来越大，其中交织着剪影和对话的秘密交易。在它们中间，法夫纳可以作为一辆小卡车获得尊重，有人友好地举手致意，也有来自同谋的微笑。大型站点里总是会有一间服务站、一家商店，大多数时候有家餐厅，每晚都会有一座转瞬即逝、不断变化的小城市诞生，它只会存在一次，第二天就被另一座相似但截然不同的城市取代。突然间，这座城市变得完整，变成全世界最国际化的都市，其中有保加利亚、法国、德国、西班牙、希腊、比利时的房屋，幽深的房子上挂着铭牌或者盖着大布，里面隐藏着奥秘；房子里有很多房间，有厨房、厕所、电视、灯；房子里住着一对夫妇，也可能是一个男人或一个女人在那里独自生活，有时有狗，有时有孩子，总是有煤气小灶、瓶装葡萄酒和啤酒、汤或炸土豆的香味。

在巴黎，时不时就能看到女人开重型卡车，但男人还是会猛然露出惊讶的神态，不过他们马上就隐藏起来，好像仍然将这件事当成越轨甚至无礼行为的想法让他们羞愧。然而在高速公路上看到这一幕，他们几乎带着欣赏的眼光：看到一个不知多少吨、后面还有同样巨大拖车的怪物停下来，方向盘上方突然出现一个金发身影，白皙的手臂和彩色的衬衫，看到一个比很多女人更有女人味的女人干脆利落地下车，开始用鞋子踢轮胎，检查蜡布的密封性和紧绷程度，装满一瓶水后走进厕所，洗完脸又走出来，甩着头发，因为能离开车厢散散步而心怀喜悦。几乎总有一只大狗陪伴她，大狗温顺而顽皮，但或许在车里就不是这样了。在大多数情况下，同一家公司的第二辆卡车会很快到达，一个男人从车里走出来，这对男女停好车，在这里过夜。有时是两个男人。目前我还没有看见过两个女人。

幻影之城建设过程的随机性将我们卷入几次偶然的相遇，它们也是密码的一部分，就像几天前我们看到那对年轻的卡车司机一样，他们只能用微笑、手势和共通的喜悦，以片段化的方式交谈。她开的是一辆瑞士卡车，他是法国人；毫无疑问，他们掌握的英语词汇在五十个左右，但他们仍然决定拍照，也去对方的车里互相拜访，开一瓶啤酒或某个罐头。一切都很短暂，一张专横的时间表让他们无法成为夜之城的一部分，除非他们已经决定在下一个更合适的站点重逢（现在这个并不合适，法夫纳是迫于探险法则的力量才勉强停留，一种悲伤蘑菇[①]的气氛感染了我们）。

我们看着年轻的卡车司机登上各自的驾驶座，她先出发，伸出手致意，他对我们微笑一下，跟在她身后走了，好像明白我们不可能选择更好的地方，或者只认为我们是傻瓜。我们一直在回

[①] 西班牙语中以"像蘑菇一样"形容孤独。

味那次短暂的相遇，它或许会在不久后给他们的夜晚带来长久的幸福，又或许永远不会。

有时我们会看到他们一起在驾驶舱里，已经成了一对爱侣，就像昨天下午的两个德国年轻人那样，他们一边笑一边喝水，从卡车里上上下下，快活的心情让他们充满了阳光，仿佛他们需要这个该死的站点一样，就算这里只有两三棵光秃秃的树，阴凉处跟撑伞差不多。我和小熊在这样的阴凉里疯狂地工作，以忘记身边的一切，而事实上我们身边什么也没有。

但或许因为我们忍受了如此酷热，下一站似乎是一片绿洲，还有餐厅（博若莱驿站，请务必注意），商店里会有本探险阶段急需的用品，还有一望无际的停车场，几个小时之后，一间又一间房屋将编织起那座幻影之城。

像往常那样，我们把法夫纳停到了最糟糕的地方，虽然远离了高速公路的噪音，但靠近汽车回高速的道路出口。伴随着牛肉汉堡排配炸薯条（小熊崽）和咸猪肉配扁豆（狼）带来的愉悦，配上葡萄酒，我们认为这是一个值得停留的站点，便上床睡觉。现在，在法夫纳里躺下比起床容易得多，因为床一旦被打开，就占据了白天用来站立和坐下的大部分空间，更不用说我们还有合理的裸睡习惯。（现在世界上还有穿睡衣睡觉的人吗？美国电影让人心存疑虑，但我们认为这一点是这个可怜国家失败的体现。）在紧急情况下手忙脚乱穿上衣服并未被列入赫丘利[1]的事迹，都

---

[1] 罗马神话中的大力神。

是赫西俄德[①]和其他史诗作者的错。一躺到床上，我们就"像受惊的鱼那样滑入/一半满是火焰/一半满是冰冷"[②]，在我们看来没有什么比起身给法夫纳挪车位更可怕，这项任务还涉及提前移动各种包裹行李和收起风帆，即龙的顶篷，它的黄色头顶此时正对着天上的星星。

总而言之，我们仍然停留在原地，但五分钟后，受难开始：卡车、汽车和露营车一辆接一辆到来了，鬼知道为什么它们停在法夫纳旁边。它们的聚光灯穿透黑暗，直接照在我们身上，然后再次发出巨大的轰鸣声和爆炸声返回高速公路。客观地说，这一切本该是地狱般的经历，在某种程度上也确实如此，但与此同时这些征兆翻转过来，对站点之夜的晚间派对来说，机械的侵害、剧烈的闪光、行驶或停下的卡车的骚扰渐渐成了好事。我们慢慢发现，这个夜晚终于爆裂开来，我们赤身裸体，就在它的中心，在不断变化的水族箱里，在令人难以置信的荒谬的外星太空舱里，不明飞行物的两位驾驶员刚刚惊讶地降落到卡车之间，加入了这场被灯光鞭打的游戏，置身引擎和火光群魔乱舞的中心。

在那种失重状态中，在灯光和声响不断变化的彩虹泡泡中，我们知道今晚是我们的派对之夜，经过那么多天的前进和探索，我们已经被其中一个转瞬即逝的城市所接受。不知情的卡车司机围着我们举办了一场入会许可仪式，把幻影之城的隐形钥匙交到

[①] 赫西俄德（约公元前 8 世纪—？），古希腊诗人，代表作有《工作与时日》《神谱》等。
[②] 出自加西亚·洛尔卡的诗《不忠少妇》，原诗为："她的双腿像受惊的鱼那般滑入/一半满是火焰/一半满是冰冷。"

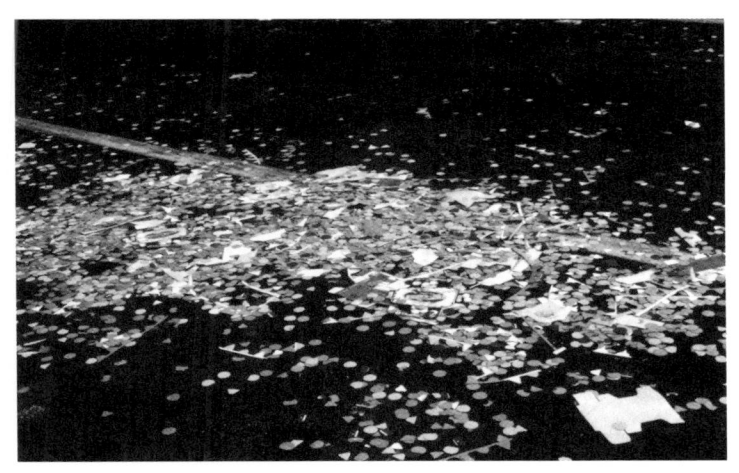

△甚至啤酒瓶盖也是皮埃尔－贝尼特的怪异景象的一部分。

△△您可以从中看出龙的艺术才能，它用树荫来打扮自己。

我们手中。等天一亮，这个地方将变得灰蒙蒙、空无一人，法夫纳会像灰姑娘一样在空旷冷漠的水泥地上醒来。我们经历的奇迹是由那么多可怕的事情变成的，我们在一场缓慢而美妙的无休止的仪式中接受了曾在稳定且僵化的城市中一直拒绝的一切。仅存一夜的部落里的贝都因人[①]，做几小时的游牧人，相爱时仿佛置身万花筒中，变幻不定的逃亡者，被星星的磷光覆盖，或者被快速移动的条条阴影包裹，落入寂静的井中。在那里我们的低语更像一种爱抚，直到刹车的刺耳声如鞭子打来，仿佛上古的恐怖回声，大地懒[②]踩上蕨类植物的声音。

然后我们睡着了，小熊，上午都过去一大半了你还在睡觉，只有我看到了站点之夜的结束，地平线上的太阳把法夫纳的顶篷变成一座橙色穹顶，阳光从侧帘里滑落照着床上的我们，我开始玩弄你的头发，你的乳房，你的睫毛，它们在你睡着的时候总是看起来更多、更浓密。

在橙子、咖啡和冷水之前，我还玩了另一个游戏，这是来自童年的游戏：用被单盖住自己，消失在浓稠的空气中，然后躺着弯曲双腿，一点一点抬高，用膝盖将被单支成帐篷，在其中建立起王国，假装这就是世界的全部，帐篷以外什么也没有，王国只是王国，王国之内一切都好，王国之外一切都无必要。你背对我睡着，但当我说你背对我时，我想说的内容远不止这句所表达的，因为阳光渗进半透光的被单穹顶，呈现出水族箱一般的光

[①] 阿拉伯半岛和北非的土著居民。
[②] 陆生巨型哺乳动物，于更新世末期（约一万一千年前）灭绝。

△科学观察清单让狼……

△△……陶醉于音乐之中,让人想起格伦·古尔德[1]。

---

[1] 格伦·古尔德(1932—1982),加拿大古典钢琴家。

晕，你的背沐浴其中，而被单上绿色、黄色、蓝色和红色的细条纹被分解成光的尘埃、漂浮的金子，在你的身体上刻下最暗沉的金子、青铜和水银，蓝色阴影的区域是水池和山谷。

  我从未如此渴望你，光线从未在你的皮肤上如此颤抖。你是站点之夜的莉莉丝，是希普利斯①，你在阳光下重生，就像外面不断增多的低语，一个接一个启动的引擎，随着睡梦之后每一个站点车流重启而增长的高速公路噪音。我就那样注视着你，知道你将像往常一样在迷茫和惊讶中醒来，你什么也不会明白，无论是秘密帐篷还是我注视你的方式，我们会像往常一样开启新的一天，互相微笑着说："橙汁！"互相注视着说："咖啡、咖啡、咖啡山！"

---

① 莉莉丝是美索不达米亚和犹太神话中的人物，亚当的第一任妻子，在欧洲民间传说中是代表淫欲的魅魔。希普利斯是阿弗洛狄特的别名，希腊神话中的爱神。

一位母亲的来信（五）

奥尔日河畔萨维尼，一九八二年六月十一日

亲爱的尤西比奥：

你爸去看医生了，根据我对他的了解，他会磨蹭到晚饭时间才回来，所以我就有空给你写信，把故事讲清楚。好吧，那我得给你讲讲我本来不想讲的事情，归根结底，就像你爸说的（当然他完全不知道我在信里跟你说了什么），在你这个年纪你得往前看。

从两三年前开始，我们就放弃了年轻时养成的长途旅行的习惯，那时候度假还是真正的度假。你爸现在很容易在路途中发怒，一口气开太远，让我们筋疲力尽。所以我们决定在埃洛依莎姨妈葬礼前一天就去瓦朗斯，在旅馆睡一晚，好好休息之后再参加葬礼。结果安德烈表哥偏偏挑了这一天来看我们，怎么能不请一个在中午到来的亲戚吃午饭

△龙族不喜欢风,法夫纳不安地注视着旗幡,它预示着戗风前行和危险的震动。

△△奥比维斯站点:适合那些寻找平静的人……和想要聆听鸟儿歌唱的人。

呢？后面的事你已经知道了，你爸和他开始讲网球足球还有不知道什么的故事，当然同时还喝着酒胡闹，说"我打赌肯定是这样""我打赌肯定不是这样"，又喝光了一杯。因为这些事情，我们接近下午五点才出发，说实话上你爸车的时候我毫无安全感。不能说他喝醉了，没那么醉，但怎么说都是喝酒了。到索莱茨的时候，我看见他把着方向盘，眼睛已经闭起来了，我坚持让他在接下来的第一家旅馆停车，他居然奇迹般地同意了。我们几乎立刻就在高速公路上看到了一家旅馆的广告。他完全没有意见就开进了站点，然后我们看到了一家横着的旅馆，你明白我的意思，房间不是竖直排列的，每间房旁边还有一块停车的地方。你爸告诉我这叫汽车旅馆。似乎美国所有的旅馆——或者说汽车旅馆，都是这样横排的。不管怎么说，房间很干净，有卫生间，什么都有。我很难相信你爸居然没有对价格生气，虽然贵得要命但得承认确实合理。但接下来就难受了，你爸说没必要在房间拿小冰箱里的果汁，因为那价格就是在抢劫。他开始思考是不是应该和阿尔伯特·德努瓦合伙开一家连锁酒店，你记得这个人，你小时候这人在迪福尔街上开五金店。我觉得你爸只是随便说说。无论如何，当他打开电视说真幸运赶上了比赛的时候，我的乐趣全被破坏了。你想到了吧，我也在想这是不是他一开始就计算好的。不管怎么说，既然我连一杯橙汁也不能喝，他却能看我也不知道是什么的著名比赛，我就不想留在房间里忍受他的运动乐趣了。我决定去吃点东西，外面有餐厅，什么都有。从房间里出来，我清楚地看到远处有一辆红色的大众面包车，但我没想到会是他们。尤西比奥，不管你信不信，我走进一家叫"小酒馆"的餐厅，我发誓他们就在里面，跟其他人一样享受着丰盛的晚餐。我看得非常清楚，可以确定是真实的他们，没什么奇怪的，只是他们看起来比平常更高兴，但这不是评判的依据。他们用 Visa 卡付款，然后手牵手离开了。我看着他们穿过大停车场向汽车旅馆走去，想到前几天发生的事情，我就不再接着想了，就此打住吧。尤西比奥，那两个人从我第一次见到他们之后就

△奥比维斯站点一条贝多芬式的小溪。

△△夜间一次意外的涨水，证明了探险过程中可能存在风险。

没有离开过高速公路，你觉得这可能吗？我说不上具体的原因，但我感觉他们哪儿都不想去。那么，他们在高速公路上干什么呢？我不能跟你爸说这个，他又要说我胡思乱想，哪怕这不是我想象出来的。再说了，如果我受了打击，可能会产生另一种……你管这叫什么来着，投射？或者是别的什么，它真的对我没什么意义。不管怎么说，幽灵是不会用Visa卡付账的。（最后，我还是决定把一切都告诉你，他们把刷卡凭证放在了桌上，我——挺丢脸的，但你也知道这件事有多么困扰我——把它拿了过来，好像要对自己证明这一切并不是我凭空捏造的。当然，我离开的时候把它扔掉了。你想想，我竟然要解释我怎么处理陌生人的Visa卡刷卡凭证。）

当时我想他们可能会让我惊讶，我不明白自己怎么就做出了这样的事，我往面包车内部看了一眼。我实在不知道怎么形容我看到的各种东西：一网兜挂着的橙子、一瓶清晰可见的威士忌、指南针、温度计、打字机（① 是的，两台非常小的打字机，并排装在驾驶座和副驾驶座之间，我看到了一台小冰箱、一副望远镜、证件和各种笔记本，另外还有一台大收音机和一些磁带，跟两三年前你想买的那一台有点像。在一扇车窗上甚至还挂着内衣。

无论如何，亲爱的，时间快到了，我想我已经把事情的

---

① 按照原文，此处括号并不完整。

关键部分告诉你了。我不明白这些人是谁,也不知道他们在高速公路上做什么。无论如何他们超出了我的想象,但杰奎琳提醒了我一点,我应该从一开始就考虑到的:这一次我非常仔细地记下了他们的车牌号,如果我再遇到他们,就不可能有疑问了。不过尤西比奥,你告诉我,为什么我会对他们那么着迷呢?

请常常想念我们。你知道的,你是我们在世上最珍贵的东西。

拥抱你。

妈妈

阅读这几页的时候，哦，苍白又耐心的读者兼同谋，您是否至少有一次产生过好奇：自五月二十三日以来，我们是否一直躲在维莱特某个旅馆的房间里？

旅行日志   星期五，6月11日

早餐：橙汁、羊角面包、果酱、咖啡。
9:25　出发。
9:30　左侧有罗马式教堂。
9:45　收费站。
9:47　站点：瑞文汀休息区。
在法夫纳内部进行探索，因为大雨倾盆。
10:00　在雨中出发。
10:02　站点：奥比维斯休息区。
树木、小溪、桌子，远离高速公路。
法夫纳朝向：南。
午餐：加黄油的香肠三明治、奶酪、咖啡。
晚餐：古斯米、咖啡。
夜间下暴雨。早上，我们看到昨天那条清澈的石上小溪已经成了一条无拘无束的河流。夜间的水流可能会把我们卷走！

小熊谈论夜晚

　　高速公路是一条粉红色的河流，上面飘浮着难以察觉的紫色雾气，汽车和卡车像幽灵一样驶过，因为我们和它们之间的距离分出两个世界，夜间噪音会消失，雾气使一切变得柔和，好像我们不是也不可能是那路上的旅客。充满杂音的古怪寂静不时被卡车的启动声、火车尖厉的刹车声划破，由声音和谣言组成的寂静，它的存在——我们的一举一动都构成其存在——以某种方式证明我们就在我们认为自己所在的地方，证明旅行的目标已经实现，剩下的就是带着那种可能有点意义不明的微笑告诉对方，再向前一步我就会重新回到你的怀抱，证明这个目标并不比站点更稳定，也不比世界或星星更稳定，我们每天都以更自然的方式体会着它。

　　高速公路不是一条直线，而是一组螺旋，我们两人的生命也是如此，相交的两条线带来眩晕感，在圆与切线、平行线与交叉点的马赛克图案中，只有一个决定是必然的——这是我们在踏上这条道路之前已经做好的决定，很重要但并不让人困扰：有一天（好消息是依然遥远）我们必须离开这定义螺旋的游戏和空间。

  一轮西柚色的月亮，像天鹅绒一样重的月亮，照进法夫纳。我们的身体从关灯后的黑暗中一点点浮现。黑暗中月亮、肉桂、麝香和巧克力的芬芳热气朝我升腾而来，我知道只能借此猜测你的位置，我希望你会再次重生，一点一点，在夜晚，在从旅途一开始就一直明亮的我们的夜晚，总是有一束变幻的光线透过车窗和车顶的蚊帐。首先是你的肩膀，它捕捉到一束正胆怯返回的光芒，一点光亮沿着你的脖颈慢慢扩散开来，在你的胡须中嬉戏；你的脸依然在暗处。仿佛变得永恒般，我们一动不动，耐心，安详。你的身体好像在释放整整一天吸收的光芒，一点一点变亮，这光芒谨慎得像是害怕伤到它经过的皮肤。它沿着你的银色手臂奔跑，到达你的胯部、你的腰部，然后沿着腿部向下延伸。你没有动，我也没有，但我的目光自信地回到你的脸上，它已经被染上金黄的月色。我们又回来了，那么完整，就像两具刚刚从黑暗

△在孔贝－德索莱尔站点，一个小姑娘好像在跳红皮土著[①]的舞蹈，厕所里发生了什么？
▷奥比维斯，野餐的天堂，人们展开激烈斗争只为抢夺……
▽……一张桌子，随后他们因为发现了午餐的好地方而得意。

---

① 指北美原住民。

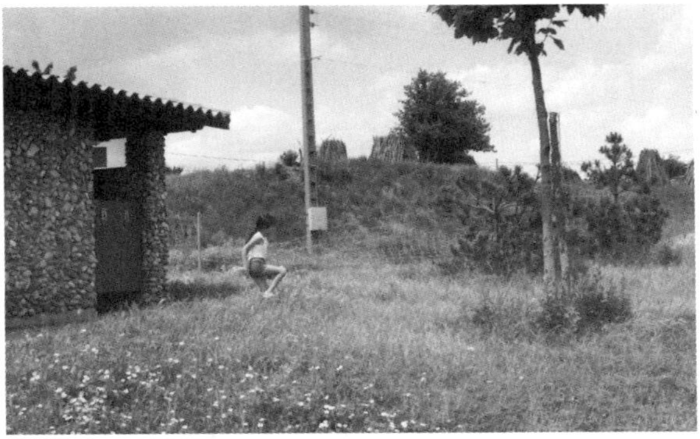

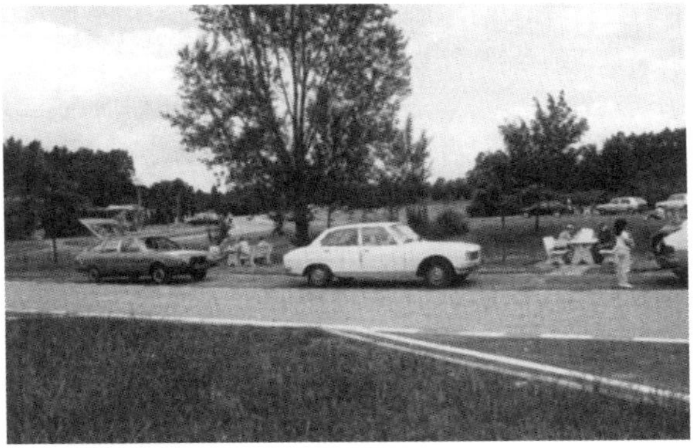

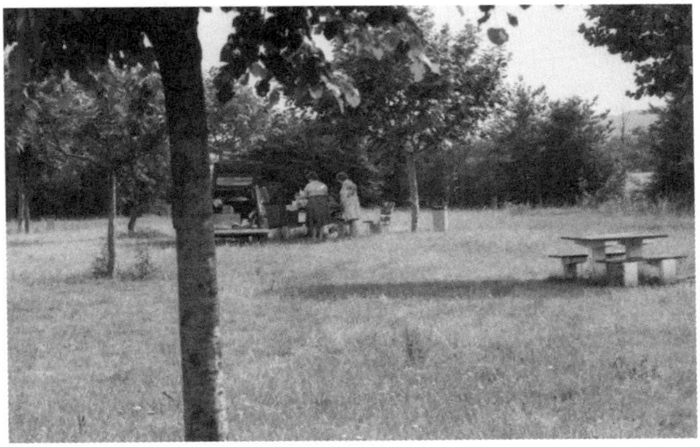

中诞生的发光身躯，准备伸出双手、双臂、双腿，再次混合所有的香气，所有的肢体，所有的尖叫。

很久以后，我拉开窗帘的一角望向窗外。法夫纳以父亲般的慈爱接待了一位面向它的难民，一位来自伯尔尼的年轻车手在摩托车上睡觉，像来自异世界的奇怪生物。因为怕下雨，他把随身携带的塑料布变成一个巨大的气泡，来保护摩托和驾驶员。远处照来的昏暗灯光下，透明塑料布里的他身影模糊，就像一位刚刚诞生的天使。他不知道马赛是不是大城市，也不知道它有多远。他有点不好意思地解释说，他在马赛不认识任何人，他说这话的语气就像在说："我在这个世界上不认识任何人。"但现在他睡着了，头枕在睡袋上，双脚放在车把上，少年的脸上洋溢着平静的微笑。

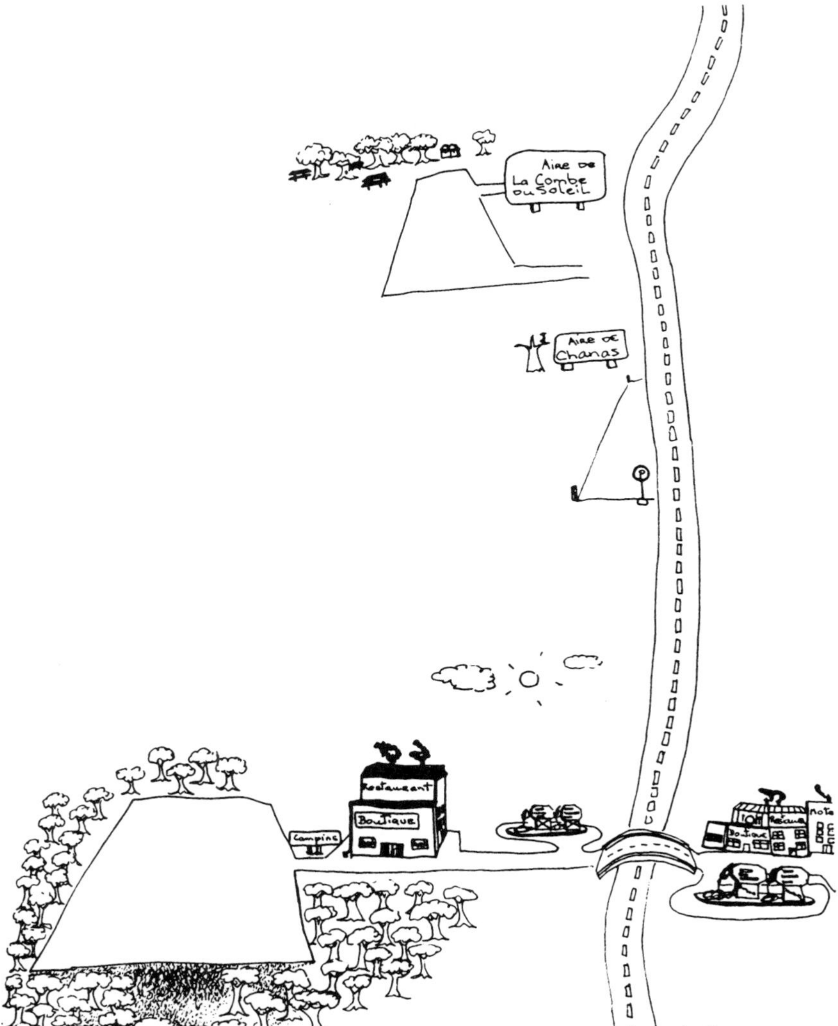
Aire de
La Combe du Soleil
Aire de
Chanas
Restaurant
Boutique
Camping

旅行日志　　　　　　　　　　　星期六，6月12日

早餐：橙汁、羊角面包、玛德琳小蛋糕、咖啡。
8：00　18℃。凉爽的雨天。
13：15　出发。
13：19　右侧是中央高原。皮拉山。
13：20　站点：孔贝－德索莱尔休息区。
法夫纳朝向：西南。
几张桌子，我们没有多少阴凉处，法夫纳一点也没有。我们决定去下一个停车场碰碰运气。
13：26　出发。
13：34　站点：沙纳休息区。
午餐：意大利面、苹果、咖啡。
运气不好：没有阴凉处，没有一点隐秘的地方，甚至连厕所和饮用水都没有：只有沥青地和垃圾桶。
16：35　由于诸多不可抗力我们决定逃离沙纳站点：宪兵队、缺水、缺洗手间等等。
16：38　进入德龙省。
16：40　站点：圣朗博－德阿尔邦休息区。
晚餐：法式蔬菜沙拉、意式饺子。

在站点做的事

献给"达希"[1]和雷蒙德·钱德勒,理由很明显。献给克劳德-埃德蒙德·马尼[2],她将她的作品定义为"行为小说"。也献给奥斯瓦尔多·索里亚诺[3],为了友谊。

"别把我的手按在那里,"我对索尼娅说,"你也不想我们在汽车旅馆门口撞死吧。"

"两公里之前是谁把我内裤脱了?"索尼娅说着照做了。

停车场的灯光勾勒出一小片树林,我们下了高速,在驶入加油站之前我几乎没有减速。我把加油站甩在身后,汽车在汽车旅馆门口刹车时像往常一样发出尖厉的声响。越来越多的汽车挤满了院子,我很难找到空车位。我们放下提包和装饮料的袋子。我

---

[1] 达希尔·哈米特(1894—1961),和雷蒙德·钱德勒同为美国"硬汉派"推理小说家,代表作有《马耳他之鹰》《血腥的收获》等。
[2] 克劳德-埃德蒙德·马尼(1913—1966),法国文学家、书评作家。
[3] 奥斯瓦尔多·索里亚诺(1943—1997),阿根廷记者、作家。

看了看汽车旅馆，开始数那里有多少辆汽车。

"你累了，"我对索尼娅说，"你累坏了。"

"我？我从没感觉像今晚这样有精神。"

"但是你别再累到了。你得靠在我肩膀上，我就这样抱着你，我们进去之后，你就半闭着眼睛，气都喘不动。"

"但是……"索尼娅说，然后照做了。她做得很好，特别是在那个金发女郎给一个好像是意大利人钥匙的时候。我把行李放在地上，慢慢把索尼娅抱到旅馆前台褪色的沙发上，意大利人已经去了他的房间，没有其他人了。

我轻轻放下索尼娅，让她在那里闭眼躺下，然后回到前台。金发女郎看着我，以她看万物时应有的方式，包括苍蝇和蟑螂。

"请给我一间房。"我说道，没什么必要。

"抱歉，最后一间房已经给那位先生了。"金发女郎边说边打开一本插画杂志，把它支在离她上半身几厘米的地方。她应该把杂志放远一些才能看得清楚。

我靠到柜台上，好像一个试图抓住一切救命稻草的登山者。

"拜托了，您给我们随便找个地方吧，我妻子累坏了。今早开始她就感觉不舒服，我们已经……"

"我没法变出空房间来，"金发女郎说，"也没法让你们睡在这张沙发上，经理不允许。"

"我们的车很小，堆满了东西，她……"

"六十公里外有一家汽车旅馆。"

"拜托了，"我重复了一遍，用一种在特殊情况下总是能起效的嗓音说,"我无所谓,只要能给索尼娅找个地方就好了,一张床垫、一张沙发,随便哪儿都行。我们很早就走,不会给您添麻烦。"

索尼娅的手臂沿着沙发滑落下来,手指擦过地毯。金发女郎看了看她,又看向我。这一次她认真看着我,合上了杂志,然后才开口。

"我可以让她睡到医务室去,"她说,"那里几乎没有活动的空间,因为床太大,屋子又太小,而且只能勉强睡下一个人。"

这消息不好,我没有看索尼娅,我确定她会气冲冲地醒来毁掉一切。就在那一刻,一对疲惫不堪的夫妇还没开口就回头了,因为金发女郎摆出了"满房"的牌子。

"非常感谢,"我说,"您帮了我们大忙。"

金发女郎递给我一张空白卡片,径直走到沙发前,等索尼娅起身。索尼娅一言不发,跟着她走到前台边的一扇门边,进门前她又看了我一眼,我几乎来不及轻轻举起手,让她明白事情已成定局。那天晚上我们不会继续做在车里已经开始的事情,这种事总是在到达高速公路汽车旅馆之前的车里开始。

金发女郎很快回来了,把一个打算当晚睡在那里的南斯拉夫人还是罗马尼亚人赶了出去,在她打开的杂志前坐下。不过在这之前她又看了我一眼。

"您可以留在这里,"她指了指那张已经褪色但相当大的沙发,"我还有二十分钟下班,然后我就要关灯睡觉了。"

"谢谢,真的非常感谢。您抽一支吗?"

"我不吸烟。"

我拿了一本体育杂志坐到沙发上。那个时候的足球没那么有趣，索尼娅躺在小床上，而我将整夜睡在一张不怎么舒服的沙发上。金发女郎认真阅读杂志，但在某一刻她会打开侧门消失一段时间；我好像听到前台后面一个男人的声音，当她回来的时候，我兴致不高地看着她，只是看着她，她也看着我。

"我总得提醒厨师回家去，"她徒劳地解释，"平底锅好像让他很开心，已经半夜了，他还在那儿闲逛。我们这里到时间就打烊了。"

她手里拿着钥匙，带着"满房"的牌子走到门口，把它挂在显眼的地方。灯灭了，除了柜台后面一盏昏暗的灯，我无法得知足协乙级联赛的结果。我把杂志放在地毯上，等金发女郎离开我就可以自在一些。我从不喜欢被人看见躺在沙发上，而夜晚才刚刚开始。

金发女郎回到了柜台后面，把钥匙放进一只抽屉，把杂志放进另一只抽屉。现在只差一句"晚安"，我会回复"晚安"，再加一句得体的"再次感谢您"。但永远不应该抢先开口，因为意外之事总会急切地向你扑来。

"您在这儿睡不舒服，"金发女郎说，"跟我来。"

我永远不知道自己是如何赶在她之前走到了侧门边。她领我走过一条走廊，那里有一扇或是两扇门，索尼娅应该正在其中一扇门后面生气。然后她用手肘推开了左侧第一扇门，是一间卧室，里面有一张大床，嵌入式吧台，一台电视机，还有浅色的木柜和椅子。但这不是汽车旅馆的房间,梳妆台上放着瓶子和罐子,床脚旁就是厕所,四处都摆满了打开或合上的杂志、烟灰缸、台灯和更多的杂志。金发女郎用钥匙锁上门,盯着我。

"你喜欢吗?"

可以有很多回答的方式,我的方式是抓住她的肩膀,紧紧地抱着她,亲吻她的嘴唇,这能让人觉得问题已经解决。我们来到床边,好像在紧贴着跳一曲探戈,我跌在她身上,但她滑向了一边,我们一边亲吻一边开始脱衣服。我看到她跟我一样,裸露着全身的皮肤,舒适地躺在床上。

"你别急,"当我想用手上下抚摸她时她说,"我们有一整个晚上,我丈夫要到七点半才回来。"

我毫不在意地听着这些话,金发女郎怀着纯粹的热情,看起来比我更加急迫,我几乎来不及探索她,用手指和嘴巴寻找她,就感觉她双腿搭出的拱门环绕住我,带我进入了一片炽热的炭火,金色的藤蔓缠住了我,钻入我的嘴巴和眼睛,我感觉到她青铜般的手指敲打着我爱抚着我,还有一个破碎的声音喘息着重复"就是现在,就是现在",要求"还要,还要",挑剔着"像这样,像这样",没过多久我第一次缴械了,吧台的威士忌,我发现她像蝙蝠一样吸烟,我没有说什么,两个小时交替着昏睡、爱抚、喝更多的酒,快到黎明的时候又来了一次,但这次名叫诺尔玛的金发女郎不允许我按照自己的喜好来了,她背过身去躺下,慢慢把我拉过去,说了那天晚上仅有的几句话:"慢慢进来,把腿放在我的腿上。"我当然照做了,虽然这并不是我喜欢的姿势,诺尔玛几乎立刻开始享受，现在她从头到脚都在颤抖，发出一阵低沉的吼叫，一种持续不断的嘶哑抱怨，在我再也受不了的时候似乎在一声咒骂中戛然而止，我达到了高潮，不能再像所有受人尊重的男人那样继续给她快感。

我梦到了玩具火车，梦到索尼娅和我谈论她的母亲，还梦到了一场赛马。诺尔玛近乎粗鲁地把我吵醒了，我看见了窗帘间的晨光。

"赶紧洗个澡，我们该走了，"她说，"已经晚了，我得去开门。"

我想拉她过来亲吻她，但她已经穿好了衣服，手里拿着一本杂志。当然，我去洗澡了。当然，我想着索尼娅。诺尔玛带我到前台，打开了门，忙着招待第一批付账离开的客人们。我坐到沙发上查看联赛的成绩，索尼娅到来时，我正在查阅乌克兰举重锦标赛的新闻。我们互相说昨晚睡得很好，当然了，她睡在小床上，当然了，我睡在沙发上。客人们像约好了一样，几乎同时出发，现在大厅里还有另一个员工和诺尔玛在一起，可能是她的丈夫。我付了他一晚的钱，希望他能问我房间号、问我要钥匙，但他什么也没说，我们像客人和汽车旅馆员工那样告别，高速公路上空无一人，阳光普照，那天我们开了将近四百公里，没怎么说话，因为我们两个人看起来都累了，只能拿小床和沙发开玩笑。幸好晚上六点的汽车旅馆有空房，我们喝完酒洗完澡相互看了看，像往常一样，索尼娅扯掉鸭绒被，我们脱掉衣服，寻找彼此，交缠在一起。

我们休息了一下，又喝了一杯，出去吃东西，十点半的时候我们又躺下了，看报纸，喝事实上总是倒数第二杯的最后一杯。在这种情况下，一只手在被单下面滑动直到找到它正在寻找的东西，另一只手会把杂志或者枕头丢到空中，还有一只手去关灯，我们像一只长满忙碌触须的快乐的章鱼。和往常一样，索尼娅躺着，我在她身上滑动，一点一点地亲吻她，因为我们已经累了，同时又觉得快乐还没有结束。和往常一样，我做了这些事，只是这一次，索尼娅吻着我的嘴，不让我的脸离开她的脸，她吻了又吻，抚摸着我的臀和腰，她笑着应对着我的反抗，让我一直靠在她身上，而她一点一点转过身去，她现在没法吻我了，但她的左手滑过她的腰，开始寻找她非常熟悉的东西。她爱抚着它，直到我尖叫出来。她完全侧躺着，侧身让我慢慢地、一点一点地进入她，让我把腿放到她的腿上，让我慢慢地进入她时腿在她的腿上，就像我们之前从未做过的那样，就像我只和诺尔玛做过的那样。

△沙纳站点唯一值得称道的是宪兵队营房。

△△龙似乎在沙纳站点的荒凉中迷失了方向。

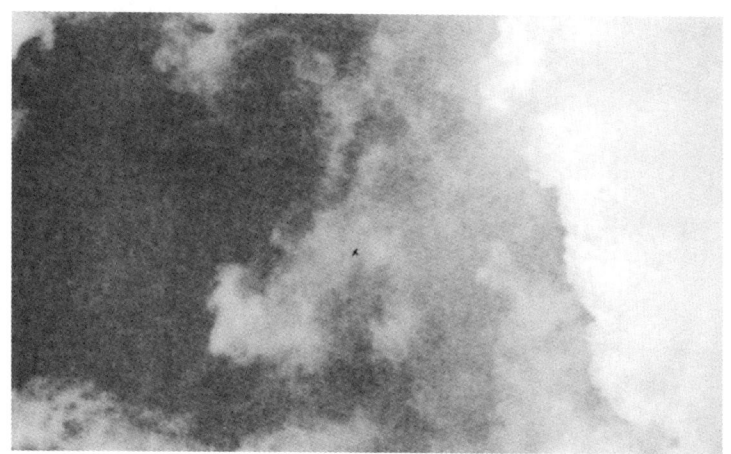

△垃圾桶给人一种奇怪的印象,看起来像哨兵。

△△在战略要地圣朗博－德阿尔邦站点,我们感到来自空中的监视。

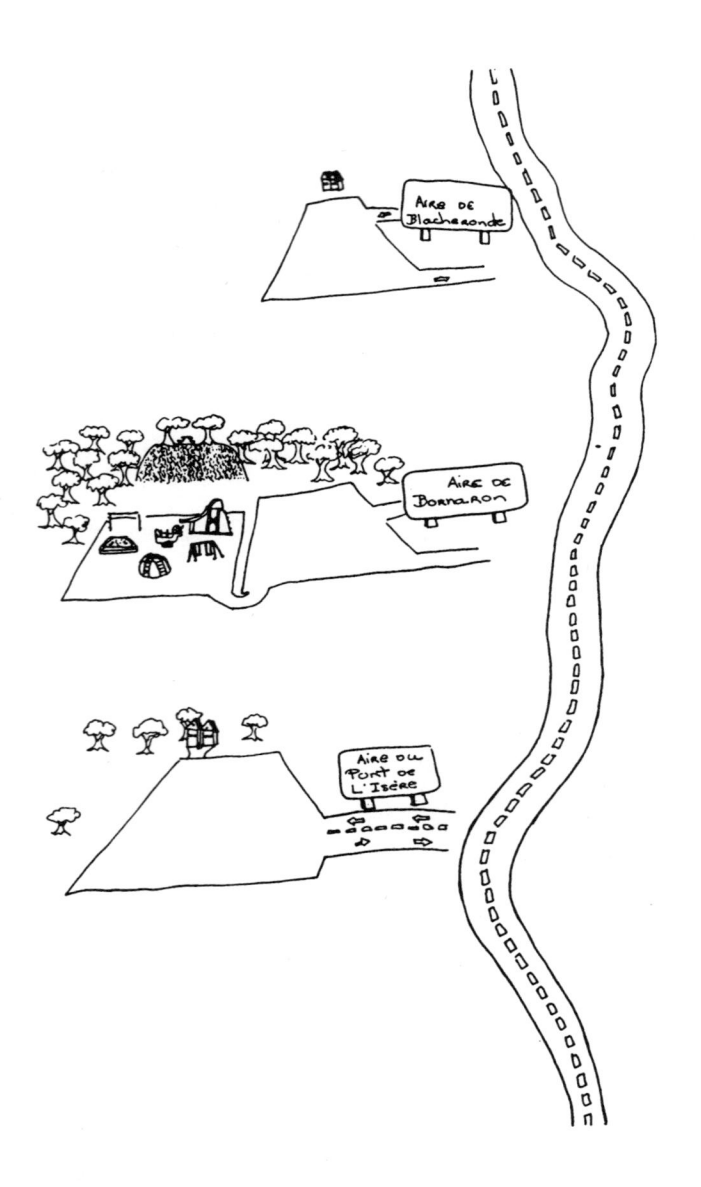

旅行日志

星期天，6月13日

早餐：橙汁、玛德琳小蛋糕、咖啡。

气温介于凉爽和寒冷之间。多云。我们找了一张桌子坐下，等待着第二次救援。下雨了，我们不得不躲进法夫纳里。

13：26 救援人员到达！让·蒂尔希林带着他的儿子吉尔，还有布伦希尔德·玛丝克莱特，他们带来无数新鲜事物、新闻和友爱。

午餐：屈屈龙① 萨拉米、冷肉、法式肉丸、奶酪、馅饼、咖啡。

18：45 和朋友们度过了下午，我们目送他们离开后再次出发。

18：50 站点：布拉什隆德休息区。

法夫纳朝向：东。

晚餐：冷肉、沙拉（来自蒂尔希林上尉的菜园）、奶酪、咖啡。

---

① 法国南部市镇。

关于完美无缺的第二次后勤保障工作，
毫无疑问，这预示着我们艰苦的探险将大获全胜

事情开始得并不顺利，一场仿佛来自苏门答腊丛林的大雨彻底破坏了我们计划在圣朗博-德阿尔邦站点举办的正式接待活动，包括：一、在树下物色一张午餐桌，午餐将由让·蒂尔希林的探险救援队提供；二、阳光、鸟儿和炎热；三、反映技术和情感纽带的纪实且欢乐的照片。

在倾盆大雨之下，我们和一些游客回到了各自的车上，其中包括一群突然失去战斗力、咋咋呼呼的法国年轻柔道运动员。我们在潮湿而悲伤的法夫纳中一边等待一边吃着忧郁的香肠片，喝着一杯又一杯红酒。当我们看到让的大众汽车开过来时，天色亮了起来，他和他的儿子吉尔，还有布伦希尔德·玛丝克莱特从车里出来，手和胳膊上满是瓶子、大包、小包、生菜、烤鸡、番茄、豌豆、橙子、辣椒、冰块、罐装奶油和其他用于抵御坏血病的食品，更不用说还有四瓶苏格兰威士忌——在我看来这种饮料

△圣朗博－德阿尔邦站点：第二支探险救援队满载新鲜物资到达了，让·蒂尔希林、布伦希尔德·玛丝克莱特……

△△……和吉尔·蒂尔希林已经确认探险家们经受住了艰辛旅途的考验。布伦希尔德和卡罗尔热烈庆祝本次愉快的相见。

对微生物的灭杀作用比任何抗生素都好。

　　从那一刻起，一切都变得顺利了。我们摆好桌子，互相讲述各种令人兴奋的事情，我们看到了表演特技的飞机，仿佛沙纳市政府也想参加我们的庆典。与此同时，我和小熊都很享受这次相见，探险家已经从一个孤独、漫长的洞穴中走出来，在走进另一个漫长的洞穴之前还能享受相见的乐趣，顺便享受奢侈的美味烤肉。

同样会让苍白的读者感兴趣的补充内容

　　探险适合用来赌博下注吗？如果从让菲利斯·福格[1]踏上奇妙旅程的那场赌局看来，答案确实可以是肯定的。至于我们这边，让·蒂尔希林转达了他的/我们的朋友弗拉基米尔的冷漠观点：我们永远到不了马赛。他做出这样的断言基于以下原因：二十个站点后不可忍受的无聊；夫妻争吵——这种情况有例在先，会让两人分道扬镳，但无论如何他们都将朝巴黎前进；机械故障、消化和胃部问题；可以预想，相当业余的探险家会因供应管理不善面临饥渴；无法抗拒看电影的欲望；同理，无法抗拒在床上睡觉的欲望；对地铁的怀念；同理，对热水澡的怀念；同理，对炸薯条的怀念，因为看起来探险家并没有条件自己炸；等等。

　　出于这种信念，弗拉基米尔在一次吃饭的时候和让打了个赌（当然我们也在场，他深爱着我们，只是不信任我们的能力）。让

---

[1]《八十天环游地球》的主人公，一位英国绅士以两万英镑作赌注赌八十天能环游地球一周，从此与仆人踏上了环游世界之路。

愤怒地迎战了,接受了这个赌局,谁输了就要请我们五个人吃一顿昂贵的晚餐。

"但我知道我不会输,"他一边说,一边给我们倒上红酒,"只要你们一边吵架一边艰难地前进二十天,你就知道你们真是好样的。"

"确实。"小熊和我异口同声地说。

我们亲爱的布伦希尔德,她既是一个出色的朋友,又是一位医生。虽然心里不乐意,她还是默默对我们进行了临床观察,也给我们提供了新的能量。当夜幕降临,到了说再见的时候,我们托他们给弗拉基米尔带了条口信:他会输掉赌注,但我们将一起度过一个美好的夜晚,不过得由他带我们去一家餐厅。等三十二天的苦难结束,我们再也不要吃金枪鱼罐头和煮鸡蛋了。

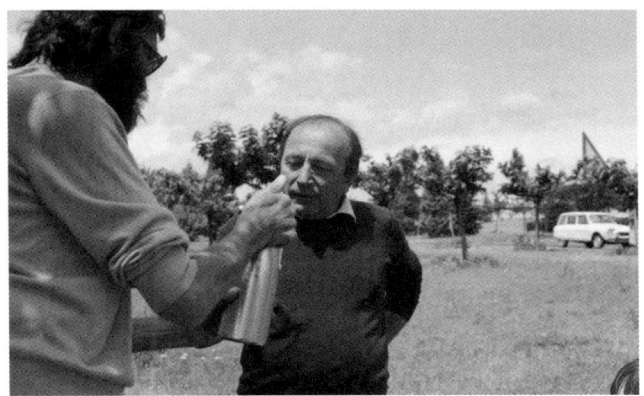

△可敬又快活的吉尔，也许梦想着有一天他将独自探索世界。（左边是证明……

△△……聚会的强有力象征。）勇敢的蒂尔希林上尉受到探险家的热烈欢迎。

△ 比利时游客在平行之处野餐。

△△ 在圣朗博－德阿尔邦站点，孩子们露天洗澡、喝水。

苍白的读者将了解本次炎热探险的最后阶段，以及其他同样重要且有趣的细节

正如瓦斯科·达伽马[①]的断言：任何自称严肃的探险都必须明确其目标，因为只有这样，它才能不可否认地达到科学范畴，正如本次探险一样（最后一句是我们加的）。

那么现在，如果探险目标不止一个，而是两个，那么谦虚地说，它的层次将被提升到崇高的范畴。在它面前只需要表达无尽的钦佩之情，毫无疑问本次探险正是如此。

两位作者认为有必要说明一下，在准备工作中，他们只提到了第一个目标，也就是关于名为"A6""A7"和"阳光高速公路"的具体知识，他们知道这足以在其科学和私人关系圈子里引起相当大的震动。这些圈子里的人从一开始就分成两派：一部分认为我们就是疯了，另一部分认为我们属于蠢货。很容易想象，

[①] 瓦斯科·达伽马（1469—1524），葡萄牙探险家、航海家，首次带领船队从欧洲航行至印度。

如果他们过早了解到探险的第二个目标会有什么样的反应。今天，我们所坚持的远征即将结束，我们可以轻描淡写但有理有据带着自豪地说：在本次探险的末尾，我们第二个目标是验证马赛市是否存在。

或许推动我们担负起如此艰巨任务的第一个理由就在此：所有从巴黎上高速的旅客通常称它为"南方高速公路"，因为他们假设旅行结束时他们将到达马赛的出口。这一假设虽然有地图和其他知识的支持，但经不起严肃的推敲，因为巴黎这个要素已经在认知中，可以被证实，旅客们在此启动汽车，驶向高速公路入口，而公路的另一头远在八百公里以外，这就排除了有关马赛市存在的任何经验主义理解，只剩记忆中小学教育提供的理论数据、费尔南德尔——一位姨妈——度假时寄回的明信片、加斯顿·德费尔[①]的身份和其他一些在科学层面只能被当作假设的要素，而且老实说，充满了疑点[②]。

马赛存在吗？

这个问题必须在探险的最后阶段回答，到那时，苍白的读者已通过这段回忆积累起关于这条高速公路的多种知识，足以面对探险的第二个目标，并确认在最后一个站点之后究竟会到达一座被旅客轻易接受的城市，还是一片荒地和沼泽，更不用说还有可能是可怕的悬崖或人迹罕至的密林。

[①] 加斯顿·德费尔（1910—1986），法国社会主义政治家，曾担任马赛市长三十三年。
[②] 原文为拉丁语。

△ 我们洗完澡就把法夫纳变成了晾衣架,龙友善地举着我们的衣服。

△△ 沉浸在科学思索中的小熊被狼吓了一大跳。

怎么想？

我们就不让苍白的读者继续疑惑了：马赛存在，正如马塞尔·帕尼奥尔[①]描绘的那样。但它之所以存在，只是因为此次探险证实了它的存在，而不是出于某些其他人不经分析就接受的原因。

我们谨慎地认为，这一证明使得本次旅行的结果更有意义。南方高速公路永久通过了考验，不再像我们常在巴黎怀疑的那样，是个弥天大谎，特别是当我们申请探索许可时没有收到回复，我们认为这几乎证明了马赛并不存在，也让我们不惜一切代价寻求真相的决心成倍增长，顺便说一句，过路费相当昂贵。

---

① 马塞尔·帕尼奥尔（1895—1974），法国剧作家、小说家、电影导演，执导有"马赛三部曲"。其他代表作有《父亲的荣耀》《母亲的城堡》等。

旅行日志

星期一，6月14日

早餐：橙子、黄油面包、咖啡。

9∶14　出发。

9∶15　大博夫山：323米。

9∶20　站点：博纳隆休息区。

法夫纳朝向：南。我们在一座小丘高处安顿下来。

11∶30　宪兵来访（友好，看到我们在打字，出于尊敬容许了我们的入侵，祝我们好运，还帮助了我们）。

午餐：炸小牛肉配柠檬、沙拉（生菜、辣椒、洋葱）、奶酪、桃子、咖啡。

17∶20　从这个美丽的站点出发。

17∶29　右侧是罗达诺谷。

17∶34　站点：利塞尔桥休息区。

没有很了不起，但也不算差。

法夫纳朝向：东。

晚餐：鸡蛋火腿、混合奶酪、咖啡。

鞑靼人竟然又来了

"他们吃过午饭了,嘿。"灌木后面传来一个声音。

"总是这样,"另一个声音说,"他们肯定有一台监测我们的雷达,虽然体面人还需要一个小时才能吃完午餐,但他们总会把香肠和红酒都享用完,一点都不给我们留。我们一直在为他们牺牲。"

"我的妈,这么多年,我们除了这个就没干别的,看看他们是怎么回报我们的。"

出于第一印象,小熊邀请他们走近一些,反正他们已经这样做了,并给他们两杯酒和剩下的香肠,虽然剩得不少,但他们一下子就吃光了。到目前为止,我还不想问他们任何问题,以免被他们抓到用来指责我忘恩负义、疏忽大意的把柄。但是由于他们已经有好几天没有出现,我不得不问问他们把汽车停在了哪里。

"汽车,"卡拉克看着波朗科说,好像得让视线靠在对方身上,免得满地打滚,"你知道你在问什么吗?"

"一般来说高速公路是为汽车准备的。"我为自己辩护道。

"为富人的汽车准备的。"波朗科说,我想卡尔·马克思也会用同样的语气说这句话,"我们诗人靠月光和水活下去,幸好在这些地方它们是免费的。"

"香肠也是食物。"卡罗尔说,她对他们的耐性比我小得多,我完全理解这一点,而他们以沉闷且敌视的表情作为回应。

"我们,"卡拉克告诉我,"哪怕牺牲再大,也要坚守追随你们的道德义务,以确保你没有因为发疯饿死在路上。"

"你说得很好,"波朗科表示赞同,"你用了一个让我惊喜的词,它在上下文中非常贴切。"

"我很高兴你们看到探险进展顺利,"我这么说是为了让他们从无休止的相互夸赞中停下来,"但你们没有回答我的问题,你们是他妈的怎么解决的?我猜你们用了别人的车,或者类似的方法。"

"跟你说,我们可遭了大罪了。"波朗科叹了口气,"就是俗话说的搭便车,我们既友善又有身份,这好像并不难,汽车一看到我们就停下来,但问题是每次我们偷偷摸摸探查完你们的情况就得离开高速公路,第二天再回来,以免漏掉某个站点。"

"这太可怕了。"卡拉克补充道,"你们一天停两站,但是高速公路出口的位置实在太奇怪了,我们必须重新搭车,坐好一段距离然后下车,去对面等另一辆车。"

"我不太懂。"我说。

"更别说我们刚坐上车就得在遇到的第一个站点下去,很明

△博纳隆站点格外混乱,表明探险家的能量已明显损耗。

△△广阔而明亮的孤独感呼唤人们来利塞尔桥站点进行休整。

△ 没人知道我们在哪里,在利塞尔桥站点的最深处。

△△重回童年:在一组巨大的方块上工作……

显你们已经不在那里了,但也不一定,我们必须等待下一辆车,再到下一个站点。我的天啊,我的天啊。"

"你控制一下情绪,"卡拉克劝说道,"最后他们会相信我们是认真的。"

"你说得对,兄弟,"波朗科说,"我因为缺乏蛋白质又几晚失眠崩溃了,我只要一睡在草地上就会得荨麻疹。"

卡罗尔看起来深受感动,去拿了两个苹果,打算给他们来一杯热腾腾的咖啡。我抓住她暂时离席的机会好心建议道,这种自我牺牲不是必需的,更何况我们并没有要求,他们最好回巴黎,在床上睡几个星期。他们看着我,当然,用那种我熟悉已久的眼神。他们爱着我,还能怎么办呢,如此多愁善感并不是他们的错。

"你已经发现了,"波朗科说,"他们在赶我们走。受了这么多苦……"

"我警告过你,"卡拉克打断他说,"他们在玩弄我们的尊严,我们喝完这杯咖啡就走。"

"还有一点酒。"我感到很自责。

"这不能改变什么,"波朗科说,"虽然我因为缺乏蛋白质得喝一杯,如果有两杯就更好了。"

"然后我们会继续前进,毕竟你们的车里没有两个人的位子。"

"连两个小角落都没有。"波朗科说。

"非常抱歉。"我说,我知道他们这时候在赌,我要是心软了,我们才真是进了地狱,就像过去一直发生的那样。

"你看到了。"卡拉克说,几乎把所有糖都倒进了咖啡里。

"对,这是我们的命运,"波朗科说,他手里已经拿着葡萄酒瓶,"这酒质量不太好,你看底下都有渣了。"

"他们买东西挺随意,"卡拉克说,"我觉得他们没法活着到马赛。"

"我们会尽可能地保护你们,但不能承诺什么。要不再来一杯吧,谢谢。"

"留神,你快喝到酒渣了,"卡拉克告诫他,"为了救你,我要冒着生命危险把最后这点喝掉,但这是我唯一能做的事了。"

"你就是他们的妈妈。"波朗科说。

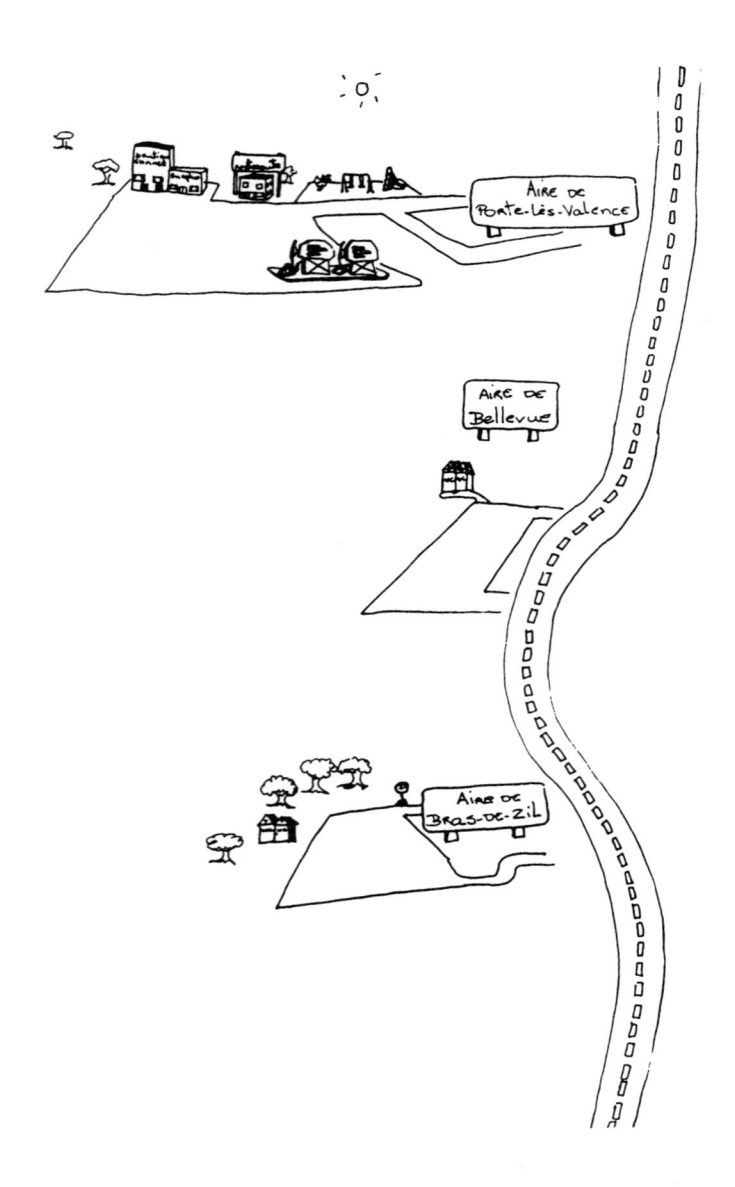

旅行日志

星期二，6月15日

早餐：橙子、黄油面包、咖啡。
9：00　18℃。
9：00　出发时天色灰暗，有威胁性。
9：05　右侧是克鲁索尔城堡。
9：12　站点：波特－勒－瓦朗斯休息区。
加油站、餐厅、商店、儿童游戏区。
法夫纳朝向：南。
9：24　出发。
9：30　站点：贝尔维尤休息区。
嚯！不过我们的体验还不错。
法夫纳朝向：南。
午餐：煮鸡蛋、火腿、沙拉（生菜、番茄、青椒）、奶酪、桃子、咖啡。
晚餐：鸡汤、牛排配大量洋葱、豌豆配胡萝卜、奶油甜点、咖啡（在餐厅）。
凌晨三点，我们不得不在旅途中第二次使用"鲍尔斯奎斯"耳塞。不是因为旁边高速公路的噪音，而是因为有一辆冷藏卡车在我们正后方过夜，发出地狱般持续不断的轰响。

小熊对狼说的话，一切话语都永远定格

　　高速公路就是我，你，我们，你的舌头寻找我的舌头并放松下来，蜗牛与蜗牛交缠，你的舌头滑向无限之地，在嘴的尽头延长，破碎时间的碎片，长长的热沥青带，此时我也是一只蜗牛；你伸出舌头而我是悬崖，我吞下它，伴随着无尽的灼热，你的面颊融入我的，你的头发，你惊讶眨动的双眼，它们还以为自己在外面，当内心火热时睁开眼，它们会挠痒痒，你滑向手肘，我吞咽着你的臀部不停地吻你，第一个吻。潮湿的黑暗微微张开，为你腾出空间，在你的腹部，一千只蜗牛在螺旋中严肃地舞蹈，我也是另一个蜗牛壳。

　　我们总是拥抱到无法呼吸，去寻找更远的呼吸，你被淹没，但并未从你所在之处消失，你的双眼直视着我，目光成了两个、上千个倒影，你渴望我。我像寻找珍珠的渔夫一般，舌头，这条被俘获、伸展、拖着我们永远无法解脱的渴望的舌头，整个身体越来越消瘦，滑向更深更昏暗的地方，弥散在你暴烈的温柔之中。我们还在一直一直寻找，如何不掉入它的、你的、我的舌头之外，如何不跌出一路通往那里的眩晕，永远相同的道路，但有缓慢的、令人眼花缭乱的路径。

一束转瞬即逝的光，一辆卡车，一声喇叭；我们让它们全部窒息，相互封住的嘴，外界在另一侧崩坏。我们在只有潮湿、热量和闪电穿过的夜晚创造了空气，我仍然吞下你的手肘，另一侧臀部，你的性器在我体内温暖而充满活力地滑动，我也占有了我，你会进入你自己，因为在拒绝返回表面之前，无论时间刚好来得及或者来不及，窒息已经毫无疑问地开始了，旅行中的静止已经将我们淹没在这蜂蜜和肉桂的气味中，风穿过法夫纳在夜里翻滚，小睡，一千个手势到达我们身边。我们又成了蜗牛，躲在无翼鸟背上，会有到达的那一天吗？当我们的身体交叠，在舌头下游走，当你成为我胸前扑打的鸟儿，成为我看不见的那侧皮肤上盘绕着我胯部的蛇，没有一个细胞逃脱，从那一刻起自内部被包围。黑暗中点缀着绿色的星星，必须，必须返回，像溺水者一样呼吸但我们已经窒息了，在两张嘴被紧扼的暴力撕裂开之前，身体永远无法恢复。呼吸，但是那样微弱；你再次加入，要拿那些颠倒的身体怎么办呢？它们像手套一样翻转，从握住它们的手上滑落；你加入，就像海豚在海里，我们无视海底与水流，滑动着，面对彼此，融入、拥抱彼此，就像破浪的鲨鱼撕开某种现实所剩之物，寻找这种节奏之外的东西。

从旅行的开始，所有旅行的开始，计算由一座高峰到另一座的不合理时间。

在筋疲力尽的潮湿停歇中，在安宁中，在毛茸茸的蜗牛中，你少年的面容在最后的疲惫中闪耀，倦怠的手已被下一次无法预知的退潮推动，描绘我的身体，胯部，乳房，臀部，还有这幅画，是你送给我的礼物，你曾送给我独一无二的礼物，我可以完全地抛弃你，甚至抛弃带我们摆动的梦之湖。

你不止一次用破碎的声音对我说："你那么年轻。"你是对的，但是什么幕布蒙蔽了你的双眼，你没看见我和自己的内心度过的这么多年，它的年龄要大过……

"别跟我谈时间！"

但是没错，我们得谈谈，我们不是孩子了。我们存在，我们存在于时间之中，就像存在于这趟旅途之中：在它之内。你没有看到不存在四个、三个、两个时间吗？

我曾多少次掉进黑暗的深渊，以至于学会了在黑暗中行走。还曾一千次、一万次砍掉九头蛇的头，却并未自欺欺人地认为能够阻止它们继续邪恶地生长。那么多年里，无论是否相信某种新生是为了让死亡沐浴在阳光下，而其他的新生是为了让死亡染上暴力的色彩，我们还是认出了彼此。

此刻，伟大的海狮[①]，我们在平静清澈的水面划船，只为那些被恐怖、折磨和战争搅动的等待我们的海岸景色而心意难平。但我们的波浪只会形成巨大的波动，伴随我们疯狂的节奏呼吸。光明，和将要把我们推向尽头、永远推向尽头和更远处的黑暗的

[①] "海狮"的西班牙语原文为"lobo marino"，直译为"海上之狼"，而科塔萨尔的昵称也是"狼"。

在拉库库尔德，云雀的奇妙站点。

激情。我在那里紧紧地拥抱你，仿佛我们的肌肤将因紧贴而溶解，让我们成为隐形的存在。

你的声音是那么清晰，可当悲伤的幕布来临，当旅行一开始你就又一次质疑它的结局时，我要如何沉默，又该如何开口？悲伤来得恰好，我的爱意也恰好在远处成倍增加。就算黑暗再强大，也不可能让我回头。

你，还是你。

努力地在大片黑水中游泳，就能学会在黑暗中漂浮。最糟糕的黑暗之中的浮标。屈辱的晚年、卫生的噩梦已被排除，所剩之物不是为了现在，也没有更多可能的孤独。难道你还不明白，一年前你没有死去，这是生命何等的厚礼？到此为止。出发。如果你愿意用孩子般的双眼去探索，那么未来的时间仍充满未知。

甜蜜的困惑，大地在阳光下颤抖，而你在我身体周围震颤。

就算到马赛我们也不会离开高速公路，亲爱的，到哪儿都不会。除了螺旋，没有其他返程路线。

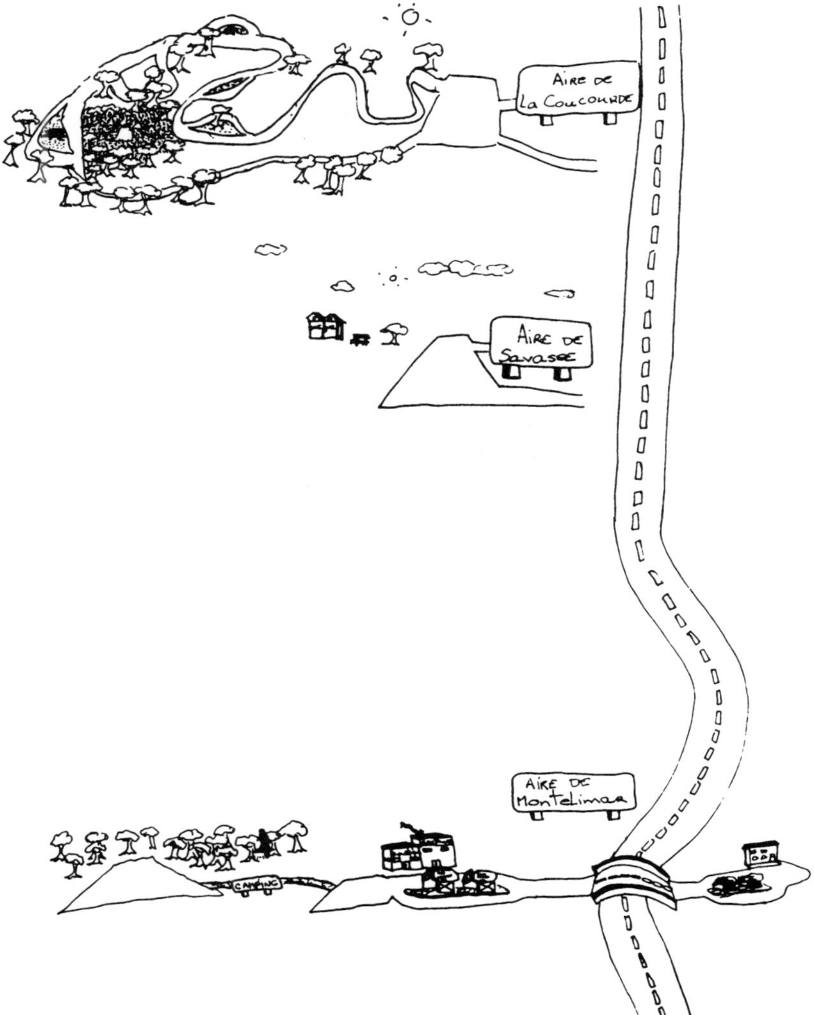
Aire de
La Coucourde
Aire de
Savasse
Aire de
Montelimar
CAMPING

旅行日志   星期三，6月16日

早餐：橙子、杏仁饼干和咖啡。

8∶00　天气好极了。

8∶10　出发。

8∶15　我们右侧是阿尔代什山脉。

8∶?　站点：布拉德齐休息区。

法夫纳朝向：东偏南。

午餐：鸡肉（绝了！）、番茄、辣椒、洋葱、糖水煮梨、咖啡。

13∶55　36℃。

14∶00　出发。卡罗尔第一次开车，胡里奥担任"领航员"。

蒙特利马尔地区。

14∶10　站点：拉库库尔德休息区。

非常空旷又孤独，零星有几棵小树。

停车场里满是云雀。

晚餐：竹筒鸡、奶酪、咖啡。

云雀的站点

  两只云雀梦幻般地

  飞向迷雾。

      ——约瑟夫·冯·艾兴多夫《余晖》[1]

  站点很无聊吗?对我们来说,它们越来越精彩,我们感受着、体验着,它们就像一个个小宇宙,我们的红色驾驶舱每天像未知小行星一样降落其中。比如位于蒙特利马尔的拉库库尔德小宇宙本身就是一个小国家,是从巴黎出发后我们发现的第一个云雀之国。

  当然,云雀是我们猜的,我们对鸟类并不熟悉。小熊对此持保留意见,但我出于真诚的理由对此非常确信。正如您将看到的,诗歌,尤其是音乐,还有童年记忆即将发挥作用。当然,我

---

[1] 约瑟夫·冯·艾兴多夫(1788—1857),德国浪漫主义诗人、小说家。此处引用原文为德语。

△在拉库库尔德，旅客只看到一片空旷，而云雀已经将这里变成了它们的天堂。

△△高速公路上挤满了旅客，但对快乐的探险家来说，拉库库尔德空旷而孤独。

△ "条顿骑士团",总有一种威胁的意味,对于那些感觉自己……
△△……被奇怪的力量监视着的人来说。一位孤独的"条顿骑士"守护着山岭。

在郊区度过的童年时光里并没有云雀，但有家人说过，云雀总在飞翔时歌唱，几乎没有鸟儿这样，这个特点让我在想象中赋予了它特殊的威望。另外《少儿宝藏》①里也有很多关于云雀的知识，那是我取之不尽的现实储备。

我们在巨大、空旷的拉库库尔德站点扎下营地，法夫纳上方是一整片明澈的天空，从下午开始，天空中到处都是上下飞舞着歌唱的鸟儿，歌唱着飞到最高处，歌唱时美丽的翅膀迎风颤抖着，歌唱着飞下来，栖息在树上时仍在歌唱。它们一直在歌唱，当然是云雀，虽然事实上也许并不是，但当我愉快地听着云雀在太空中歌唱的时候，这重要吗？

云雀的问题总是引起争论，虽然我手边并没有牛津版的莎士比亚（法夫纳的空间有限，小可怜），但我记得维罗纳恋人的爱情之夜，还有罗密欧和朱丽叶关于窗边歌唱的鸟儿是夜莺还是云雀的讨论。可以确定，拉库库尔德没有夜莺，所以在我们周围飞翔、歌唱的就是云雀；这个结论似乎相当有莎士比亚的风格。

我仰面躺在"花样恐怖"中，跟随一只云雀飞高。它是一只快乐的小棕鸟，绕着大圈越飞越高，一边歌唱一边向上，它的歌声饱满，虽然变化不大但色彩丰富，它似乎诞生于无尽的喜悦，仿佛除了不间断地歌唱，除了为自己的生命庆祝，它没有其他存在的理由，没有理由或本体，没有地狱或天堂。它几乎成了空中的一个点，迎着风一动不动，翅膀在透明的悬浮液中颤抖，歌声

---

① 二十世纪拉丁美洲的儿童科普读物。

从中萌芽，然后令人惊艳地下降到此处。它小小的喉咙，脆弱的小身体，如何成为百米高空中音乐的源泉，然后如此清晰地栖身于我如此难以置信的耳中？

在接触的那一刻，完美共鸣，有关沃恩·威廉姆斯的交响诗《云雀高飞》的回忆袭来。我在这里听不到它，原因和我没法在这里读莎士比亚一样，我无法将乐曲的旋律与此刻从天而降的旋律相比照，但曲名已经证明云雀会在向上飞时歌唱，由自己的歌声带上天空，我认为没有任何一种鸟像它一样。

然后它甜蜜地、有些不情愿地飞下来，停在一根树枝上，卡罗尔在它身上看到了凤凰的影子，它的身体不可思议地向下弯曲，空中的海马，翅膀扇动得越来越慢，直到变成一只平平无奇的枝头小鸟，一只看起来像麻雀或椋鸟的小东西。啊，我多希望雪莱能在这里（《致云雀》不就是他的手笔吗？），不过前面说过了，在拉库库尔德站点我没有一个英国朋友。无所谓，它们就是云雀，这是高速公路上唯一有云雀的站点。它们之所以选择这个站点，是因为这里天空又高又远，也许还因为有一天我们会为它们庆祝，云雀不过是无休止的庆典，我们也是如此，只是以更隐秘的方法庆祝，我们也试图让词语变成音乐，我们也想成为云雀。

关于梦在高速公路上的变化

我们无意将修普诺斯①所掌控之事也纳入调查中,我们认为两个人白天对各站点的调查已经足够。或许正因如此,我们一开始没有注意到这些变化;我们习惯于一觉醒来就互相讲述梦境,或者在某个意想不到的时刻说出梦境的闪回,我们到高速公路上之后依旧这样,并未注意到任何明显的变化。但离开巴黎四五天后,我们发现了最初的变化,并且变化日益明显。

如果必须总结这些梦与静止时的梦*有什么区别,我们会说它们描绘事物和事件的精度提高了,图像的"立体性"。我们的梦越来越不像伦勃朗②,越来越像凡·艾克③或罗杰·范德韦

---

① 古希腊神话中的睡神。
* 并非因为我们在巴黎真的一动不动,而是因为梦境总是在同一情境下出现:卧室、床、灯光、环境噪音等等。——原注
② 伦勃朗(1606—1669),荷兰画家,擅长捕捉光影,代表作有《夜巡》《月亮与狩猎女神》等。
③ 凡·艾克(?—1441),尼德兰画家,油画形成时期的关键人物,被誉为"油画之父"。代表作有《阿尔诺芬尼夫妇像》《根特祭坛画》等。

探险家怀疑垃圾桶里藏着麦克风。他们一直在监视我们!

登[1]。当我们相互讲述梦境时，无论是讲背景还是故事，都能说出让人惊奇的精准细节。当然，对此我们无法核查，但这几天我和卡罗尔的描述都具有细腻的质地、精致的颗粒、鲜明的色彩、完整且精确的形状。当我们梦见曾经了解或现在认识的某个人时，他的每一个特征、手势和语句都逼真得惊人。如果他是由梦创造的，那么可以说这样的创造具有立体的轮廓和特征。

我们想知道为什么梦境的改变如此无法忍受。在诸多假设中，有必要考虑新的刺激，该假设认为共鸣器官本身无意识，因为感官接收到了新的信息，所以共鸣器官内发生了深度变化。也许坐飞机旅行或者在酒店过夜也会让梦的质量发生变化，但由于这些都是短暂、独立的经历，很少有人意识到这一点。另一方面，我们在一个仅有部分被修改的刺激系统中度过了三个星期（根据站点的地形和性质，具体刺激量可能略有浮动），并且通过每晚重复，最终直接催生了一种梦境，我们不得不对此投入注意力并进行观察。

我所说的刺激系统还包括其他难以验证的东西：卡车和它们的灯光、噪音，它们永远在高速公路上行驶这一点，还有它们在法夫纳庇护我们睡眠的站点到达、停车又重新出发这一点。苍白的读者知道，我们在高速公路上待的时间很短，可一旦进入停车场，我们就会开始看到、听到和我们一样来小憩或是过夜的卡车。我们已经说过，一些站点的停车场会在晚间变成转瞬即逝、

---

[1] 罗杰·范德韦登（1399/1400—1464），尼德兰画家，其作品人物造型丰富、色彩温暖，代表作有《基督下十字架》《一位女士的画像》等。

奇异迷人的城市，有十到二十辆重型卡车，更不用说像法夫纳这样的拖车或露营车，那里混合了来自各个国家的车牌、语言、气味和声音。我们关上法夫纳的舱门，它的帆布顶篷映出移动的前灯，就像无尽的魔法灯笼游戏，而机械噪音仿佛是高速公路持续轰鸣中最清晰的一种。这种从未聚集在我们身边却引发了梦之剧场变化的刺激是什么？为何这种我们日常生活中前所未有的刺激会如此精细地勾勒出梦境的轮廓，而不是让它们更为模糊呢？

这些问题没有答案，但我们也喜欢上了不同的梦境，我们越来越喜欢它，即使梦中一切正常物体都以可怖的形式出现。不用说，一旦回到巴黎，我们就会去关注在熟悉的家庭氛围中发生的事情；如果这种梦境像我们担心的那样一去不返，我们将不得不考虑更多样化的新探险。毕竟世界上到处都是站点，或许诸多梦境就在那里等待我们，值得我们踏上旅程，之后永不回头。

△ "花样恐怖"学会了如何在无情的天空下找到最微小的阴影。

◁ 狼做饭的时候,小熊也躲进一块阴凉地里。

▽ 关于机缘是如何将"花样恐怖"上那一朵雏菊交到狼的手中。

旅行日志

星期四，6月17日

早餐：橙子、蜜渍青番茄、咖啡。

（？）已经下午了，我们第二次跳出时间之外。

（？）出发。

德国人完全取代了英国人，而且他们人数更多。

真正的侵略！

（？）几乎立刻，站点：萨瓦斯休息区。

非常小，没有树荫。法夫纳朝向：西南。

有几张桌子，还有厕所。

（？）出发。

午餐：橙子鸡肉沙拉、番茄配洋葱、桃子。

（？）右侧是前阿尔卑斯山脉南部。

（？）还有十公里到达站点：蒙特利马尔休息区。

加油站、餐厅、游客办公室、牛轧糖店。洗澡！（字迹无法辨认）

还有：一片绿树成荫的野餐地和用来停车的小路。

15：00　我们坐在停车场咖啡馆的露台上，试图摆脱酷热。这时我们看到安德烈·斯蒂尔和他的妻子奥德特坐在隔壁桌。我们愉快地聊了一会儿天。

晚餐：炸牛排、草莓派、咖啡（在餐厅）。

关于并行的开端

昨晚，在播报完愚蠢的马岛战争的悲痛结局后，法国广播电台给我们带来了真正的探险家永远不会忽略的一档节目。一支与我们同样科学严谨的团队（心怀邪念者蒙羞！[①]）从苏格兰的尼斯湖沿岸传来一份关于尼斯湖水怪的详细报告。那是一种优雅的水生生物，半个世纪前它沉入水中，此后只在人们的想象里重现，极少在湖中现身。

有一位被认证为"神秘动物学家"的学者试图让我们相信水怪是蛇颈龙这一假设很难成立，相反，他确信湖里住着一群巨型海狮或者海豹，因为从生物学角度说，只有一只水怪是不可能的。

一个名叫蒂姆·蒂斯代尔的人提到了他在湖上的热气球探索，提到了尼斯湖水怪作为明星出演的电影，甚至提到了一艘

---

① 原文为盎格鲁－诺曼语。

"黄色潜水艇",我想应该不是披头士乐队①的美好回忆中那一艘。(谁能忘记迷人的杰里米和看起来像南美将军的邪恶手套呢?)

这些学问渊博的人告诉我们,越来越多的证据表明尼斯湖水怪就住在尼斯湖,而且在加拿大和美国之间的尚普兰湖有一个远房表亲,更不用说还有另一个在莫拉赫湖愉快飞翔的表亲。而我也默默为这条友好无害的水怪链增加了一环:记得在我的童年时代,阿根廷有很多关于蛇颈龙的说法,好几次有人在南部的一个湖泊看到它把头探出水面。当两千万阿根廷人嘲笑这个所谓的怪物时(他们有时又如此相信那些两条腿的蛇颈龙),我为奥内里博士的所作所为深受感动,他不仅为自己的信念辩护至死,还担任了可爱的巴勒莫②动物园园长。现在,英国和法国的专家间接支持了他的看法,他们指出,所有报告中存在这种巨型生物的湖泊,平均温度都是十度,巴塔哥尼亚各湖泊正是如此。奥内里博士那时没有声呐和雷达之类的设备,但昨晚的节目基本可以肯定,尼斯湖水怪的身份即将揭晓,还有它全家亲戚的身份,无意冒犯,我们也已经获取了相当多的线索。

我和卡罗尔睡着了,期待着进入下一次魔幻胜过科学的冒险,今天早上,我们到达下个站点后与"花样恐怖"一起在一棵蒙古种小树的昏暗树荫下安顿好,微风依然在我们身边。在某一瞬间,我在上午十一点的蓝天中看见了月亮。我温柔地注视这弯

---

① 《黄色潜水艇》是二十世纪六十年代披头士乐队发表的歌曲,也有同名动画电影,后文"杰里米"和"手套"均为动画电影中的角色。
② 布宜诺斯艾利斯市的一个区。

害羞的新月，我在白天看到月亮时总会很感动，因为这时的月亮看起来更小，并且脆弱不堪，而在它的右边，我清楚地分辨出一个一动不动的透明球体。卡罗尔对我的尖叫做出了闪电般的回应，并确认它确实存在。我跑去寻找双筒望远镜（请注意看我们的科学探险所具有的优势），我们通过望远镜清晰观测到了那个玻璃般的球体，并没有悬篮，印象中它不是别的，就是一个透明的球体，这已经足够了。

由于我们已经阅读了很多关于飞碟、不明飞行物和其他太空怪兽的内容，我冲到一家正在桌边吃午饭的无辜瑞士人面前，然后夺下惊愕的一家之主正在吃的圆形格鲁耶尔三明治，把双筒望远镜塞到他手里。他没有打我，而是宽厚地看向高处，然后把望远镜递给妻子和孩子们。所有人都说：

"您说得对，那是颗透明的星球。"

我承认我期待更多评论，但无论如何我已经有了必要的证人，以防异象呈现其他形态或规划着陆。事实并非如此。星球轻轻滑向远方，永久隐藏到一朵云后面。那是气象观测气球吗？有可能，但我之前见过几个，它们并不是完美的玻璃球体。是玻璃吗？是的，它是玻璃做的，我和卡罗尔都看到了它的反光，而塑料无论被观测站的年轻人打磨得多么光滑，都不可能反射这种光。就像尼斯湖水怪在湖里，那颗球体也在天空中某处；从昨晚开始，我们就被纳入了现实中的某个无人区[①]，这样的事情会在

---

① 原文为英语。

旅途的任何一刻无比自然地发生，这就足够了。毕竟瑞士人一家也没被吓到，这合情合理。

在蒙特利马尔站点，我们的书籍储备已经耗尽，必须去商店寻觅杂志。

关于克罗诺皮奥们如何做到无须熟识就相互理解

《世界报》第 42 页,1982 年 6 月 15 日,星期二

各区新闻

纪事·计划

高速公路上的艺术家

  高速公路凝聚着艺术家的劳动,它本身也可以成为一件艺术品吗?它可以且应当容纳艺术家的作品吗?是否有权将收取的部分资金用于艺术创作和文化活动呢?

  法国高速公路公司负责人查尔斯·里卡特先生在与美术学院通信时对这三个问题做出了肯定的答复。他表示,基于法国和国外的案例,高速公路公司越来越意识到让高速公路"人性化"的必要性,需要求助各领域的艺术家以展示高速公路上的法国历史和考古遗产。

  里卡特先生援引了意大利的情况,意大利建筑商最多

能将百分之二的资金用于艺术创作,而在法国,文化和交通部长于一九八〇年颁布的法令则将这一数额限制在千分之一……①

我们在探险中途看到了这则消息。奇迹,干杯,喜悦。

过了一会儿,我们想知道这位里卡特先生是否就是我们之前为本次艰苦探险向他请求许可的那一位,他曾用可怕的死寂回应我们。我们已经给高速公路公司的经理写了信,而这位里卡特先生是法国高速公路公司负责人。真搞不懂。看起来不是一个人,但没关系,正如古巴人西尔维奥·罗德里格斯②所唱的那样:在探险途中,克罗诺皮奥们偏爱的随意性已经在事后证明我们确实③开创了一项文化活动,他妈的,狗眼看人低的浑蛋官僚。他们现在需要艺术家了,里卡特先生呼吁要美化高速公路!有什么能比我们美妙的报告更能美化它呢?书法艺术家、风景画家、记录重要时刻并把作品立在刻字基座上的雕塑家,这些人能让每一位高速公路用户都在汽车小抽屉里装上浓缩的美,包括这条他们正行驶于其上的白色丝带和那些他们(通常)会停下来放松、吃最喜欢的三明治的绿色岛屿。里卡特先生,我们没有抢先一步实现您的愿望吗?我们难道没有给如今的法国做出很好的示范吗?如果能忘掉陈规旧习,想象力就能

---

① 原文为法语。
② 西尔维奥·罗德里格斯(1946—),《探险》是他的歌曲,但歌词已被作者改编。
③ "事后""确实"原文均为拉丁语。

真的占据主导。

我们焦急地等待着里卡特先生的官方意见，另一位先生的意见我们已永远无从得知。

在皮埃尔拉特站点，我们也被奇怪伪装的东西监视着……

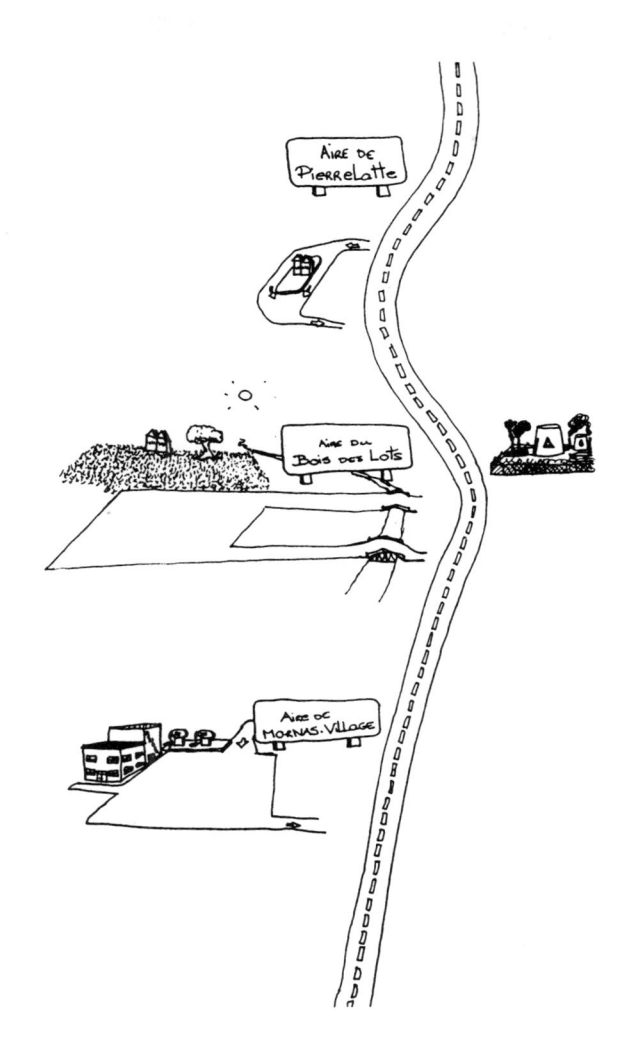

旅行日志   星期五，6月18日

早餐：杏子汁、羊角面包、黄油、果酱、咖啡。

10:00　多云。20℃。

15:12　从野餐区出发。

15:25　从商店区出发，我们在那里买了一些必需品。

15:35　站点：皮埃尔拉特休息区。

法夫纳朝向：南。

午餐：蛋黄酱鸡肉、"大马尼尔"奶油、咖啡。

小小的站点里有两条路（停着卡车和小汽车），没有遮挡也没有树荫。

15:40　出发。

伟大又美好的告示牌：您已进入普罗旺斯。

15:45　站点：布瓦－德洛休息区。

法夫纳朝向：南。

布莱恩·费瑟斯通和马蒂尼·卡津不期而至，令人欣慰。我们喝了不少，聊得很愉快。

我们听到一只夜莺在唱歌。

晚餐：奶油蔬菜火腿通心粉、"大马尼尔"奶油、咖啡。

探险家的文艺晚会

每日行程的最后,在我们吃完晚饭后,小熊通常会躺到法夫纳的后座上,把它当作一张床,点亮丁烷灯,开始坚持阅读弗吉尼亚·伍尔夫日记之类的东西,我则来到驾驶座,打开收音机,插上耳机,用无数磁带武装自己,开一场音乐会。音乐会就像我对自己的一次总结,带来离奇、荒谬、矛盾、不合逻辑的东西。换句话说,我一直理解并喜爱的音乐类型对我爱好严肃音乐的朋友们来说简直难以忍受。

在探险接近尾声时,我问自己为什么选择了这些磁带。选得不错,但我总是不明白为什么。我选得很匆忙,或许正是因为这个原因当中有三盘卢托斯瓦夫斯基[1]却没有一盘布列兹[2],有三盘比莉·哈乐黛[3]却没有一盘艾拉·费兹杰拉[4]或海伦·休

---
[1] 维托尔德·罗曼·卢托斯瓦夫斯基(1913—1994),波兰作曲家、指挥家。
[2] 皮埃尔·布列兹(1925—2016),法国作曲家、指挥家。
[3] 比莉·哈乐黛(1915—1959),美国女歌手。
[4] 艾拉·费兹杰拉(1917—1996),美国女歌手、演员。

姆斯[1]。没关系,旅途之中已经足够了。比如探戈,在一盘合集里就收录了卡洛斯·加德尔[2]的《坏蛋》《我悲伤的夜》(注意,得是好的那一版)和安赫尔·巴尔加斯、普格列斯、胡里奥·德卡罗的作品,塔塔·赛德隆送给我的一盘最经典的坎耶恩格舞曲合集,收录了罗西塔·基罗加、科尔西尼、马加尔迪、查罗的作品[3]……我还有一盘磁带里都是艾拉迪亚·布拉斯克斯[4]的歌,她的歌曲在邪恶愚蠢的马岛战争结束的这些天里显得尤为真切:《我们就是我们》《缆绳的证明》《我们一起去》……还有几首歌也让我觉得那样真实,《心向南方》和《为什么我爱布宜诺斯艾利斯》。

我永远不会知道我为什么带了三盘"胖子沃勒"[5]的磁带却只带了一盘艾灵顿公爵[6]和阿姆斯特朗[7]的。我不是在做价值评判,但我很高兴地发现,查尔斯·明格斯[8]的音乐有一个小时,杰利·罗尔·莫顿[9]的也有一小时,而莱斯特·杨[10]的只有十分钟。

---

[1] 海伦·休姆斯(1913—1981),美国女歌手。
[2] 卡洛斯·加德尔(1890—1935),歌手、作曲家、演员,被称为"探戈之王",在音乐事业巅峰时不幸坠机逝世。
[3] 安赫尔·巴尔加斯、普格列斯、胡里奥·德卡罗、罗西塔·基罗加、科尔西尼、马加尔迪、查罗均为探戈音乐家。"坎耶恩格"为探戈舞的一种风格。
[4] 艾拉迪亚·布拉斯克斯(1931—2005),阿根廷探戈女歌手、作曲家。
[5] 托马斯·沃勒(1904—1943),绰号"胖子",美国爵士乐作曲家、钢琴家。
[6] 爱德华·肯尼迪·艾灵顿(1899—1974),绰号"公爵",美国爵士乐作曲家、钢琴家。
[7] 克雷格·阿姆斯特朗(1959—),苏格兰作曲家。
[8] 查尔斯·明格斯(1922—1979),美国爵士贝斯手、作曲家。
[9] 费迪南德·约瑟夫·拉莫特(1890—1941),杰利·罗尔·莫顿是他的艺名,美国爵士乐钢琴演奏家、作曲家。
[10] 莱斯特·杨(1909—1959),美国爵士乐萨克斯手。

布瓦－德洛站点一次意外而愉快的会面：马蒂尼·卡津和布莱恩·费瑟斯通从他们居住的山上下来，在旅途的最后阶段鼓舞了我们。

我感觉自己那天早上不是很清醒，但幸运的是，我还记得挑选毕克斯①和小号的磁带，它们在站点的夜晚听起来那样清晰，层次感那样完美。还有茱莉亚②乐团演奏的舒伯特八〇四号和八八七号四重奏，以及阿诺德·勋伯格的第一四重奏。但归根结底，我认为带上那么多卢托斯瓦夫斯基并没有错，因为这是我这些天来听得最多也是最棒的音乐，他不可思议的弦乐四重奏中有某种东西，《为十三件弦乐而作》非常适合站点的声音氛围：在高速公路噪音的底色上，还有鸟类、昆虫和树枝折断的声音，这些声音同样对音乐的质感有所助益，即使音乐学者对此并不赞同。

对了，我还带了苏珊娜·里纳尔迪③，她唱的卡图罗·卡斯蒂略④和霍米罗·曼奇⑤作品真是无人能比。

---

① 里昂·俾斯麦·拜德贝克（1903—1931），绰号"毕克斯"，美国爵士乐短号手、钢琴家和作曲家。
② 茱莉亚学院成立于1905年，是美国专业音乐学院。
③ 苏珊娜·里纳尔迪（1935— ），阿根廷探戈女歌手。
④ 卡图罗·卡斯蒂略（1906—1975），阿根廷诗人、探戈作曲家。
⑤ 霍米罗·曼奇（1907—1951），阿根廷探戈词作家。

拖鞋上将

她把黄色雪铁龙 2CV 停在法夫纳面前,猛地打开门,绕到车的另外一边,开始站着吃,还侧过身去车里舀了一勺不知道是什么的东西,看起来既有精神又鬼鬼祟祟。她向我们这边投来紧张的目光,仿佛我们会扑向她,或是用喇叭广播"吃东西是一种罪过"。(而我们栖身在自己的小屋里,毫无愧疚地慢慢填饱肚子;然后喝咖啡,睡午觉,黄色 2CV 上的女士会换成一辆小福特、一辆重型卡车,最后我们也记不清了。)

突然(我们正在想"她吃得可真快啊",但我们错了),这位女士砰地关上车门,手拿长方形小包,肩上挎着大一点的包,步履坚定地走向商店,我们的车就停在店后面。过了几秒钟,我目瞪口呆地看到她回来了:她没有放慢脚步,好像随时会遭到袭击那样拿着包,绕着建筑转了一圈。一圈。两圈。她是正在寻找猎物的职业杀手吗?(为什么要拿两个包?)还是一个找不到厕所的文盲女人?或者她在期待那扇写着"卡车司机休息室"的门里伸出一只手抓住她，把她拽到冷酷而兴奋的陌生人面前？（顺便问一下，"卡车司机休息室"里会发生什么？所有拉着窗帘的小房间里呢？）

然而，没有人从阴影中蹿出来突然改变她的生活。她在二十岁爱上了一位卡车司机吗？从那以后，她是否就一直在高速公路上旅行，希望有一天能找到她的爱人？过了这么久，她还认得出他吗？她的英雄可能已经两鬓斑白，或者由于秃顶完全改变了相貌。如果连载小说作者能像我们一样探索高速公路，肯定能找到灵感来源。如果说她是因为最普通、最必要的理由才飞快离开的话，那就得憋到下一个站点了，因为她好像没找到厕所。她以同样的步伐快速回到车边，打开右侧车门，继续如军人一般咀嚼，好像无事发生一样。

然后，她整理了一下过长过宽的裙子，裙子外面套着一件毛衣，似乎是在最后一刻才决定穿毛衣而不用披肩，她抚平灰白的头发，坐上驾驶座离开了。

脚穿拖鞋。

△迷失在丛林中？布瓦－德洛站点好像在等待人猿泰山……

△△……当然也在等待珍妮，还为她准备了花朵和鸟儿。

一位天使路过

　　法夫纳停在树下。一条笔直的晾衣绳挂满衣服。远处是一座村庄，村里的钟楼仿佛在午后的薄雾中摇曳。在这一边，一张桌子上放着打字机、书籍、纸张、钢笔、咖啡杯。下午流逝，又不曾流逝。

　　不知道为什么，光线让我想起普瓦捷某次会议中随手写的故事开头，它应该还在我的包里。在花了大半个下午思考摄影之后，重读它时我感到惊讶，观看的方法和方式，强行撕开现实的方式，如果目光只是疏忽且短暂的一瞥，这样看到的现实往往过于肤浅，甚至可能具有欺骗性：那是普瓦捷的天使，真正由光创造之物。我仍然不确定那些和我在同一餐厅里的人是否真的看到了它。也许只有摄影能记录，我又没带相机，我本可以用它重现我所看到的东西。从眼睛的主观力量到被拍摄的东西，这段转变如何发生？这不仅仅是技术问题，首先要知道如何去看，然后用同样的目光去渗透客观的"现实"。正如文学不能用简单的文字来解释——至少在所谓的发达社会中每个成年人都掌握书面写作的"技术",同样,摄影的魅力和魔法也不能用技术知识来解释。归根结底,摄影师和作家的工作难道不是一样吗?只不过他们使用了不同的工具而已。

但是天使故事的转变——从没有拍摄的照片到写下来的小说——仍需要时间。

或许缺一柄放大镜:在两根木桩之间有一只漂亮的戴胜热情地陪伴我们,祝我们好运。

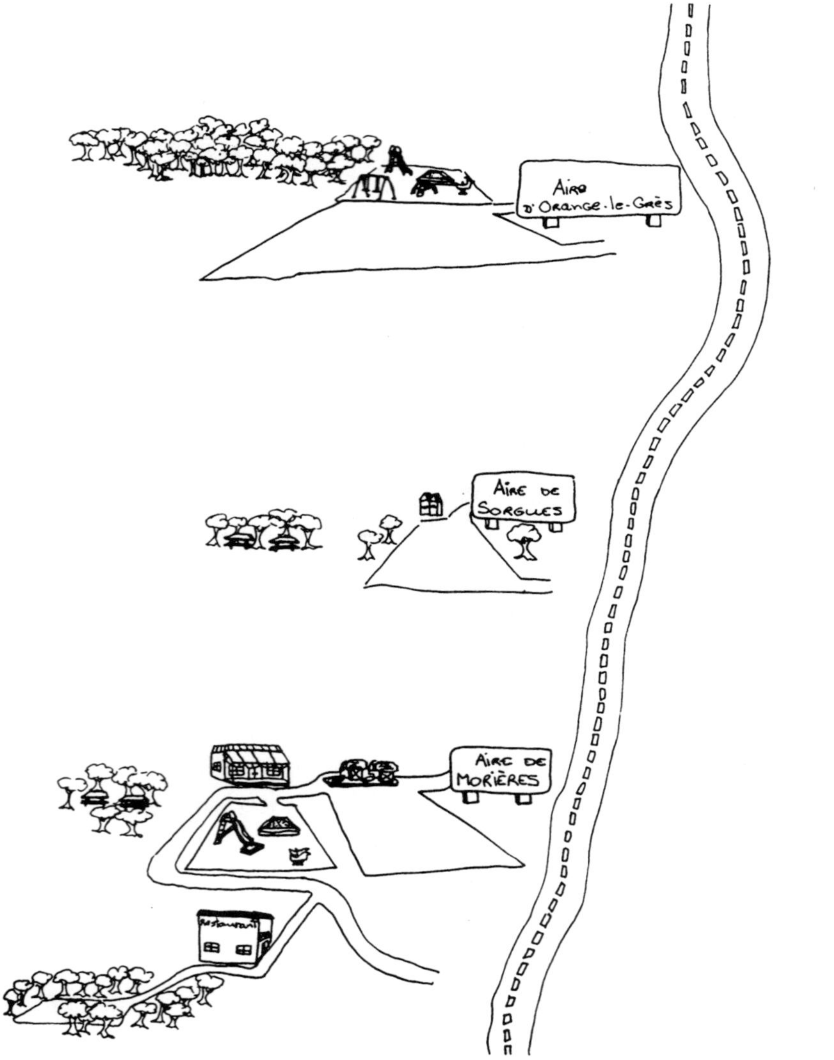
Aire
d'Orange-le-Grès
Aire de
Sorgues
Aire de
Morières
Restaurant

旅行日志　　　　　　　　　　星期六，6月19日

早餐：橙子、玛德琳小蛋糕、蜜渍坚果、咖啡。

晴天，刮风。

8：22　出发。

8：23　进入沃克吕兹省。

8：28　左侧是莫尔纳巨石。

8：29　左侧是莫尔纳城堡（十一世纪）。

8：37　站点：莫尔纳镇休息区。

法夫纳朝向：东。

加油站、商店、餐厅，还有一大群游客。

8：50　出发。

9：00　站点：奥朗日－勒格雷休息区。

树木茂盛的优秀站点。我们在林中找到了孤独。是的，但……

法夫纳朝向：东。

整整一天一夜，无比平静。

午餐：沙丁鱼、鲭鱼排、番茄、圆椒、洋葱。

晚餐：黄油意面（卡罗尔）和油拌意面（胡里奥）、奶油甜点、咖啡。

奥朗日－勒格雷：如何知晓这个迹象将向我们表明什么？

△但必须向证据低头,正如古话所说。

△△无法否认,我们正面对恐惧……

不必相信女巫，但她们存在，她们存在

奥朗日－勒格雷①……是谁想出来的？这个名字如此丰富，水果的汁液与土壤混合在一起，先民的手变成了器皿、小雕像、圣像……

啊，啊，小雕像，圣像？探险家，探险家，不要被诗意迷住了，我想说的是语言和事物之间的关联：从橙子和黏土中诞生了你想要用另一种或许没有那么好的方法表达的东西。因为在这个美丽、宽敞的站点里，我们和法夫纳找到了一种缓慢而凉爽的孤独，恶魔就在这个站点。它一如既往地打着"人间乐园"②的幌子，尽管比博斯画的恶魔要低调得多。和往常一样，只有无辜的人才能发现真相然后将之公之于众，以供不相信他们的众人嘲笑。（我们不在乎。我们不在乎。无论如何我们都会说的。）

---

① 直译为"橙子－砂岩"。
② 十五世纪尼德兰画家耶罗尼米斯·博斯（1450—1516）的画作。

就像所有的好窍门一样（参见胡迪尼[①]和其他专家），我们的窍门也很简单。多年以来，旅行者在多个路段都发现了"施工"标牌，之后红白相间的塑料墩（有各种型号，但都让人清晰地联想到女巫的帽子）就会指示前方区域路段变窄或阻塞。昨天我们到达奥朗日－勒格雷站点时，看到入口的一侧堆满了塑料墩，好像稍后他们就要关闭站点或者再重新开门。我们并没有太过关注，把法夫纳停到树下，发现站点巨大，便开始探索，以完成为读者所了解和欣赏的科学调查。

和其他停车场一样，在这个停车场我们可以根据一系列标志到达这样一个区域：儿童游戏区。在我们看来，这些设施对启蒙前的儿童来说多种多样、朴实无华、讨人喜欢。儿童游戏？那些用厚木板打造的结构，那些必定让人想到基于恐怖和痛苦的其他游戏的东西？一切都在一瞬间凝固了，我们知道了真相：我们就在惩罚、处决女巫的地方，站点正是伪装的杰作，旨在隐藏只有我们这样老练的探险者才能发现的东西。

我希望这些照片能让人们了解广场上的断头台、绞刑架和刑具。在这里，女巫以各种方法被处决，然后被带到各条道路上竖着埋葬，正如古老的制裁条例所希望的那样，她们的帽子被放在坟墓上，以警示其他女巫。

现在我们明白了：堆积在站点入口处的帽子无疑意味着一场即将召开的有法官、刽子手和民众代表参与的会议，以见证一次

[①] 哈利·胡迪尼（1874—1926），匈牙利裔美国魔术师，擅长脱逃魔术。

汽车信仰审判[1]。出于显而易见的原因,火堆已被绞刑架和断头台取代(我们都知道站点禁止明火)。毫无疑问,当约定的日子到来,这些帽子将被排成一列,以关闭向在本区域流动的比利时、英国和本国游客开放的入口。这一点也不奇怪,苍白的读者可以参照我们在探险开始时的遭遇。一个不对公众开放的站点并不怎么重要;重要的是发现当站点关闭时,裁判官将它作为处决新女巫的刑场,如果依据散布在法国各条主干道和次干道上的帽子数量判断,她们的人数似乎在本国与日俱增。

那么是否可以假定,《女巫之槌》[2]和《米其林指南》都是高速公路实用参考书目的一部分?弗朗索瓦·密特朗[3]政府,尤其是那些内阁的女部长,会不会在此事披露后袖手旁观?这是社会主义的做法吗?克里斯蒂安·罗什福尔[4]还在等什么,怎么还不用她刻毒激进的笔法再写一本书?女性出版社[5]在干什么?所有的女巫都是女人,而裁判官都是男人。还要等到什么时候,喀提林?[6]

---

[1] "信仰审判"(acto de fe)指中世纪宗教裁判所指认异端和异教徒后,当事人被处决之前公开忏悔的仪式。此处作者将"acto"一词改成了"auto"(汽车)。
[2] 1487年首次在德国出版,是第一本系统概括女巫知识的书籍,包括识别与检举女巫的详细方法,引发了欧洲三个世纪的大规模猎巫行动。
[3] 弗朗索瓦·密特朗(1916—1996),时任法国总统,也是法国首位主张社会主义的总统。
[4] 克里斯蒂安·罗什福尔(1917—1998),法国女性主义作家,代表作有《世纪的孩子》《致苏菲》等。
[5] 巴黎一家女性主义出版社。
[6] 原文为拉丁语,出自古罗马政治家、哲学家西塞罗在元老院针对喀提林谋反的演讲。

△……由绞刑架证实的恐惧。

△△即使是最无辜的蘑菇现在也让我们不安,它离断头台如此之近。

△一个恶魔附身的案例?在奥朗日－勒格雷的可怕发现之后,狼似乎受到了奇异力量的召唤。

△△奥朗日－勒格雷站点的厕所企图用轻松的图案来隐瞒该站点的深刻现实。

旅行日志

星期天，6月20日

早餐：橙子、玛德琳小蛋糕、蜜渍青番茄、咖啡。

我们很喜欢这个地方，决定待到午餐之后再启程。

午餐：黄油米饭、奶油甜点、咖啡。

14：30　（含泪）出发。

14：32　左侧是文图山。

14：35　越过乌韦兹河。

14：40　站点：弗纳勒休息区。

法夫纳朝向：南偏东。

16：00　52℃，出发。

16：12　站点：穆里尔休息区。

加油站、餐厅、野餐桌、儿童游戏区。

我们发现了另一个停车场，美丽又隐秘，就在主停车场的出口处。

可以远远望见阿维尼翁市。

晚餐：混合沙拉、牛肋排、菜泥汤（她）、米饭（他）、糖煮水果、咖啡。

沉睡的小熊

我认为优秀的探险家往往会在黎明醒来，以便在即将开启的一天进行各种科学观察。大概就是出于这个原因，我几乎总是很早就醒来，但我并不会起床查看法夫纳装备的各种仪器，而是愉快地待在原地，致力于研究一个从未被韦斯普奇[①]、库克或库斯托船长研究过的学科，即小熊的睡眠方式。

这一睡眠方式可能适用于所有小熊，但无法验证，因此我不会轻率地下结论。就这只小熊而言，她的睡眠主要分为两个阶段。第一阶段并没有什么特殊之处，小熊寻找最舒服、愉快的姿势，根据室温选择衣着，在夜间的大部分时间自然睡眠，几乎从不仰卧，总是俯卧，有时会短暂侧卧，之后轻松地切换到其他睡姿，在轻微的动作之后，她的睡眠显得深沉又香甜。

当黎明来临，也就是我完全醒来的那一刻——因此之前的观

[①] 亚美利哥·韦斯普奇（1454—1512），意大利航海家，美洲（America）以他的名字"亚美利哥"（Amerigo）命名。

察不是那么科学严谨——我很快就注意到,小熊已经进入了第二阶段的睡眠。在此值得一问:这一睡眠方式只适用于她,还是适用于她所在的整个物种?因为这是一种相当特殊,甚至不同寻常的行为。沉睡的小熊在连续的行动中把自己团起来、卷起来、裹起来或者捆起来,在运动、姿势、拉扯和纠缠这一系统的作用下,她逐渐被裹进被单里,依据情况变成一个白色、粉色或者蓝底黄条的茧,以至于我总是惊愕地看到在小熊用一刻钟完成黎明的变形之后,就会消失在一阵混乱的被单旋风里,顺便说一句,与此同时被单也从我这一侧的床上消失了,没有人能想象小熊吸附被单的力量有多么惊人,等到她完全被卷入其中,圆满完成结茧过程,茧中的生物确切地感到幸福后,就会安静下来。

　　最终我单肘支在床垫上,激动地凝视着小熊,我想知道她在每一个黎明固执地重复这项任务是出于回到子宫的强烈需求还是别的原因。我现在非常清楚(因为一开始我并不清楚,还感到害怕)她完全不是在抗拒我,因为我只需要用一根手指摩挲身边那个温暖的包裹,它的深处就会传来柔软而满足的哼鸣。如你所见,这是个解不开的谜,小熊很高兴我在她身边,却又躲进了一座回廊,如果我不打破她美丽的阴影和她内心的温度,就无法到达那里,然而她身上某样东西知道回廊的存在,在黎明到醒来之间守护着它。有一次——我现在不这么做了——我试着尽可能轻柔地把她从茧里解开,因为我怕她会在纠缠的被单和混乱的枕头里窒息而死。那一次我明白了,把在她的手和指尖纠缠的各种复杂绳结解开到底意味着什么。所以我现在只是看着她短暂的、无疑是返祖行为的冬眠,等她自己苏醒,开始一点点把自己解开,掏出一只手,一根头发,一小截屁股或者一只脚,然后望着我,仿佛无事发生,仿佛被单并不是她身边的大旋涡。新的一天破茧而出,这是我这一天活下去的理由。

▷ 法夫纳内部的科学工作台。

▷▷ 探险家严守纪律:经过一个月艰难的旅行,法夫纳内部仍井然有序、干净整洁。

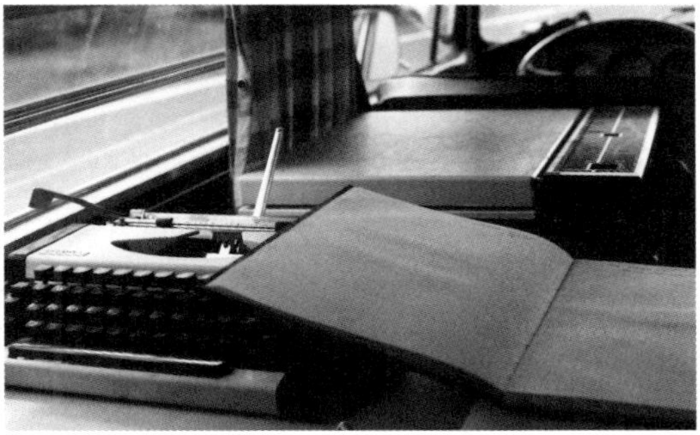

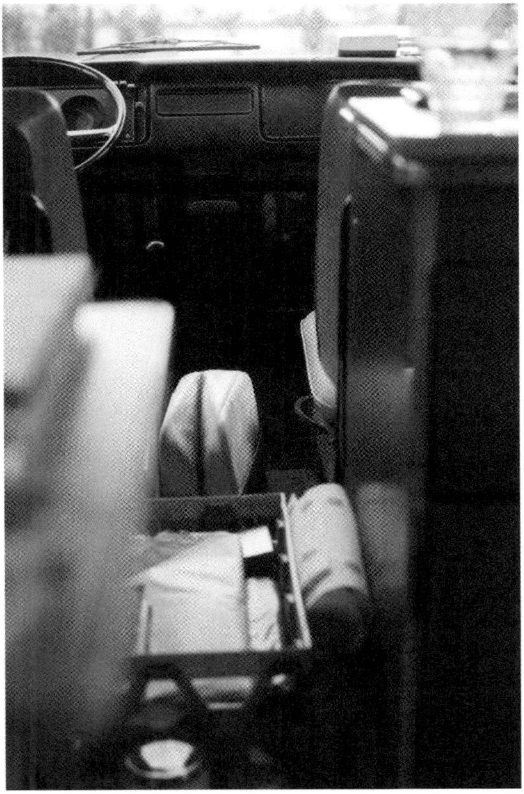

《狼学手册》摘要

- 狼会说多种语言,喜欢音乐。
- 人们从未见过三十厘米以下和三米半以上的白狼。
- 不建议给白狼提供大蒜,否则他可能会误认为自己是另一种狼。
- 在饮食方面,白狼总体上要求不高,但无限厌恶黄瓜。
- 狼被挠痒痒时会大笑不止。至于其他爱抚,参阅《小熊手册》*中的《狼》一章。
- 这种狼能做出最糟糕的,同时也最美丽的蠢事。
- 如果您打算在鸡尾酒会上出彩,说点类似"我们要是今晚去坐跨西伯利亚专列怎么样?"的话,最好提前打包好行李箱,因为那列火车上不卖牙膏和内裤。
- 只能在白天给狼讲恐怖故事,除非您想晚上做噩梦。

＊这本手册应当写下来,但读者一定能谅解,狼想只把它保存在自己的记忆里。——原注

• 狼的手臂很长，这在某些情况下有实际的益处，其他情况下则让人非常愉悦。

• 不论在哪一年出生的狼，其目光深处都蕴含着童年时代的想象力、活力和任性。如果要和某只狼一起生活，您需要理解所有时钟都是可再生的洋蓟。

• 总的来说，有证据表明狼在烹饪方面有一定天赋，尽管他可能会因过度的想象力犯错。举个例子，如果您知道他打算做苹果派，最好把装辣椒粉、罗勒、香菜碎和百里香的小瓶子藏起来。

• 警告那些害怕醉酒的人：不要在狼身边深呼吸。

• 与普遍看法相反，狼的皮肤比新生儿更柔软，还附加一个优势：闻起来没有奶味。

• 与该物种的大多数动物相反，白狼的免疫系统存在漏洞，所有东西都能通过。您得帮他承担一部分重担，否则他的这一漏洞可能会导致巨大的痛苦。（如果您的灵魂中存在同样类型的裂痕，不要害怕，它不会让您担忧的，事实恰恰相反。）

• 我们总能看到狼和一条龙在一起。

• 如果狼醒来的时候心情很好，无论是早上五点还是下午三点，他总是倾向于跟周围的人（更确切地说是那位女性）分享他的热情——早上起床困难、爱嘟哝的人注意了，该走出清晨的迷糊状态了。

• 已经证明狼会在森林里跳舞，特别是在星空下。

• 狼入睡的时候要保护好他的双脚；他可能会做梦，或者在深梦中哼一首舒伯特。

- 如有必要，请按照大男子主义者的标准对待他，他会逐渐戒掉这种行为。

△在靠近终点的卡瓦永站点，蒂尔希林上尉和他的朋友们（最前排为上文提到的弗拉基米尔）再次来访。

△△聚会能一直持续到晚上多亏了拉盖尔·蒂尔希林带来的口粮，她身边是她的母亲普拉女士。

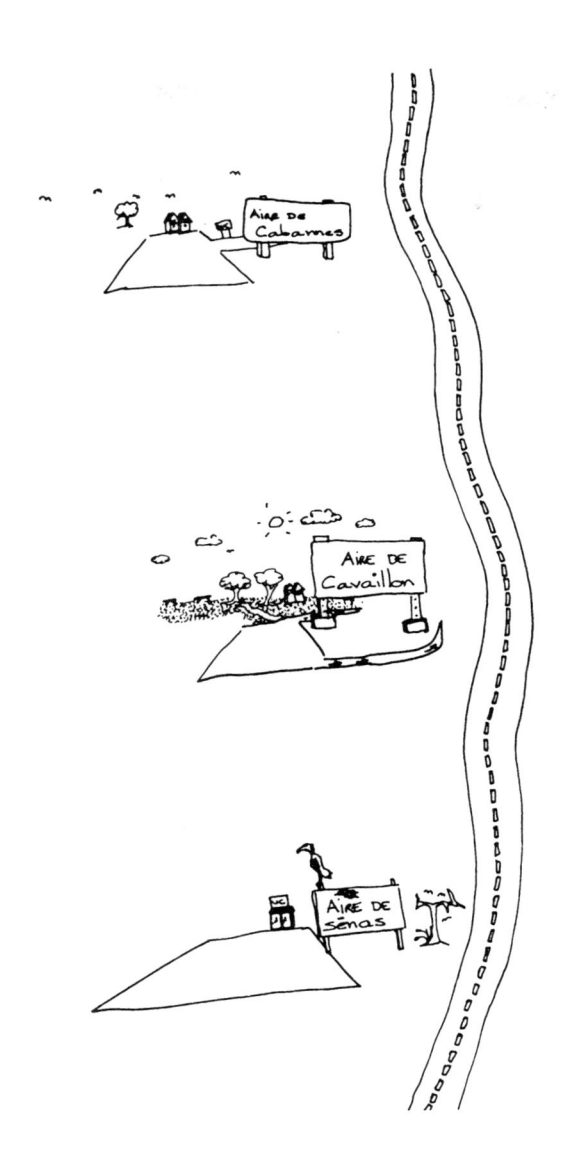

旅行日志 星期一，6月21日

早餐：柚子汁、布里欧修面包、牛角面包、黄油、糖煮水果、咖啡（在自助餐厅）。

13：30　出发。

13：35　越过迪朗斯河。

我们进入了罗讷河口省。

13：37　站点：卡巴内斯休息区。

法夫纳朝向：东。

停车场相当糟糕，特别是跟上一个对比起来。

13：38　出发。

13：40　左侧是吕贝隆山。

13：44　站点：卡瓦永休息区。

法夫纳朝向：东。

午餐：烤鸫鸟（来自布莱恩和马蒂尼的礼物）、鹰嘴豆洋葱沙拉、异国水果鸡尾酒、咖啡。

20：30　拉盖尔·蒂尔希林和让·蒂尔希林、拉盖尔的母亲普拉女士、弗拉基米尔（让的那位打赌我们永远完不成这次旅行的朋友）和吉尔·蒂尔希林的到来（上次会面时就已告知）。野餐桌边盛大的聚会和晚餐。

晚餐：水煮蛋、烤猪肉、奶酪、草莓、大量葡萄酒、咖啡。

忆友人，多亏这位朋友，法夫纳才走进我们的生活；
其他与诗歌有关的事情

我的旅行读物中有我的诗人朋友——保罗·布莱克本[①]的《日记》，这是合理且必要的。保罗已在十多年前过世，《日记》由另一位美国诗人罗伯特·凯利编辑，收录了保罗在短暂一生的最后两三年写作的诗歌。但事实上，他所有的诗歌，所有他早期的作品也都是"日记"，保罗的诗歌能发出最深邃的声音正是因为他故意不区分所谓的诗意和日常主题。和其他所谓的"纽约"诗人一样，对保罗而言，诗歌既是对日常经验的直接认识，又是对日常经验的诠释和变形，猫和海鸥，女人和百叶窗，飞机和黄蜂蛰的包，无数趟汽车旅行，公路，农场，普罗旺斯吟游诗人（他喜爱他们，翻译了他们的作品，值得尊敬），酒店和汽车旅馆的房间，爱情和距离，城市和鸽子。

[①] 保罗·布莱克本（1926—1971），美国诗人，曾翻译科塔萨尔的《游戏的终结》《克罗诺皮奥与法玛的故事》。

我说这次阅读（主要是重读，因为保罗之前就给我看过《日记》中的许多诗歌）对我们的工作是合理且必要的，因为本次探险最遥远的起源可以追溯到保罗向我展示龙之奇迹的那一天。那条龙是法夫纳的双胞胎兄弟，我发现骑上那条龙就可以用另一种方式发现欧洲的土地、海滩和森林。就在保罗来到满是薰衣草和杏树的沃克吕兹山间，来到我在赛尼翁的小屋的那一天，那条外表看起来像一辆普通大众汽车的龙打开了它的洞穴，向我展示它解救的财宝。

我不能说保罗的房车多有秩序，因为他与妻子和妹妹一起旅行，三个人住在一条专为两人设计、最多加上一个孩子的龙里，这有点太挤了，不过他们很有先见之明地用一张吊床解决了这个矛盾。另外，保罗旅行时戴着一顶墨西哥大檐帽，无论如何都不肯丢下它，仅此一项就占据了龙的三分之一空间。这还不够，书籍、纸张、词典和笔记本塞满了大众汽车公司为其他用途预留的所有功能空间，如果大众技术人员看到保罗和其他两位姑娘是如何将这辆野营车物尽其用，一定会惊恐得连连倒退。

然而，这足以让我窥视龙的真容，看后座如何变成房子，小型手动抽水机如何把水引入水槽，而丁烷炉正兴奋地噼啪作响，煮着鸡蛋或意大利面，启蒙发生，未来改变，当时我在普罗旺斯并未意识到这一切，保罗带来了他的欢笑、大麻、磁带还有披头士全集，接下来的几个星期我们一起工作，把我的一些短篇小说翻译成英文，我们还唱歌、交谈、穿越周边所有的山谷，生活就像保罗在关于赛尼翁的诗歌和我在《八十世界环游一天》某章中所写的那样，另外还拍了（糟糕的）照片，上面有保罗和他的妻子琼，有胡里奥·席尔瓦，有生者、逝者和缺席者，有迟早会流入大海的所有河流，豪尔赫·曼里克[1]。但我正在按保罗喜欢的方式写这篇文章，就像他一直用的写法，完全沉浸在生活的每一刻，无论是我还是他都不会感到忧伤，因为忧伤对我们来说形同背叛。

我只想对他说：你看，你走的时候都不知道你点亮了我，不知道我会回到巴黎，在我一生最艰难的时候，多亏了你我才会做这件任何深思熟虑者都绝对不会做的事情，我并未陷入朋友们所知的神经衰弱症，而是为自己寻找一条龙，用一个笨蛋出版商意外给的支票去寻找一条红龙，我叫它法夫纳，一条真正的龙就应该叫这个名字，而且就应该是红色的。我刚学会怎么驾驶它，就去买了一些罐头、几瓶葡萄酒还有舒洁纸巾，把水箱装满水供早上洗脸，然后前往奥地利。我穿越整个法国、德国，学习在法夫纳里睡觉，在法夫纳里做饭，当然比你更注重干净整洁，车里也没有大檐帽和散落一地的两百本口袋书，但和你一样，我也带上了收音机和一大堆磁带，和你一样，我也带了一本加里·斯奈德[2]的书，我记得在某种程度上这为多年之后的事情创造了条件，当小熊走进法夫纳并爱上它的时候，她几乎立刻发现了一些我从未想过会在那里的东西（比如后门的蚊帐，我开法夫纳旅行

---

[1] 豪尔赫·曼里克（1440—1479），西班牙文艺复兴时期诗人，代表作为挽歌《悼亡父》，其中最著名的几句是："我们的生命是河流／终将入海／即是死亡……"
[2] 加里·斯奈德（1930— ），二十世纪美国诗人，"垮掉派"诗歌代表人物，代表作有《砌石与寒山诗》《山巅之险》等。

十年了，从未看到过它），那时我们都认同，如果一片森林最隐秘的角落里没有法夫纳，这片森林就一文不值；如果一片沙滩不是由法夫纳统领并赋予方向和真正的边界线，它就只是一堆沙砾和水的集合。探险的想法在与恶魔斗争许久后才诞生，但我相信小熊已经在其他部分提及了，所以我只想回忆你，保罗·布莱克本，你马上就要出发，我却仍认为这样的旅行不可能，我们的旅行比你的晚了一些，不过很快会追上你的；回忆你是如何教会我旅行必须是诗歌，因此必须要有一条龙，它会在林间瞪着水波纹玻璃大眼睛看我写作，心安理得地在一个满是鸟儿和毛虫的站点休息。

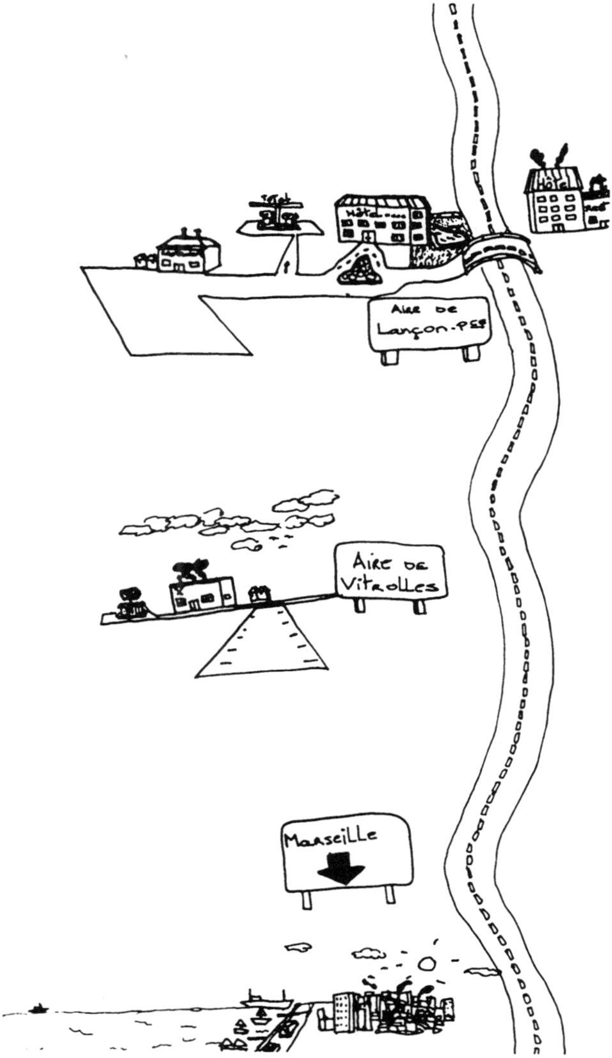
Aire de
Lançon-P
Aire de
Vitrolles
Marseille

旅行日志

星期二，6月22日

早餐：橙子、饼干、咖啡。

8：40　45℃。

8：41　出发。

8：44　因为技术故障，我们在高速公路正中停了下来：我们忘记把顶篷放下来了。

8：50　站点：塞纳休息区。

法夫纳朝向：东。

糟糕的停车场。

9：00　出发。

9：01　右侧是阿尔皮耶山。

9：05　收费站。我们第二次假装丢失了票据，支付85法郎后顺利通过。

9：20　另一个收费站：5法郎。

9：21　站点：朗松休息区。

法夫纳朝向：南偏西。

旅馆、餐厅、加油站、游客办事处。

我们在旅馆住下了。

午餐：生火腿、炸西冷牛排、沙拉、奶酪、咖啡（在餐厅）。

晚餐：卡罗尔忘记记录了，我们在旅馆的餐厅吃的。

在此，两位探险家很高兴地出示两张收费票据的复印件，票据在付款时已经"丢了"，其原因读者已经知道了

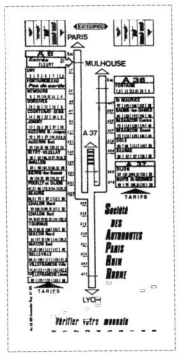

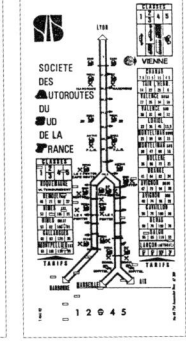

我们喜爱的那种探险家

　　我要去拜访企鹅，给它们举办一场留声机音乐会。我已成功数次，但这一次的效果完全超乎想象。我让它们听了《睁开你的蓝眼睛，亲爱的》，我的好友拉萨尔曾在启程之前特意为我们演唱这首歌，企鹅似乎很欣赏这位伟大艺术家的才华，其中一只企鹅试图钻入扬声器内部，似乎想要听得更清楚。我也曾想记录下企鹅的声音和鸣叫，但录下来的几乎是一段空白。

　　　　　　　　　　——让·夏科《南极环游记》

在塞纳站点，我们惊喜地发现了供游客用餐的小屋。

龙永远无法平静地生活，但人们可以帮助它们

　　当一辆意大利野营车停到法夫纳旁边，可怜的法夫纳甚至看起来有些卑微。展开顶篷的它突然显得又小又脏又荒唐；它的气质和大多数文艺复兴时期艺术家笔下的龙一样，在圣乔治①的巨马和长矛面前显得不堪一击。法夫纳能对气派的菲亚特做什么呢？而且从车牌看来，它和那些艺术家来自同一个国家，从保罗·乌切洛到拉斐尔②，意大利人已经羞辱过多少条龙？

　　为了给法夫纳复仇，为了比任何时候都更坚定地站在它身边，我开始观察那五个蹩脚的圣乔治，他们带着篮子和瓶子，在一张桌子边坐下，幸运的是他们离我们很远。出于一贯的狡猾，我们早已迅速占据了树林的最佳位置。三男两女开始了一场并不简朴的野餐，而我在想菲亚特当然很大，就像巴黎、米兰的很多

---

① 圣乔治（？—303），基督教圣徒、罗马军队骑兵，传说中曾骑马屠龙。
② 保罗·乌切洛（1397—1475）和拉斐尔（1483—1520）都是意大利文艺复兴时期画家，都曾创作以圣乔治屠龙为题材的作品。

公寓和工作室一样能容纳两对夫妇，但五个人好像有点太多了，我想知道他们晚上怎么睡觉，三加二，四加一，五个一起，所有这些组合都能激发我不太保守的想象力。站点再次对所有假设开放，这是一片充满色情猜想的沃土，一个流动的十日谈自由区，把他们的爱情星图和定期协议从一处带到另一处（或许到了里昂或阿维尼翁，菲亚特里只会剩下两三个人，或许在某一个城市又上来一个人，补全成一个完美的六边形……）

当然，法夫纳并没有考虑这些，但我感觉批评一番它的意大利竞争者能让它感觉好些，它不大，但我们只有两个人，它是一条小龙，但对我们居于它内心恰当的位置而感到高兴，它需要舒张、收缩，对它的意大利同类既没有恐惧也不心怀嫉妒。

旅行日志

星期三，6月23日

由于最后一程的激动（和悲伤），卡罗尔忘记记录最后一天的饮食细节。

9∶55　出发。

10∶10　一块对我们来说富有深意的标牌："各位即将离开法国南方高速公路，一路顺风。"

10∶11　右侧是贝尔湖。

10∶12　左侧是维特罗勒海岸。右侧是马里尼亚讷机场。

10∶14　站点：维特罗勒休息区。

法夫纳朝向：西。

加油站、商店。

站点边上有吉卜赛人扎营。

10∶16　出发。

进入空气污染地区。

10∶30　"欢迎来到马赛。"

10∶35　可以看到马赛贾尔德圣母院[①]。

10∶38　离开高速公路。

10∶40　到达马赛旧港，我们在马塞尔·帕尼奥尔码头停了下来。

最后几张纪实照片。胜利并没有如我们预想的那样让我们快乐，恰恰相反，一切都让我们感到痛苦：城市的喧嚣、海港的气味，我们

[①] 贾尔德圣母院，直译为"守护圣母圣殿"，坐落在马赛城的制高点，是马赛的主要地标。

❖ ─────────────────────────────────────

重新回到时间之中,得尽快前往塞雷斯①(但我们仍将在那里歇息几天),用几个小时回到巴黎,隔着另一条道路悲伤地看着我们的岛屿——美丽的站点群岛,如此陌生,无法到达……

---

① 可能为作者笔误,根据上下文应该是"塞尔"(Serre)而非"塞雷斯"(Serres)。

旅途多么短暂！

我们当然知道：从古代的月桂花环到如今的奥运奖牌，乃至四轮比赛后或者五十圈赛道上等待获胜者的支票，伟大的探险、英雄事迹或运动壮举的结局都难逃被神化的命运。但我们这次探险的结局——从逻辑而言，而不是因循旧习——与神化毫无关系，以至于我在好几个月后才写下最后这几行文字，我写这几行绝不是因为我想写，而只是为了向耐心而苍白的读者履行义务，您在书页上陪伴我们走完了旅途全程。

悲伤：确实有。悲伤从到达终点前两天开始涌现，我们在塞纳站点对视一眼，第一次完全承认我们第二天就要走完最后一程。怎么能忘记小熊的那句话："哦，胡里奥，旅途多么短暂……"怎么能忘记，当我们看到高速公路出口标牌的那一刻，心中无比痛苦，只能一路上固执地用沉默与之抗争，直到进入马赛的喧嚣，在旧港寻找一片空地，踏上一块不再属于巴黎—马赛高速公路的土地。胜利被泪水遮蔽，我们在一家咖啡馆擦干眼泪，喝下在马赛的第一杯茴香酒，计划当天下午前往塞尔，去蒂尔希林家休息几天，那是我们慷慨的港口，我们永远的避难所。

△最后一程：我们离开高速公路，向马赛进发。一个月没看见逆向驶来的汽车了！

△△马赛：在旧港，海鸥隆重欢迎探险家的到来。

▷我们筋疲力尽，但作为胜利者，在一个码头结束了探险。码头的名字[1]是对我们最好的欢迎。

---

[1] 即马塞尔·帕尼奥尔。

"妈妈,最后一辆车会在什么时候开上高速公路?"(斯蒂芬,三岁时说。)

现在我对自己说:"不正是我们的那一辆吗,小熊?"

结语，其中隐含本次探险甚至所有探险其他可能的原因

当秘密不再是秘密，当回到巴黎后朋友们围着我们快乐地听旅行的口述版本，期待我们在欢声笑语中讲述的内容成为一本书，看待旅行的不同视角就会带来许多评论。几乎立刻就有人想知道，我们的意图是否只在娱乐，或者其实在暗暗鼓励对另一种自然的探索，对非地理景观的沉浸式探索，与普通生活的对抗，直面无人区以挑战文明带来的全面眩晕。有人想知道，我们是否在以一种当代的方式进行禅修；鉴于这一行为有时与在高速公路上得到推荐和鼓励的旅行方式完全对立，它真正的目标是否在于内心的相遇、在个人甚至历史的秩序中纾解压力；马赛是否是我们的圣杯，我们的梦想之地，我们的天堂，就像亲爱的何塞·莱萨马·利马[①]构建的那样。

这一切都让我们眼花缭乱，但让我们忍俊不禁，因为我们从

[①] 何塞·莱萨马·利马（1910—1976），古巴作家，代表作有长篇小说《天堂》、诗集《敌对的声音》等。

来没有什么潜在的意图，更不是因为什么目的才开始这场探险。这是小熊和狼的游戏，在美好的三十三天①里一直如此。面对令人不安的问题，我们一直告诉自己，如果存在这些可能，探险就会变成另一副面貌，可能更好也可能更坏，但绝不可能带来如此多的幸福和爱，我们因此变得充实，以至于没有其他什么感觉。后来，就算是再美妙的旅行，再和谐的时刻，也不可能超越时间之外的那个月，那是我们内心明白什么是绝对幸福的第一个月，也是最后一个月。

或许正因如此，我们默默明白，也许我们在完成那段旅程时不知不觉地服从着内心的探索，这种探索后来以不同的名字从朋友们的口中被说来。我们明白，我们用自己的方式完成了一次禅修，去寻找圣杯，看到了梦想之地的金色穹顶。这一切之所以会发生，正是因为我们并未去想、去寻找、去说明，因为我们被爱和快乐充盈，没有位置腾给寻找的焦虑。我们找到了自己，这就是我们在地上的圣杯。

---

① 原计划为三十三天，但由于中途行程变动，实际天数为三十二天。

"创造的欲望"

后记，一九八二年十二月

读者，或许你已经了解：胡里奥，也就是狼，独自完成了这本书并将其整理完毕，此书内容由他和小熊共同经历并写下，正如演奏奏鸣曲的钢琴家，需要双手协作，才能生成节奏和旋律。

探险一结束，我们就回到了战斗的生活，再次前往尼加拉瓜，那里一直有很多工作要做。卡罗尔重新从事摄影工作，而我则以写作从所有可能的视角展示这个小国在斗争中的真相和伟大之处，人们为了尊严和自由不停奔走。我们也在那里找到了快乐，不是巴黎—马赛高速公路上那种两个人的快乐，而是每天与和我们一样充满希望的男女老少打交道的快乐。小熊病倒了，起初我们以为她很快会好转，因为她生命的意志比一切预测都要强大，我分享着她的勇气，正如我总是分享着她的光芒，她的微笑，她对体验阳光和大海的痴迷，和相信未来会更美好的希望。我们回巴黎时计划了很多事情：一起写完这本书，把它的版权赠予尼加拉瓜人民，活下去，活得更用力。又过了两个月，我们的朋友们满怀爱意，温柔地包围了小熊，这两个月，她每天都给我们提供勇气，可这勇气正离我们远去。我看着她走上一个人的旅程，一段我无法陪伴她的旅程，十一月二日，她像一丝细流从我指间滑落，仍不承认恶魔掌握了最终的话语权——她曾在这本书中一次又一次向它们挑战，与它们搏斗。

我要独自写完这个故事，这是我亏欠她的，就像我也亏欠她我的余生。我很清楚，小熊，如果在这趟旅程中先走一步的是我，你也会这样做，而这最后的几句话正是由你的手握着我的手一起写下，其中的痛苦现在不会、未来也不会战胜生活——我们在这场冒险中所经历的、你教会我的生活。这场冒险到此结束，不过也仍在继续，在我们的龙里继续，永远在我们的高速公路上继续下去。

图书在版编目(CIP)数据

宇宙高速驾驶员 /（阿根廷）胡里奥·科塔萨尔，（加）卡罗尔·邓洛普著；庄妍译. —— 海口：南海出版公司，2024.8
ISBN 978-7-5735-0896-6

Ⅰ.①宇… Ⅱ.①胡… ①卡… ③庄… Ⅲ.①游记-作品集-阿根廷-现代②游记-作品集-加拿大-现代 Ⅳ.①I783.65②I711.65

中国国家版本馆CIP数据核字(2024)第063639号

宇宙高速驾驶员
〔阿根廷〕胡里奥·科塔萨尔 著
〔加拿大〕卡罗尔·邓洛普 著
庄妍 译

出　　版	南海出版公司　(0898)66568511
	海口市海秀中路51号星华大厦五楼　邮编 570206
发　　行	新经典发行有限公司
	电话(010)68423599　邮箱 editor@readinglife.com
经　　销	新华书店
责任编辑	侯明明
特邀编辑	梅　清　陈方骐　吕宗蕾
营销编辑	陈歆怡　杨美德　李琼琼
插图绘者	〔法〕斯蒂芬·艾伯特
装帧设计	李照祥
内文制作	田小波
印　　刷	河北鹏润印刷有限公司
开　　本	850毫米×1168毫米　1/32
印　　张	12
字　　数	235千
图 幅 数	164
版　　次	2024年8月第1版
印　　次	2024年8月第1次印刷
书　　号	ISBN 978-7-5735-0896-6
定　　价	79.00元

版权所有，侵权必究
如有印装质量问题，请发邮件至 zhiliang@readinglife.com

著作权合同登记号　图字：30-2024-020

© Julio Cortázar y Carol Dunlop, 1983,
y Herederos de Julio Cortázar y Herederos de Carol Dunlop (for the text)
© Julio Cortázar y Carol Dunlop, 1983,
y Herederos de Julio Cortázar y Herederos de Carol Dunlop (for the inside photographs)
© Stéphane Hébert (for the drawings)